P9-BJK-214

ОЛМА
МЕДИАГРУПП

ЕЛЕНА ЕЗЕРСКАЯ

БЕДНАЯ НАСТЯ

ЧЕРЕЗ ТЕРНИИ — К ЗВЕЗДАМ

МОСКВА
ОЛМА-ПРЕСС
2005

3

УДК 821
ББК 84(2Рос-Рус)6
Е 423

POOR ANASTASIA™

Оформление переплета *А. Шпаков*

Езерская Е.
Е 423   Бедная Настя. Через тернии — к звездам: Роман. Кн. 4. — М.: ОЛМА-ПРЕСС, 2005. — 383 с. — (Русский сериал).

ISBN 5-224-05045-6

Беседа Владимира Корфа и Андрея Долгорукого закончилась трагически — Андрей смертельно ранен. Княгиня Долгорукая обвинила Владимира в преднамеренном убийстве, и молодого человека арестовали. Репнин, пытаясь разоблачить княгиню, осматривает пистолеты и понимает, что оружие подменили. Во время отпевания сына Долгорукая призналась, что специально зарядила пистолет, желая чтобы погиб Корф.

А в это время появляется Сычиха, которой удалось уйти из табора. Она и поведала о тайне рождения Анны.

УДК 821
ББК 84(2Рос-Рус)6

Часть 1

ОТЦЫ И ДЕТИ

Глава 1

Похищение

Проводив Андрея и Наташу в город, Мария Алексеевна Долгорукая впервые за последние дни вздохнула с облегчением. Она чувствовала, что между сыном и его невестой происходит что-то весьма небезопасное для их будущего брака. В ее разговорах с княжной стало больше недомолвок, да и Андрей ходил мрачный и раздражался по любому поводу. Наблюдая за молодыми, Долгорукая пыталась угадать причину их отчуждения, но, в конце концов, отнесла все на счет обычной предсвадебной нервности.

Разумеется, брак — дело серьезное и шаг ответственный. А ни ее рассудительный и педантичный Андрей, ни эмоциональная, но все же склонная к основательности в своих поступках, Наташа никоим образом не походили на людей, способных очертя голову броситься в семейную жизнь, как иные — в любовную авантюру. Их брак был продуман и продиктован здравым решением двух равноправных персон соединиться во славу их старинных родов и вместе с тем — по велению души и сердца.

Наташа нравилась княгине — она была принята при дворе, благородна по происхождению и обходительна в жизни. Долгорукая отмечала в будущей невестке характер, способный держать супруга и свои чувства в узде, и вполне искренне и страстно желала ей научиться направлять его на укрощение мужской строптивости и неразборчивости в телесных утехах и наслаждениях на стороне. Княгиня присматривалась к Наташе, и с каждым днем укреплялась ее уверенность в том, что брак сына окажется куда более счастливым и правильным, нежели ее собственный.

Она знала, что Андрей — далеко не ангел, но мечтала, чтобы в его женитьбе сбылись ее иллюзии о добродетельном семействе, как и положено по обычаям, все менее и менее чтимыми современными молодыми парами. Долгорукая была наслышана о свободе нравов, которая вслед за французскими романами проникла в головы юных. Она и сама время от времени листала какой-нибудь из них на досуге, но в жизни оставалась противницей всего этого вольнодумства.

В отличие от испорченной литературными сказками Лизой и тянувшейся за нею Соней, Мария Алексеевна с большим уважением относилась к старым традициям, согласно которым жених долго добивался согласия родителей, а уже потом являлся своей невесте, с их разрешения и одобрения. Романтические игры непокорной молодежи и небрежение устоями — вот в чем видела Мария Алексеевна причину и своих собственных, семейных бед. Опасное увлечение свободомыслием проникло в ее дом, сбивая с пути истинного подрастающее поколение и затронув образ мыслей воспитанного в добрых старых традициях князя Петра.

Нельзя сказать, чтобы Мария Алексеевна была пуританского нрава. Она в юности любила пококетничать на балах и с удовольствием вела обычную для молодежных ристалищ переписку — черкала записочки для «голубиной почты», безобидно и с разрешения maman флиртуя с возможными кандидатами на ее руку и сердце. И, хотя настоящая любовь к Петру Михайловичу пришла к ней уже после замужества, это чувство оказалось страстным и даже яростным. Княгиня и мысли не допускала о неверности, оставалась преданной своему супругу и ждала от него того же самого.

Нечаянная интрига Петра с крепостной стала для нее подлым кинжальным ударом в самое сердце. Долгорукая знала о грубых нравах поместных дворян, но была воспитана в правилах здоровой моногамии. По молодости она слышала рассказы о гаремах, устраиваемых в имениях, и поклялась, что никогда не допустит подобного сраму в собственной семье. Ее муж — ее крепость, говаривала Долгорукая, и Петр поначалу без видимого сожаления посвятил себя молодой красавице-жене.

Конечно, это вызывало некоторое удивление у окружающих, снисходительно относившихся к забавам мужчин-дворян со своими крепостными, но Мария Алексеевна ни с кем делить Петра не собиралась — ни с какой-либо придворной мадмуазелькой, ни, тем более, с грязной крестьянкой. Княгиня была однолюбкой и полновластной хозяйкой супружеского ложа.

Предательство Петра потрясло ее больше, чем она сама могла этого ожидать. Наверное, ее состояние в тот момент вполне можно было назвать безумием, но, узнав причину частых отлучек мужа из дома, Долгорукая потеряла сон, аппетит, ей стал безразличен собственный маленький сын — ее первенец. Княгиня пыталась следить за супругом, но тому удавалось ускользать от нее, правда, недолго, ибо жизнь устроена так, что все тайное в ней рано или поздно становится явным.

И тогда месть стала ее главной заботой. На какое-то время она сделалась — что казалось невероятным даже ей самой — нежной и желанной мужу. Мария Алексеевна видела, как

8

он разрывается между новым чувством и тягой к ней, и наслаждалась его муками. Княгиня ощутила сладость этого торжества, и восторг реванша придавал ей новые силы для борьбы с неожиданным врагом.

Она не знала Марфу, но ненавидела ее с таким жаром, что, чудилось, и сама могла сгореть в этой адской печи. Да, Мария Алексеевна вполне отчетливо осознавала дьявольскую природу своей ненависти, толкнувшей ее на убийство мужа, но своей смертью Петр искупил грех прелюбодеяния, а она была готова сколь угодно долго отмаливать свои прегрешения перед Господом. Ибо потом пришел час старого Корфа, потворствовавшего роману Петра с крепостной. Еще следовало подумать о детях, и, прежде всего об Андрее, чтобы он в будущем не повторил ошибок своего папеньки. И — чтобы девочки выросли без романтических завихрений в голове...

Мария Алексеевна улыбнулась — княжна Репнина станет хорошей управой для Андрея, Соня... Соня пока еще слишком мала, чтобы противиться ее материнскому руководству, а вот Лиза... Конечно, она виновата перед дочерью — этот подлец Забалуев обвел ее вокруг пальца, как какую-нибудь деревенскую простушку. Она-то вообразила, что заручается поддержкой могущественного и богатого

предводителя уездного дворянства, а вытянула карту-пустышку.

Но все же плохо было не это. Хуже, что
Лиза оказалась не способной к верным реше-
ниям, и все ее поступки говорили только о
том, что она выросла барышней нервозной и
отравленной современными романтическими
бреднями. Лиза не смогла повернуть брак с
Забалуевым в свою пользу, впала в депрес-
сию и, вместо того, чтобы договориться с
ним, сделала их разрыв окончательно неиз-
бежным и почти кровавым. Глупая, сентимен-
тальная девчонка!

Кстати, а где она?

Долгорукая нахмурилась. Она вдруг вспомнила, что давно не видела Лизу. Княгиня позвонила в колокольчик и осведомилась у медленно и плавно вошедшей Татьяны, почему не
показывается на глаза Елизавета Петровна.

— А я ее уж день второй не замечаю, — растерянно призналась Татьяна, бочковато пере-
минаясь с ноги на ногу.

— То есть как — второй день? — ахнула
Долгорукая. — Она что — не ночевала дома?!

— Утром я к ней поднималась, — кивнула
Татьяна. — У барышни даже постель не ра-
зобрана.

— Что?! — княгиня побледнела и бросила
на Татьяну взгляд, не предвещавший ничего

хорошего. — Так почему же ты только сейчас об этом говоришь? Ты о чем думаешь, дура? Мне, матери, в заботах о большом семействе было недосуг, а ты — ты к ней приставлена! Ты мне первым делом чуть что докладывать должна! А случись с нею беда — с кого спрос? У Лизы-то с головою и так не в порядке, а ты молчишь... Погоди у меня, если несчастье с ней какое — я с тебя с живой шкуру спущу, мерзавка! Беги на двор, зови Дмитрия, пусть ждет меня здесь. А я пока в ее комнату поднимусь, все сама посмотрю. Господи, и Андрюша, как назло, не вовремя уехал!..

Долгорукая стремительно прошла мимо отшатнувшейся от нее Татьяны и еще раз обожгла служанку колючим и ненавидящим взглядом.

Нет, это надо же! Дочери какой день дома нет, а она и не заметила! И все эта подлая Марфа — явилась со своими глупостями про пропавшего ублюдка и довела ее до мигрени. Долгорукая поморщилась. Стоило лишь чуть разволноваться, и тупая боль, тихо сидевшая у затылка, подползала к самым вискам и принималась стучаться, застилая глаза кровью и совершенно оглушая.

Рассказ Марфы о побочном ребенке Петра разорвал ее сердце. В какой-то момент княгине померещилось, что все вернулось на круги своя. Петр снова был дома, дети — рядом и устроены. Прошлое отступило, и стало легче дышать. Но явилась эта разлучница и поманила Петра за собой наивными сказками о таинственной спящей царевне! И вот со вчерашнего дня он сидит в своем кабинете и — Мария Алексеевна была в том уверена — думает о приблудной Насте, позабыв о законных детях и отвергая перед Богом венчанную жену.

Лишь ненадолго Марфа дала ей насладиться семейным покоем и вновь растревожила их дом, перепугав Петра и взбаламутив Лизу, которой в голову пришла такая глупость — вообразила себя брошенным отродьем никчемной крепостной! Лиза, доченька моя, деточка! Ты — моя, только моя, ты вернула мне Петра тогда, двадцать лет назад, и никому я тебя не отдам! И пусть эта сумасшедшая попробует — задушу, своими руками задушу стерву!..

Долгорукая решительно толкнула дверь в комнату Лизы и вздрогнула — сердце сразу же почуяло неладное. Было незаметно, чтобы Лиза куда-то собиралась, если решила замыслить побег или отправиться на розыски, подобные тому, когда она выслеживала Забалуева. Все выглядело так, словно она на минутку вышла из комнаты и не вернулась.

Да что же могло случиться? — княгиня пристально оглядывала каждый предмет, каждую вещь. Она стояла неподвижно у порога и настороженно, по-звериному вдыхала воздух ноздрями, словно брала след. И, ничего не почувствовав, зарычала от горя — Лиза пропала! Точно пропала!

Мария Алексеевна заметалась по комнате дочери, выискивая хотя бы какую-нибудь деталь, что помогла бы ей понять все, объяснить произошедшее. Витая ручка ящичка, притаившаяся полукружьем под крышкой туалетного столика, не выдержала и отлетела. Замок оказался запертым, и княгиня несколько раз с силой дернула ручку, пытаясь выдвинуть ящик. Закрытый замок вывел Долгорукую из себя — секреты, опять эти секреты, из-за них все проблемы, все беды! Надо во что бы то ни стало узнать, что там! И Мария Алексеевна бросилась к двери.

Она пробежала по лестнице и по коридору и, в растрепанных чувствах ворвавшись на кухню, принялась выдвигать ящики столов в поисках ножа или чего-нибудь острого. Взгляд ее упал на маленький топорик для разделки мяса. Княгиня схватила его и кинулась обратно. Дмитрий, терпеливо ждавший хозяйку под дверью в гостиную, вжался в стену и торопливо перекрестился, когда Дол-

13

горукая с обезумевшим, горящим взглядом и с топориком в руке, пробежала мимо него наверх.

Разбить замок сразу ей не удалось — предназначенный для разделки нежных мясных частей топорик с трудом преодолевал сопротивление вековых колец красного дерева. И тогда княгиня с размаха разнесла край стола, где язычок замка входил в крышку. Дерево обиженно и глухо простонало — обнажилось рваное отверстие. Долгорукая вставила в него угол лезвия топорика и всем телом навалилась на топорище, как на рычаг. Ящик скрипнул и выпрыгнул из пазов. Мария Алексеевна отбросила топор и принялась рыться в бумагах и безделушках, оставленных Лизой на память по каким-то случаям.

Здесь был веер, купленный ею для первого бала. Еще — ожерелье из мелких морских раковин, привезенное Петром из Италии. Томик in-quarto на французском — какая-то лирика и старинное гусиное перо — таким, думала Лиза, отец писал любовные послания матери до женитьбы. А вот образок — подарок от крепостной няньки, Долгорукая помнила, что разрешила Ефросинье повесить его на шею дочери. И какая-то в кожаном переплете книжица... Мария Алексеевна смутно припомнила, что Петр однажды заказал для Лизы в Петербурге блокнот для излияния душевных мыслей.

Дневник! — вздрогнула Долгорукая. Это был дневник Лизы! Княгиня глубоко вдохнула, словно собираясь прыгнуть в воду, и открыла его на том месте, где проходила шелковая сиреневая лента закладки. Потом она стала читать, и бледность покрыла ее лицо, точно восковая маска.

«...Сегодня ночью впервые я, кажется, была счастлива, но счастье подобно солнечному лучу в пасмурный день — светит коротко и слепит уже привыкшие к полумраку глаза. Владимир дал мне надежду и отнял ее — немедленно и безжалостно. Я поняла, как могла быть счастлива в любви, и чего лишил меня его приговор. Он был так трогательно нежен и ласков в постели, но все это предназначалось не мне! О другой он думал, чужое имя шептал во сне... И может ли быть большее потрясение, чем увидеть в глазах своего пылкого возлюбленного удивление, когда он поутру узнает в тебе тебя, а не ту, о которой мечтает в глубине своего холодного сердца! После этого умереть — не страшно, ибо худшее уже произошло...

Я не знаю, как мне жить дальше. Все кончено — иллюзий не осталось. Унижение любовью — о таком ли я думала, желая стать его

15

верной женой и преданной матерью нашим будущим детям? Я ждала счастья, а попала в объятия жестокого обольстителя, который воспользовался моей слабостью к нему и потом с легкостью предложил мне забыть все, что между нами случилось. Владимир, я любила тебя, я ненавижу тебя! Я сама себе противна, и несмываемым позором эта ночь останется в моей жизни и в моей душе...»

— Будь ты проклят, исчадие ада, отпрыск мерзкого рода! — простонала Долгорукая, захлопнув дневник Лизы. — И не думай, что это сойдет тебе с рук! Ты ответишь за все, как и твой отвратительный батюшка — сгоришь в аду, но прежде муки адовы пройдешь на Земле! Я клянусь — честью своей дочери клянусь, ты мне заплатишь, за все заплатишь, негодяй!

— Что случилось, Маша? — испуганно спросил князь Петр, глядя на жену.

Долгорукая вошла в его кабинет, бледная как смерть, она нетвердо стояла на ногах, и глаза ее лихорадочно блестели.

— Лиза пропала, — страшным голосом сказала Долгорукая. — Ее больше нет.

— Откуда такие мысли? — растерялся князь Петр.

Он встал и, хромая, подошел к жене, предлагая ей руку, чтобы поддержать. Мария Алексеевна покачнулась, но руки не приняла — она двигалась, словно в забытьи, и с отсутствующим видом смотрела по сторонам.

— Она умерла, — прошептала Долгорукая, — он довел ее до греха.

— О ком ты? Маша, да очнись же! — князь Петр взял жену за плечи и слегка встряхнул, желая привести ее в чувство.

— Оставь меня! — закричала она. — Ты — такой же, как и он! Это вы виноваты! Вы убили мою девочку!

— Маша, что ты такое говоришь?! — голос изменил князю — предательски дрогнул и захрипел.

— Ты, он! Вы все! — не унималась Долгорукая. — Ты предал ее, променяв на крепостную девку! И он — он тоже бросил ее ради крепостной актерки! Вы — гадкие, грязные, я ненавижу вас!

Князь Петр понял — у жены начиналась истерика, и иного способа остановить поток брани и оскорблений не было. Он резким движением повернул княгиню к себе и ударил по лицу. Ее голова дернулась, как тряпичная, и на мгновение Долгорукая потеряла сознание, упав ему на руки. С трудом подтянув тело жены до кресла, князь Петр усадил ее поудобнее и достал из ящичка стола пузырек с нашатырем. От его резкого аромата княгиня очнулась и открыла глаза.

— Наконец-то ты пришла в себя, — сдержанно улыбнулся ей князь Петр. — А теперь, дорогая, объясни, почему тебе пришла в голову такая бредовая мысль, будто Лиза лишила себя жизни.

— Он обманул ее, — тихо проговорила Долгорукая, — он был с ней и бросил ее.

— Кто? — нахмурился князь Петр.

— Твой любимчик Корф! — зло воскликнула Долгорукая, окончательно приходя в себя. — Он соблазнил твою дочь и потом прогнал, как простую девку! Попользовался и вышвырнул на улицу, как ненужный хлам!

— Этого не может быть! Ты сошла с ума!

— Нет, это ты, как идиот, защищаешь эту семейку негодяев и развратников!

— Да кто тебе сказал...

— Она сама! Я читала ее дневник! Корф обманул Лизу, и она больше не хочет жить! Ее надо найти, ее надо спасать! — Долгорукая попыталась подняться, но силы оставили ее.

— Если это правда, — сказал князь Петр, удерживая ее в кресле, — то я сам разберусь с бароном. Сейчас же поеду к нему и выясню все обстоятельства этого дела.

— Я поеду с тобой!

— Нет, — покачал головой князь Петр. — Андрей оговорил с Корфом условия твоей свободы, и одно из главных — наше обеща-

18

ние, что впредь ты не ступишь на порог его дома ни при каких обстоятельствах. Он не желает больше видеть тебя...

— А я желаю! — перебила мужа Долгорукая. — Я хочу плюнуть ему в лицо, я его растерзаю!

— Маша! — прикрикнул на нее князь Петр, и под его взглядом Долгорукая осела и ушла в себя. — Возможно, это всего лишь недоразумение. Ты же знаешь — девичьи фантазии...

— Она ушла, — Долгорукая подняла на мужа глаза, полные слез. — Ее нет дома второй день. Никто не знает, где она.

— Ты говорила с Татьяной? — строго спросил князь Петр.

— Она ничего не знает и сама испугалась.

— Хорошо, покажи мне этот дневник. Я имею право знать, что произошло...

Прочитав последнюю запись, князь Петр велел Дмитрию запрягать карету и пошел переодеться. Когда он вернулся в кабинет, Долгорукая недобро усмехнулась — она давно не видела мужа одетым официально, при всех регалиях, так, будто он собирался ко двору.

— Я приказал Дмитрию снарядить поиск, — сухо сообщил жене князь Петр, — а после намерен заехать в уезд и подать заявление об исчезновении Лизы.

— После чего? — уточнила Долгорукая.

— После разговора с Владимиром. Он должен ответить мне на несколько вопросов. И, смею заверить тебя, разговор этот будет не из приятных...

— Куда это папенька отправился? — удивилась Соня, выглядывая из-за плеча Татьяны, не позволявшей ей выйти из гостиной в коридор. — И что за суета? Зачем Дмитрий мужиков собрал?

— Лизу искать будут, — хмуро ответила Татьяна. — Говорят, барышня опять сбежала.

— С чего ты взяла?

— Так Лизаветы Петровны, почитай, второй день нет.

— А когда ты ее в последний раз видела?

— Да я не видела ее после того, как та женщина приходила, — кивнула Татьяна, словно что-то припомнив.

— Какая женщина? — вздрогнула Соня.

— Красивая, в цветном платке. Ее еще Дмитрий за порог выгонял, а она все кричала, что никому свою Настю не отдаст.

— Господи! — воскликнула Соня. — Это она!

— О чем вы, барышня?

— Танечка, милая, — заволновалась Соня, — помоги! Мне надо срочно в имение Корфов попасть, князя Репнина предупредить. Лиза не ушла из дома — ее похитили!

— Да за что же?! — всплеснула руками Татьяна.

— Это я виновата, — путаясь, торопливо принялась объяснять Соня. — Эта женщина искала свою дочь, а Лиза вообразила, что она — она и есть. А я ей все рассказала, и она сюда пришла...

— Да погодите вы, Софья Петровна, — остановила ее Татьяна, — что-то я совсем запуталась — ее, она! Голова кругом идет. Давайте я Никиту позову, он на санях — мигом вас к Корфам домчит. Вы там все господам и объясните. Они умные, поди, разберутся.

— Хорошо, — кивнула Соня, успокоенная ее ласковым и тихим голосом, хотя на душе у нее скребли кошки.

Нет-нет, это не совпадение, думала она, когда Никита с веселым гиком подбодрил лошадку к бегу. Все сходилось — Лиза, возомнившая себя пропавшей Анастасией, эта женщина, приходившая искать свою дочь в их доме, и это странное исчезновение... Соня была почти уверена — женщина увела Лизу, ведь она сама подтолкнула ее к этому, рассказав о сомнениях своей сестры. Именно она невольно стала причиной исчезновения Лизы, но сознание того, что вышло все случайно и не по злому умыслу, не принесло ей покоя...

На повороте к имению Владимир нагнал карету Долгоруких и с седла поклонился прильнувшему к окну князю Петру, который немедленно подал кучеру сигнал остановиться и жестом дал понять Корфу, что просит его последовать его примеру. Владимир удивился, но вежливо кивнул в знак согласия.

Это утро не переставало изумлять его. Сейчас он возвращался с прогулки, которая должна была помочь ему развеяться после странного пробуждения, когда он с ужасом обнаружил в своей постели Ольгу Калиновскую. Конечно, такое с ним бывало — он мог не вспомнить имя своей случайной ночной спутницы, но не сам факт их связи! Это было уже слишком!

Владимир предположил в этом еще одну игру, затеянную неугомонной Ольгой, но доказать свою невиновность, равно, как и опровергнуть ее слова, было непросто. Голова гудела от тяжелого похмелья и безуспешной погони по лесу в пьяном угаре за неуловимым цыганом. Мысли и воспоминания путались, и, честно говоря, он даже стал сомневаться, не было ли все, случившееся вчера, обычным кошмаром, вызванным воздействием горячительного напитка, возлиянию которого он отдался с удовольствием и давно подзабытым пылом.

И поэтому, прогнав от себя надоедливую и бесцеремонную Ольгу, он решил проветриться быстрой ездой. Мерный, но ритмичный стук копыт да колкий морозный ветерок действительно взбодрили его, и Владимир очнулся, о чем свидетельствовало вновь возникшее раздражение на наивные претензии госпожи Калиновской — необоснованные и наглые. Теперь Корф был вполне уверен в их несостоятельности и знал, что более просто так поймать себя не даст.

И вот эта встреча на дороге! Да неужели дело настолько безотлагательное, что нельзя повременить еще пару минут и провести разговор в теплой гостиной за рюмочкой коньяка, от которого обязательно посвежеет в голове?! И потом — ему смертельно надоели Долгорукие. И хотя он был рад счастливому воскрешению князя, но даже в память об отце не желал продолжать это знакомство в прежних, близких связях. Столько всего произошло, что тяжесть утраты перевесила память о недавней крепкой дружбе их семей.

— Доброе утро, Петр Михайлович, — Корф спешился и еще раз почтительно поклонился князю. — Я чем-то могу вам помочь?

— Да, — холодно кивнул тот, не отвечая на приветствие Корфа, — вы должны немедленно разыскать мою дочь. И только ее возвра-

23

щение живой и невредимой позволит мне изложить вам свои условия!

— Вашу дочь? Ваши условия? — удивился Корф. — Что это значит, Петр Михайлович?

— Лиза пропала, и советую вам не терять времени на напрасные препирательства. Верните ее домой, а что касается ваших объяснений, то я выслушаю их позже.

— Объяснений? Да за кого вы меня принимаете, князь?! — воскликнул Корф, теряя терпение. Он ничего не понимал, и с каждой следующей фразой этого нелепого разговора его неведение только усиливалось. — Вы хотите сказать, что Лиза опять убежала?

— Вот именно, сударь! И причина ее исчезновения — вы!

— Господи Боже! Опять я?! Больше никогда не стану пить в трактире.

— Вы пытаетесь меня оскорбить?

— Нет, это вы пытаетесь выставить меня идиотом! Останавливаете на дороге и грозите объяснениями по поводу событий, о которых мне неведомо. Если вы просите меня о помощи в поисках Елизаветы Петровны — я вернусь в имение, встречусь с князем Репниным, и мы присоединимся к этим поискам.

— Князь Репнин? Да при чем здесь князь? Не он виновен в оскорблении чести моей дочери.

24

— Вы, верно, шутите? — побледнел Корф.

— А вы станете утверждать, что Лиза не была в вашей спальной вместе с вами? И вы не отвергли ее после того, как провели с нею ночь? — казалось, князь Петр сейчас задохнется от апоплексического удара.

— Этого я, пожалуй, не стану отрицать, — кивнул Корф, — но...

— Я уже сказал вам, барон, что принимать ваши извинения буду лишь после того, как Лиза вернется домой...

— Извинения?

— И я не могу заверить вас, что они будут приняты.

— Да что же это такое?! — вскричал Корф.

— Научитесь отвечать за свои поступки, Владимир, — князь Петр гордо вскинул голову и высокомерно посмотрел на Корфа. — Надеюсь, ваш отец учил вас этому.

— Не смейте упоминать всуе имя батюшки!

— Не забывайте — мы были друзьями, а я нянчил вас, как родного сына.

— Не удивляюсь, что Лиза опять ушла из дома. Если вы так жестоки с сыном вашего друга, то представляю, как вы третируете своих собственных детей.

— Это похоже на вызов, — с угрозой произнес князь Петр.

— Послушайте, Петр Михайлович, — Корф

устало махнул рукой. Утро и впрямь не задалось. — Я понимаю, что в вас говорит тревога о вашей дочери. Я и сам беспокоюсь за нее. Если вы добивались этого, то вам удалось внушить мне опасения за ее жизнь. Я готов присоединиться к ее поискам и обещаю, что сделаю все возможное, чтобы найти Лизу. А пока, прошу вас, возвращайтесь домой и позвольте мне сдержать только что данное вам слово. Что же касается темы, которую вы невольно, я полагаю, затронули, не зная всех обстоятельств и действуя исключительно под давлением вполне понятных родительских волнений, то, если позволите, мы вернемся к этому позже. Когда утихнут все страсти, и вы сможете спокойно выслушать меня. И, я уверен, Елизавета Петровна присоединится к нашему разговору и сама разъяснит вам все.

Князь Петр хотел что-то сказать ему, но Корф не стал ждать, пока он решится ответить, и вскочил в седло. Бросив разгневанного Долгорукого на дороге, Владимир со злостью пришпорил коня. Корф торопился уехать, пока душившая его ярость не вырвалась наружу, превратившись в какой-либо резкий и страшный своими последствиями поступок.

Только этого еще не хватало! Оскорбленный отец и позор на его голову! Но Лиза-то какова — раскрыть тайну той злополучной ночи и преподнести ее в своем рассказе совсем в ином свете, представив его отвратительным негодяем, покусившимся на женскую честь! Владимир негодовал. Не он добивался Лизы, она сама пришла к нему. Лиза просила об утешении, а он — тогда еще стоявший на перепутье своих отношений с Анной — ответил ей с зыбкой надеждой на спасение в ее объятиях от разъедавшей его душу тоски и неразделенной любви.

И что он получил взамен? Боль в сердце не прошла и стала всепоглощающей. Лиза, вообразившая, что найдет в нем благородного героя, возненавидела его. И вот только что он встретил презрение человека, которого уважал с детства. А еще услышал обвинение в насилии. И, вполне возможно, его ждет скорая дуэль с тем, кто не способен противостоять его военным умениям.

Корф сосредоточенно подгонял коня хлыстом и жестоко вонзал шпоры в его бока. Бедное животное хрипело и порывисто несло его к цели — освобождению от мук. И поэтому казалось, что конь летит по дороге, словно парит на крыльях. Развернувшись у крыльца, конь стал как вкопанный, замерев под седоком. И Владимир вдруг почувствовал угрызения совести — он легко соскользнул с седла и обнял коня за шею. Прости меня, друг! Ты один такой преданный и верный...

Владимир сам отвел коня в стойло и велел хорошенько накормить его и почистить.

Но на этом душевные страдания Владимира не закончились. На пороге гостиной он столкнулся с Анной. Она смотрела на него с такой болью и обидой, что Корф снова ощутил невыносимую тяжесть на сердце. И оттого стал груб — словно заслонился стеной равнодушия. Выяснять сейчас отношения еще и с Анной было выше его сил.

— Простите, дорогая, но мне некогда. Я только что узнал о том, что пропала Елизавета Петровна Долгорукая, и должен тотчас присоединиться к ее поискам.

— Ты хочешь сказать, что Лиза опять ушла из дома? — воскликнул Репнин, входя в гостиную. Он собирался поздороваться с Анной, но девушка, смертельно побледнев, вдруг убежала, закрыв лицо руками, словно прятала от него свои слезы. — А что это с Анной?

— Пустое! — с намеренным безразличием отмахнулся Корф. — Вечно эти женские капризы! Никогда не угадаешь, от чего они.

— Какой ты все-таки солдафон, Владимир, — поморщился Репнин. — Так что все-таки случилось с Лизой?

— Ее отец утверждает, что она сбежала из дома.

— Но почему? — растерялся Репнин. — Все было так хорошо...

— В каком смысле? — Корф с подозрением воззрился на него.

— Понимаешь... — замялся с объяснениями Репнин, но не успел договорить — в гостиную стремительно вошла Соня и с рыданиями бросилась к нему на грудь.

— Михаил Александрович! Помогите! Лизу похитили!

— Как это может быть? — Корф с нескрываемым удивлением посмотрел на нее.

— Софья Петровна! — Репнин усадил Соню на диван и ласково, как ребенка, погладил по голове. — Пожалуйста, успокойтесь и объясните, что значат ваши слова.

Соня всхлипнула и принялась рассказывать — о загадочном перстне (Репнин кивнул), о таинственной Анастасии, о красивой женщине в цветном платке, разыскивавшей свою дочь... Корф был потрясен — неудивительно, что Лиза вела себя столь неразумно. Было бы странно, если бы девушка ее чувствительности и нежного воспитания сохранила в подобных обстоятельствах здравость мысли и ясность поведения.

— А вы уверены, что причина исчезновения Елизаветы Петровны связана с появлением вашей незнакомки? — задумчиво переспросил Корф.

— О да! — убежденно закивала Соня. — Все сходится, да и какие еще могут существовать причины?

Корф пожал плечами — мало ли что случается в жизни.

— Нет, нет! — запротестовала Соня. — Я знаю — Лиза последнее время была одержима Анастасией, а я подтолкнула эту женщину к ней. Она увела Лизу с собою, поверьте!

— Но кто она? — растерянно спросил Репнин. — И куда она могла повести Лизу?

— Это Марфа, — раздался от двери голос Варвары.

Увидев, что барин вернулся с прогулки, она поспешила принести в гостиную чаю и услышала рассказ Сони.

— Чего тебе, Варвара? — нахмурился Корф, обернувшись к ней.

— Это Марфа, — прошептала Варвара.

— Откуда тебе это известно? — удивился Репнин.

— Марфа была здесь крепостной, — кивнула Варвара, — но потом Иван Иванович освободил ее, и она куда-то пропала. А теперь, вишь, объявилась... Приходила давеча, Сычи-

ху искала. Говорила — та знает, что с ее доч-
кою сталось.

— Сычиху? — переспросил Корф. — Но
разве она не в тюрьме?

— Так бежала ведь она, барин... — Варвара
собиралась еще что-то добавить, но Репнин
быстро прервал ее.

— Таким образом, мы знаем, где следует
искать Лизу.

— Да-да, — поддержал его Корф. — Что бы
ни случилось с Сычихой, она обязательно
придет к себе. Едем туда — и немедленно!
Варвара, проследи, чтобы мои гости были
сыты и ни в чем не нуждались. А мы с князем отправляемся на поиски Лизы.

— Софья Петровна, — Репнин поднял заплаканное лицо девушки за подбородок и ласково посмотрел ей в глаза, — утрите слезы и
положитесь на нас. Мы непременно разыщем
Елизавету Петровну. Все будет хорошо!

— Располагайтесь здесь и чувствуйте себя,
как дома, — кивнул Корф и подал знак Михаилу. — Нам надо спешить, время не ждет!

— Выпейте пока чайку, — сердобольная
Варвара поднесла чашечку Соне, — и не тре-
вожьтесь понапрасну.

Соня улыбнулась, хотя никак не могла
прийти в себя от пережитого потрясения —
все-таки Лиза накликала на себя беду. Нельзя

тревожить старые могилы — прошлое не прощает вмешательства в дела давно минувших дней. Недаром, в народе говорят — кто старое помянет...

— Здравствуй, Варвара, — в гостиную с поклоном вошел Никита. — Так как вы решили, барышня, — здесь дожидаться станете или поедем?

— Поедем! — Соне решительно поднялась с дивана, ей вдруг в голову пришла одна идея...

— Да куда же вы? — всплеснула руками Варвара. — Барин велел вас обогреть и приветить.

— Домой я поеду, там маменька с папенькой волнуются, — объяснила Соня. — К ним вернусь. Довольно с них и одной пропавшей дочери.

— Дома оно завсегда лучше, — не стала с ней спорить Варвара и вышла проводить их с Никитой до крыльца.

— А теперь — в лес! — скомандовала Соня, когда Никита вывел сани со двора имения Корфов.

— Это зачем же? — растерялся Никита.

— То, что Лиза пропала, — моя вина! Не могу я, Никита, сложа руки сидеть. Поедем и мы к Сычихе, ты дорогу-то знаешь?

— Как не знать, — кивнул он. — А вы, барышня, однако, смелая.

— Виноватая — потому и смелая. Ты уж поторопись, Никитушка, глядишь, и князя с бароном догоним.

— Да уж больно быстро они уехали, — крикнул ей через плечо Никита, подхлестывая лошадку. — Впереди даже снежного дымка не видать.

— Может, они через лес короткой дорогой поехали? — удивилась Соня.

— Да там сугробы — в рост, не могли они через лес. Разве что к батюшке вашему сначала направились, чтобы все рассказать?.. — предположил Никита.

— Тогда мы точно первыми приедем! — обрадовалась Соня. Ей так хотелось искупить свою вину перед сестрой. — Ты только погоняй, погоняй!..

Соня торопилась догнать выехавших раньше Репнина и Корфа, но не знала, что направились они совсем в другую сторону.

Когда Григорий подвел господам оседланных рысаков, Репнин замешкался садиться, и Корф поторопил его — лес большой, кто знает, куда безумную ведьму черт понес. Хорошо, если спряталась в своем вороньем гнезде, а то ведь блуждает по зарослям в поисках неприятностей.

— Я знаю, мы должны спешить, — кивнул Репнин, — но прежде я обязан тебе кое в чем

33

признаться... Дело в том, что Сычиха сейчас не там, где ты собираешься ее искать.

— Как так? — не понял Владимир.

— Сычихи нет в ее доме, и она вряд ли там появится. Это мы с Лизой помогли ей бежать и отвезли ее в старое имение Долгоруких, где уже давно никто не живет.

— А с чего это ты надумал помогать Сычихе? — нахмурился Корф.

— Я полагаю, ты к ней несправедлив, — твердо сказал Репнин. — Да и Лиза хотела узнать у Сычихи правду о своем рождении.

— Интересно, — протянул Корф. Эта новость добавила пикантности событиям нынешнего утра. Сегодня все словно сговорились доводить его, и мелькнула мысль — очевидно, судьба готовит его к последнему шагу, и Владимир махнул рукой. — Интересно, но не важно. Сейчас главное — вернуть домой Лизу...

— Вернулась? — глухо спросила Марфа, когда Сычиха появилась на пороге гостиной старого имения Долгоруких. — А мы уже тебя заждались...

— Ты? Лиза? — Сычиха непонимающе переводила взгляд с одной на другую. Она ходила в лес за хворостом. Рубить дрова, припасенные князем Петром еще во время его

34

жизни в имении с Марфой, оказалось Сычихе не под силу. — Зачем вы здесь?

— Хочу, чтобы ты рассказала моей дочери правду о том, кто ее настоящие родители, — Марфа взяла Лизу за руку и нежно пожала ее пальцы.

Лиза смущенно посмотрела на нее — все происходящее казалось ей сном. Еще вчера она испытывала муки сомнения и обиды — Лиза хотела знать правду, но, когда она открылась ей, облегчения не ощутила. Откровения Марфы принесли ей еще большие страдания, и теперь Лиза с тоской ожидала приговора Сычихи. Она уже была не рада упорству своего характера, который гнал ее на поиски истины. Вероятно, Соня по своей детской наивности была права, останавливая ее порыв, — прошлое всегда обещает нам разгадки страшных тайн, но иногда то, что мы узнаем, скорее, пугает, чем радует нас.

— Я не понимаю, о чем ты, — пожала плечами Сычиха, проходя к камину и принимаясь ломать хворост.

— Сычиха, милая, — взмолилась Лиза, — ответь!

— Да разве она скажет правду?! — гневно промолвила Марфа, вставая с дивана. — Столько лет она держала меня в неведении, и теперь еще убеждает в том, что моя девочка умерла! Ты — грешница, Сычиха, великая грешница, Бог не простит тебе этой лжи!

— Марфа, — устало сказала Сычиха, — не ищи Божьего промысла там, где его нет. И не мучай Лизу своими подозрениями. Она — не дочь тебе.

— Врешь! — Марфа бросилась с кулаками на Сычиху, но Лиза немедленно схватила ее за руки и попыталась успокоить.

— Сычиха, ты нарочно дразнишь нас? — спросила она, с трудом удерживая Марфу. — Я же сама видела церковную книгу. И потом — это кольцо. Ты мне говорила, помнишь, — если я найду кольцо, узнаю правду.

— Вот именно — правду, а не то, что ты считаешь ею. Говорю тебе — Марфа не мать тебе! И на том покончим, — Сычиха подожгла щепу в камине, и огонь с удовольствием принялся пожирать сухие ветки. Комната осветилась, и потянуло теплом. Тут только Лиза заметила, что на крюке, чуть в стороне от каминной вытяжки, висел металлический чайник. Видать, Сычиха приспособила, чтобы на кухню пореже бегать.

— Не дочь? — Марфа побледнела и стала оседать. — А где же... где же тогда моя Настенька?

— Э, да ты что! — Сычиха бросилась на помощь Лизе, которая не могла удержать падавшую на пол Марфу. — Давай-ка посадим ее на диван. Вот так, хорошо... Я сейчас чаю налью. У меня здесь отвары хорошие — быстро в чувство приведут и сил прибавят.

— И мне налей, — попросила Лиза, — я так устала! Где мы только не были с Марфой — в церковь ходили, и на ту могилку в лесу... Господи, да неужели все понапрасну? Что же я маменьке скажу?

— Мать — она завсегда мать, — успокоила ее Сычиха. — Пообижается да простит.

— Но ведь она так жестоко обошлась со мной!

— Родительская любовь — не сахар. И родители ошибаются, но любят всегда. Знаю, что матушка твоя нрава сурового, от нее разного ожидать можно, но тебя она любит — по-своему, и не обессудь — уж какая она есть.

— Что это со мной? — Марфа подняла голову и с недоумением посмотрела на Сычиху, подносившую ей ко рту солдатскую металлическую кружку с отваром — памятную, оставшуюся в доме от последнего сторожа, прослужившего весь рекрутский срок и вернувшегося живым и невредимым.

— Сознания ты ненадолго лишилась, — по-доброму улыбнулась Сычиха. — А я уж думала — с ума тронулась. Вот выпей-ка лучше, в мыслях-то и посвежеет.

Марфа слабой рукой взяла чашку и отпила глоток.

— Вот и славно, — кивнула Сычиха. — Ты попей, попей, а я потом для Лизы еще налью.

— Да чего ждать, мне уже довольно, — тихо сказала Марфа, — пусть барышня этот чай допьет. Если не побрезгует.

Лиза улыбнулась и, взяв из ее рук чашку, сразу выпила весь отвар. Она чувствовала себя неловко. Марфе почти удалось убедить ее в том, что она — ее настоящая мать и зовут ее не Елизавета, а Анастасия. Эта женщина была с Лизой так нежна и заботлива, как уже давно никто не обращался с ней. В Марфе Лиза встретила понимание и тепло, которого так не хватало ей с того времени, когда «умер» папенька. И теперь она сама умирает... Лиза не успела додумать и упала, уткнувшись лицом в колени Марфы.

— Лиза! — не на шутку испугалась Сычиха, бросаясь к ней. — Да что с тобой?!

— Она спит, — усмехнулась Марфа, поднимаясь ей навстречу и осторожно высвобождаясь из-под моментально отяжелевшего тела Лизы.

— Ты чего наделала, чего удумала, подлая? — растерялась Сычиха.

— А ты что же — решила, что я так просто позволю тебе дочь еще раз у меня отобрать и на погибель Долгоруким спровадить?! — Марфа встала перед ней, уперев руки в бока. — Иль забыла, как сама мне зелья сонного для Петра приносила, чтобы он из дома пореже выходил да о бывшей семье поменьше думал? Вот теперь эта травка для Насти послужит. Не отдам я ее никому, слышишь, ведьма? Не отдам!

— Ты никак совсем рехнулась, Марфа?! Не твоя это дочь, чем хочешь поклянусь!

— Только кто тебе теперь поверит? Я-то думала — совесть в тебе заговорит, и ты во всем ей признаешься. Но раз по-другому вышло — и я иначе поступлю! Я ее отсюда увезу с глаз подальше, а ты мне во искупление своих грехов сейчас же еще того зелья добавь.

— Нет у меня его здесь, в избушке все! Но мне, сама знаешь, туда дорога заказана — схватят меня.

— А ты вороной обернись, ты же ведьма, — зло рассмеялась Марфа. — Слетай туда-сюда да поскорее возвращайся.

— Ничего я тебе не дам, — покачала головой Сычиха. — Больна ты, в голове разума не осталось.

— Значит, я сама в твой домик наведаюсь, а тебя пока свяжу для верности, чтобы опять не вздумала меня с дочерью разлучить.

Марфа набросилась на Сычиху, но встретила достойный отпор — Сычиха оборонялась, как могла, но была все же слабее Марфы. Еще немного — и Марфа одержала бы над нею верх, когда в гостиную ворвались Корф с Репниным. Сычиха оглянулась, услышав возглас Корфа от двери, и в этот момент Марфа, выхватив спрятанный в одежде нож, ударила ее в бок.

Сычиха вскрикнула и с удивлением уставилась на окровавленный нож в руке Марфы. Репнин от неожиданности остолбенел от ужаса, а Корф, зарычав, бросился на Марфу и оттолкнул ее от Сычихи. Нож выпал из руки Марфы и с глухим звуком ударился об пол. Марфа застонала от бессилия и медленно опустилась на колени.

— Да не стой ты истуканом! — прикрикнул Корф на Репнина. — Помоги мне!

Вместе они усадили Сычиху на кресло. Корф, тотчас сбросив с себя шубу и сюртук, оторвал рукав рубашки и приложил его к ране Сычихи.

— Свяжи ее, — велел он Репнину, кивая на Марфу. — И срочно поезжай к Долгоруким! Скажи, Лизавета Петровна нашлась, и пусть немедленно едут за доктором.

— Что с ней?! — Репнин заметался перед диванчиком, на котором лежала Лиза.

— Спит она, — прошептала Сычиха, — это всего лишь сонное зелье.

— Вот видишь, с ней все в порядке, — обернулся к другу Корф. — Поторопись, нам нужен врач.

— Нам? Я не ослышалась? — Сычиха взглянула в лицо племянника. — Ты сказал — нам?

— Ааа... — застонала Лиза.

— Прости, я помогу ей, — Корф оставил Сычиху и подошел к Лизе, помогая ей подняться.

Руки у Лизы были чуть теплые и безвольные.

— Что это со мной? — слабым голосом спросила она, оглядывая комнату. Увидела полулежавшую в кресле Сычиху, прижимавшую к боку белую тряпицу, сквозь которую просачивалось что-то красное, потом — Марфу, связанную, лежащую на полу возле камина. Она сверкала глазами и тихо рычала, точно побитая хозяином собака. — Что здесь случилось? Владимир, как вы оказались здесь?

— Мы искали вас, — объяснил Корф. — Соня навела нас на мысль, что вы ушли с той женщиной (он кивнул на Марфу) искать Сычиху, а Михаил рассказал мне, где вы спрятали ее. Все очень просто. И, как выяснилось, мы появились вовремя.

— Но почему я не помню вашего приезда?

— Вы спали. Марфа хотела тайно увезти вас и попыталась усыпить. Сычиха помешала ей, она ранена, а я жду возвращения Михаила — он поехал за помощью.

— Странно, — тихо сказала Лиза, — вы опять спасли меня, но я нисколько этому не рада.

— Скажите, — вдруг спросил Корф, — та ночь, что мы провели вместе, что-нибудь значила для вас?

— Почему вы спрашиваете сейчас об этом? — удивилась Лиза. — Неужели вы не нашли другого времени и места?

— Я не настолько бессердечен, как вы думали. Я просто боюсь, что другой возможности поговорить начистоту нам с вами может и не представиться. Так вы ответите мне или нет?

— Поначалу — да, — пожала плечами Лиза. — Мне было так больно, так тяжело... Но боль утихла, и потом я встретила человека, с которым у нас много общего...

— Кто он? — быстро и не очень вежливо спросил Корф.

— Вы собираетесь устроить мне сцену ревности?

— Нет, — побледнел Корф, — я всего лишь хотел знать, кого мне благодарить за свое спасение...

42

— Спасение? — не поняла Лиза.

— Человек, который сделает вас счастливой, избавит меня от одного весьма щекотливого обязательства.

— О чем вы говорите, Владимир?

— А о ком говорите вы?

— Я люблю князя Репнина, и, насколько могу судить, он отвечает мне взаимностью, — призналась Лиза.

— Вот как, — Корф явно выглядел растерянным, — но разве он не...

— Его влюбленность в Анну — в прошлом, равно, как и мои мечты о вас. Мы оба с ним прошли испытание утраченной любовью, выжили и готовы рука об руку идти навстречу новому счастью, нашему общему счастью.

— Я... я рад за вас. А вот и он!

От двери донеслись быстрые шаги, и на пороге появился запыхавшийся Репнин.

— Лиза! — он кинулся к ней, но смутился присутствия Корфа и сказал уже более официальным тоном: — Елизавета Петровна, я сообщил князю и княгине, что вы нашлись, что целы и невредимы. И мы немедленно возвращаемся домой.

— А как же Сычиха? — заволновалась Лиза.

— Она поедет с нами, — кивнул Репнин. —

Князь Петр Михайлович уже послал человека за доктором Штерном. Мы спасем ее.

— Вы так замечательно всем распорядились, мой друг, — улыбнулся Корф, и Репнин почувствовал в его словах едва уловимую иронию. — Но позвольте и мне принять в этом деле некоторое участие. Если вы не возражаете, я отвезу Марфу в уезд и сам сдам ее исправнику.

— Да-да, конечно, это будет весьма кстати, — отозвался Репнин.

Он был так горд, что участвовал в спасении Лизы, так упоен своим успехом, что с трудом скрывал это чувство.

— В таком случае — разрешите откланяться, — Корф подошел к Марфе, которая казалась совсем безумной, и помог ей встать. — Идемте, сударыня, довольно вам чудить. Пора одуматься! Вот посидите немного взаперти, и быстренько поправитесь. А вам, дамы и господа, желаю счастья!

— О чем это он? — Репнин удивленно посмотрел на Лизу.

— Ума не приложу, — улыбнулась она.

Глава 2
Семейный узел

— Соня, где тебя носило?! — вскричала Долгорукая, едва младшая дочь вошла в гостиную. — Мы чуть с ума не сошли, разыскивая Лизу, а потом спохватились — и тебя нет!

— Маменька, простите! — Соня бросилась к ней на шею. — Я тоже хотела искать Лизу, но мы заблудились...

— Мы? — Долгорукая отстранила дочь и внимательно посмотрела ей в глаза.

— Я... — растерялась Соня, — я попросила помочь мне Никиту, он все дорожки в лесу знает.

— И как же вам в таком случае удалось заблудиться?

— Ну, мы не то чтобы заблудились, — смутилась Соня. — Я ногу подвернула, а Никита меня на руках нес...

— Только и всего? — подозрительно прищурилась Долгорукая. — А чего ты тогда краснеешь, точно маков цвет? И вообще, что это еще за новости — бегать по лесу неведомо куда с неизвестно кем?! Не маленькая — пора бы уже и себя блюсти!

— О чем вы, мама?! — возмутилась Соня и действительно порозовела — случайно или нет, но Долгорукая попала в самую точку.

То ли время пришло, то ли случайно все совпало, но Соня сегодня вдруг впервые увидела, что Никита — сильный, красивый, добрый и внимательный. И больше он уже не казался ей просто соседским конюхом на посылках. Соня так уверенно и защищенно чувствовала себя в его руках. Она действительно поскользнулась на обледеневшей ступеньке Сычихиного дома. Никита успел подхватить ее и внес в горницу. С легкостью хорошего лекаря он вправил вывих и растер лодыжку — нежно и заботливо.

Соня и не заметила, как это случилось, — рука с благодарностью сама потянулась к его голове, утонула в шелковых волнистых волосах. Никита как будто тоже испугался этого прикосновения и мягко отстранился — не хотел обидеть или боялся верить в искренность этого по-женски взрослого жеста. Он собрался пойти за помощью, но Соня настояла — будем ждать. Она верила — Сычиха не могла не вернуться домой. Но часы проходили, за окном темнело, и девушку незаметно сморило — нога согрелась, первая боль утихла, и тепло разлилось по всему ее телу...

Когда она проснулась, то поняла — Никита все это время так и просидел подле нее. Было понятно, что он даже шелохнуться боялся. Замер на месте и почти не дышал, охраняя ее покой. И от его преданности и покорности в душе Сони родилось странное, прежде неизвестное и необъяснимое чувство.

Занятая его осмыслением, она не поторопилась домой, а затеяла с Никитой разговор о Татьяне и их предстоящей свадьбе, и потом поняла, что задела кровоточащую рану, нанесенную ему неразделенной любовью. Романтическая по природе, чутко ощущавшая тончайшие движения души и перемены настроения, Соня умела видеть то, что скрывается от глаз. Она и раньше замечала в Никите неожиданную для дворового человека одухотворенность и потому время от времени просила позировать ей для карандашных портретов, отрабатывая технику рисунка. Но только сейчас Соня разглядела за античной мужественной красотой его профиля и статью глубокую натуру и... позавидовала Татьяне.

Соня увлеклась — незаметно для себя, и потому не осознала этого с определенностью, способной воззвать к осторожности. По-матерински же чуткую княгиню эта странность озадачила, но события, предшествовавшие возвращению Сони, развивались столь стремительно и горячо, что новое в поведении младшей дочери ей оказалось совершенно некстати. И поэтому, слегка попеняв Соне за самоуправство и наивность, Долгорукая велела ей немедленно отправляться отдыхать. Она хотела остаться одна и подумать над всем произошедшим в ее доме.

Когда приехавший за помощью Репнин сообщил, что нашел Лизу, ее сердце взыграло радостью, но, услышав его просьбу срочно вызвать доктора Штерна, она едва не лишилась чувств. Княгине вдруг привиделось, что Лиза умерла, и отчаяние мгновенно поглотило ее. Но потом все прояснилось, и страхи отступили от ее сердца.

Долгорукая непременно хотела ехать с Михаилом за дочерью, но тот убедил ее дожидаться дома. И, пока князь Репнин с мужиками ездили за Лизой, Долгорукая места себе не находила — она извела Петра, попрекая его за все, что помнила, смешав в один нескончаемый монолог и мужнину измену, и когда-то не купленный сувенир. Она извлекала из потаенных уголков своей памяти все обиды первых лет их совместной жизни и, приукрашивая их безмерно, придавала им значение событий, определивших в дальнейшем несчастливую судьбу их брака.

Князь Петр, все еще не пришедший в себя после откровения дневника Лизы и болезненно взволнованный разговором с Корфом, сносил ее претензии молча. Он искренне винил себя вслух, но внутренне мучался непониманием своей ответственности за сумасбродство взрослых детей и нелепости склонной к фантазированию супруги. Поначалу он умолял жену хотя бы немного помолчать, но потом понял, что ее молчание будет еще более ужасным испытанием. Ибо молчать княгиня умела столь красноречиво, что в сравнении с ее безмолвием неугомонная брань Марии Алексеевны воспринималась спасительной тишиной или райским пением.

Между делом досталось и Татьяне — княгиня терзала ее причудливыми капризами, то гоняя в погреб за холодненьким, то требуя согреться. И при этом ворчала на ее медлительность и нерасторопность и грозила отдать Дмитрию на скорую расправу. В конце концов, Татьяна зарыдала и попросила разрешения уйти. Хозяйка позволила, но с такой откровенной и театральной вынужденностью, что женщин вполне можно было принять за классическую комедийную пару — ни дать, ни взять старуха-опекунша и великовозрастная воспитанница на попечении маразмирующей тетушки.

Однако с приездом Лизы ни спокойнее, ни легче не стало. Прижав на мгновение измученную и бледную Лизу к материнской груди, Долгорукая быстро взяла себя в руки и принялась изводить ее жалобами до тех пор, пока она, уставшая от перенесенных потрясений, не взмолилась отвести ее в свою комнату. Княгиня хотела проводить дочь, но увидела, как в гостиную вносят раненую Сычиху, и тотчас взорвалась столь бурным словесным потоком, который никто не мог ее остановить.

И поэтому приехавший следом доктор Штерн первым делом принялся успокаивать княгиню, а потом уже пошел осматривать раненую, которую отнесли в комнату Татьяны. Штерн сделал Долгорукой кровопускание и, дождавшись, когда лицо ее примет здоровый оттенок, закрыл надрез. Он велел князю Петру заставить супругу выпить успокоительное — темную ароматную жидкость из какого-то пухлого пузырька — и не позволять ей некоторое время вставать с диванчика.

Князь Петр благодарно кивнул Репнину, уводившему Лизу к себе, и взял жену за руку — одной ладонью ласково пожимая ее пальцы, другой — поглаживая ее, точно маленькую. К его радости княгиня неожиданно затихла, и доктор Штерн в сопровождении Татьяны направился к раненой Сычихе.

— Будет жить, — по возвращении кивнул он князю Петру, вопросительно поднявшему на него глаза. Князь по-прежнему сидел подле жены. — Рана неопасная, лезвие прошло по касательной, жизненно важные органы не задеты.

— Но там кровь... — удивился князь Петр.

— Если кровь течет, значит — человек жив, — улыбнулся Штерн. — Учитесь, Петр Михайлович, и в плохом видеть признаки доброго. Я думаю, физическому здоровью Сычихи ничего не угрожает — она быстро пойдет на поправку. При условии, однако, что ей будет обеспечен постельный режим и хороший уход.

— В этом можете не сомневаться, — сказал князь Петр. — Я безмерно благодарен этой женщине за спасение Лизы. Князь Репнин сообщил, что она защитила мою девочку от той, безумной...

— Да, кстати о безумии, — покачал головой доктор Штерн. — Похоже, Сычиха испытала серьезное душевное потрясение, и это вызвало шок. Я говорил с ней о произошедшем и понял, что она практически ничего не помнит.

— Вы хотите сказать, что старой ведьме разом отшибло всю память? — зловещим тоном спросила «вдруг» очнувшаяся Долгорукая.

Доктор и князь Петр с удивлением посмотрели на нее. Мария Алексеевна с легкостью, словно и не испытывала недавно приступа, поднялась с диванчика и позвонила в колокольчик.

— Машенька, — только и мог вымолвить князь Петр, — тебе лучше?

— Ничто так не поправляет здоровье, как известие о болезни твоего врага, — хищно усмехнулась Долгорукая.

— Пожалуй, я пойду, — смутился доктор Штерн, — позвольте откланяться. Князь, княгиня...

— Но вы еще навестите нас? — поторопился остановить его князь Петр.

— Вне всякого сомнения, — кивнул Штерн. — Днями я непременно навещу ваш дом и проведаю раненую. Все доброго!

— Быстро вы, однако, мой друг, превратили имение сначала в лазарет, а теперь еще и больницу для умалишенных! — с нескрываемым раздражением бросила Долгорукая, едва доктор Штерн вышел из гостиной.

— Звали, барыня? — хриплым от волнения голосом спросила явившаяся на зов колокольчика Татьяна.

— Ты чего так долго? — нахмурилась Долгорукая.

— Так Сычиха в жару металась, а я... — начала оправдываться Татьяна.

— Сычиха?! — закричала Долгорукая. — Ты к кому отродясь приставлена, дура?! Ты о Елизавете Петровне заботиться должна, а тратишь время на какую-то убогую! Лиза устала, невесть где пропадала, и никому до нее дела нет!

— Так с нею же Михаил Александрович... — хотела объяснить Татьяна, но Долгорукая снова оборвала ее.

— Молчать! Князь ей — не муж и не брат. Тоже мне, сиделка нашлась! Петя! Ты почему молчишь и ничего не делаешь? Ступай, разберись с князем...

— Но Маша, — развел руками Долгорукий, — князь оказал нам неизмеримую услугу — спас нашу дочь.

— И поэтому ты позволил ему выступать еще и в роли утешителя? — озлилась Долгорукая. — Может быть, и в кровать его уложишь рядом с Лизой, чтобы она побыстрее все беды забыла?!

— Маменька, да что вы тут такое говорите? — раздался от двери голос Андрея, вернувшегося вместе с Наташей из города.

Долгорукая разом сникла, опечалилась и

принялась вздыхать о горькой материнской судьбе. Наташа бросилась ее утешать, князь Петр схватился за голову и со словами «Я так больше не выдержу!» удалился из гостиной. Андрей с притворной суровостью посмотрел на Татьяну и строгим тоном осведомился, что здесь произошло.

Пока Татьяна, сбиваясь и путаясь, рассказывала, княгиня позволяла Наташе обнимать себя по-родственному и украдкой утирала слезы. Андрей то и дело хмурился и по завершению сей прискорбной летописи подошел к матери, нежно обнял ее и поцеловал.

— Все будет хорошо, родная, — ласково произнес он. — Я тотчас поднимусь к Лизе.

— Я пойду с тобой, — быстро сказала Наташа.

— И Татьяну возьмите, пусть посидит там, вдруг Лизе что понадобится, — велела Долгорукая.

Спустившегося в гостиную вскоре после их ухода Репнина она встретила с заметной холодностью.

— Я чем-то обидел вас, Мария Алексеевна? — растерялся Репнин, почувствовав ее колкий, ледяной взгляд.

— А как вы полагаете, я должна расценивать ваше вторжение в мой дом?

— Вторжение?

— Именно так. Ведь это вы привезли к нам эту ужасную ведьму и насильно возложили на нас обязанность выхаживать ее. А между тем, у нее есть своя семья, и родной племянник живет не в лачуге!

— Но я подумал, что вы лучше отблагодарите ту, что спасла жизнь вашей дочери...

— Спасла? — надменно рассмеялась Долгорукая. — Да не она ли растревожила ее своими нелепыми бреднями? Не она ли заморочила Лизе голову, и та вообразила, что она — не моя плоть и кровь? Не по ее ли вине моя девочка едва не отказалась от меня, обвинив во всех смертных грехах?!

— Я думаю, если бы вы были откровеннее с Елизаветой Петровной и не пытались искалечить ей жизнь этой противоестественной женитьбой, — Репнин уже пришел в себя от неожиданности ее нападения и заговорил резко и с достоинством, — то вряд ли бы она засомневалась в вашей любви к ней.

— Да вам-то какое дело до моей дочери! — гневно воскликнула Долгорукая.

— Я люблю Елизавету Петровну, — просто ответил Репнин.

— Что? — Долгорукая покачнулась и принялась искать ручку дивана, чтобы опереться. — Что значат ваши слова, князь?

— Не более, чем я сказал, — я люблю вашу дочь.

— И что же вы... тоже были с ней? — прошептала Долгорукая, хватаясь рукою за сердце.

— Как можно! — возмущенно покраснел Репнин и спохватился: — Но почему — тоже?

— А разве вы не знаете, что стало истинной причиной побега Лизы? — Долгорукая пристально посмотрела на Репнина и, видя, что он действительно не понимает, о чем речь, пояснила: — Между Лизой и Владимиром Корфом была связь, и он бросил ее.

— Елизавета Петровна говорила мне о своих чувствах к барону, — после минутной паузы кивнул Репнин. — Но это — в прошлом. И я готов предложить ей руку и сердце, как только будет официально решен вопрос о ее разводе с господином Забалуевым.

— Вот как? — Долгорукая с интересом взглянула на Репнина. — Князь, пожалуйста, присядьте рядом со мной.

И, когда Михаил с холодной вежливостью опустился на краешек диванчика, продолжила:

— Простите меня, князь, если я в пылу отчаяния держалась с вами слишком высокомерно. Признаюсь, ваше известие для меня — удивительная новость и символ надежды. Да, я никогда не одобряла увлечения дочери

Корфом и, к сожалению, поторопилась избавить ее от него, выдав Лизу замуж за того подлого обманщика и грязного игрока. Но вы — совсем другое дело! Я была бы несказанно рада, если бы Долгорукие и Репнины породнились еще и через вас с Лизой. Это во всех отношениях достойный брак, а уж коли он также построен на взаимном чувстве, то это просто моя мечта.

— Мария Алексеевна... — начал Репнин, но Долгорукая жестом остановила его.

— Я искренне рада, и мне приятно, что вы не дрогнули, услышав сообщение о романе Лизы с Корфом. Но все же я прошу вас — до тех пор, пока не решится судьба брака с Забалуевым, и Владимир своей кровью (Репнин вздрогнул) не искупит вины за позор нашей дочери, не приходите к нам, не испросив разрешения, и не встречайтесь с Лизой наедине.

— Вы хотите меня обидеть, Мария Алексеевна? — Репнин встал.

— Нет, нет! — Долгорукая схватила его за руку и пожала ее горячо и нервно. — Я лишь прошу вас не унижать мою дочь более того, чем она уже испытала. Я верю в вашу порядочность, князь, и надеюсь, что вы правильно воспримете мою просьбу.

— Хорошо, — скрипя зубами, согласился Репнин. — Счастье Лизы для меня — превыше всего! И я хочу, чтобы вы одобрили этот брак. Я обещаю, что впредь не сделаю ни единого шага в направлении Елизаветы Петровны, не заручившись вашим благословлением. И Петра Михайловича, разумеется, тоже.

— А вот это лишнее, — заговорщически улыбнулась Долгорукая. — Думаю, Пете о нашем соглашении знать совсем необязательно. Уверена, вы понимаете, что последнее слово в этой семье все равно останется за мной. А я обещаю вам всемерное содействие и поддержку.

— Благодарю вас, княгиня, — Репнин склонился поцеловать ей руку, а она милостиво притянула его голову к себе и по-матерински поцеловала в лоб.

Новость и впрямь была превосходная — каким-то чудом Лиза вытянула-таки свой счастливый женский билет. И, проводив ласковым взглядом уходившего Репнина, Долгорукая почувствовала прилив сил и ощутила подъем настроения. Она и мечтать не могла, что ее девочка пойдет по стопам своего благоразумного брата и выберет наконец-то себе достойную пару. Репнины — род столь же старинный и благородный, как и Долгорукие, и, закрепив это объединение еще одним браком, Долгорукие смогут вернуть себе утраченное могущество и вес при дворе.

О, если бы Петр понимал ее замыслы! Если бы он видел далеко идущие цели, а не тратил время попусту на любовные утехи в объятиях смазливой крепостной! Господи, сколько горя принесла им всем эта отвратительная интрижка! И, быть может, если бы Петр не придавал ей такого большого значения, объявив любовью всей своей жизни, княгиня и сама, поплакав, со временем с пониманием приняла бы эту связь, как данность. Простить — не простила бы, но несла бы эту боль точно муку крестную... Ведь считала же ее маменька обычным делом похождения папеньки с прислугой и дворовыми девками.

Ах, Петя, Петя... — вздохнула Долгорукая. Все могло быть иначе, мы оба были бы счастливы, и дети наши не испытали бы обмана и унижения!..

Приход Сони отвлек ее от размышлений о прошлом и несбывшемся будущем, но слишком долго Мария Алексеевна говорить с ней не стала — есть проблемы и поважнее, чем мелодраматические настроения художницы Сони. Долгорукая для блезира построжила младшую дочь и вскоре отослала ее.

Итак, надо было решить, что делать с Сычихой... Мария Алексеевна встала с дивана и нервно заходила по гостиной, скрестив руки.

Волею судьбы в ее доме поселился враг, и по некоторому размышлению княгиня пришла к выводу, что решение Репнина привезти раненую Сычиху к ним в имение — это дар фортуны. Провидение само отдало эту ведьму в руки княгини и наделило властью распорядиться ее никчемной жизнью. Что там сказал доктор Штерн?.. Сычиха впала в забытье и не узнает никого вокруг себя? Превосходно! Да мало ли что способна сделать с собой слабоумная... Или еще проще — спала, спала и не проснулась... Конечно же! Как это просто — Сычиха должна уснуть... Вечным непробудным сном! Упокой Господь ее душу!..

Долгорукая вдруг почувствовала азарт охоты — она трепетала, словно гончая перед решающим прыжком. Сычиха должна умереть! И княгиня решительно направилась в комнату Татьяны.

Раненая лежала на подушках — бледная, с осунувшимся острым лицом. Долгорукая прислушалась — ей показалось, что в комнате еще кто-то есть, но потом она поняла — это бредила Сычиха. Она вымучивала горлом какие-то слова, словно грозила кому-то, обещая осуществление проклятья. Видеть и слышать это было для Долгорукой невыносимо — даже в бессознательном состоянии эта чертовка продолжала сеять раздор и пугала грядущим наказанием. Словно черный демон вселился в нее и теперь чревовещал — свободный от телесных оков и запретов христианского разума.

— Бог поймет, Бог простит, — едва слышно прошептала Долгорукая, оглядывая комнату в поисках подходящего для ее целей предмета.

Внезапно ее осенила мысль — княгиня подошла к изголовью кровати и, делая вид, что поправляет подушки, медленно вытянула из горки одну из них. Сычиха будто застонала, но потом снова погрузилась в тревожную пустоту и блаженным голосом стала звать кого-то.

— Корф! — поняла Долгорукая. — Она зовет этого подлеца, старого барона!

Что ж, усмехнулась княгиня, сейчас вы соединитесь, голубки, на веки вечные станете неразлучны! Долгорукая мягко взбила подушку в руках и нависла над Сычихой. Она примерялась упасть вместе с подушкой, чтобы своим телом придавить ее к лицу раненой, как вдруг скрипнула дверь в комнату, и от порога раздался встревоженный, испуганный голос князя Петра:

— Маша! Что ты делаешь?!

— Я? — Долгорукая вздрогнула от неожиданности и застыла в неловкой позе с подушкой в руках. — Да вот... поправить хотела... Чтобы удобнее спалось.

— Ты пугаешь меня, Маша, — тихо сказал князь Петр, подходя ближе. — Ты становишься одержимой убийствами.

— Так вот какова твоя любовь? — спокойно усмехнулась Долгорукая, медленными движениями взбив подушку и заботливо подложив ее под упавшую с кровати руку Сычихи. — Ты столь сильно ненавидел меня за то, что я есть, жива и мешаю твоей связи с той девкой, что готов обвинить в чем угодно, лишь бы избавиться от меня?! Но нет — этому не бывать! Я не позволю тебе ни отправить меня в больницу, ни на каторгу! Я найду защиту от развратного и лживого мужа, бросившего жену и родных детей ради крепостной потаскушки!

— Маша! — воскликнул князь Петр. — Ты же все передергиваешь!

— Нет! — Долгорукая повернулась к мужу и надменно уставилась ему в лицо. — Нет, это ты сию минуту обвинил меня в покушении! Ты прятался больше года по лесам, убеждая меня в том, что я убила тебя! Ты не заступился за свою жену, когда мерзавец

Корф обвинил меня в отравлении твоего дружка, старого барона!

— Машенька! — растерялся князь Петр. — Побойся Бога! Разве не ты сама призналась в содеянном?!

— А что может доказать слабая, одинокая и беззащитная женщина, со всех сторон окруженная врагами и предателями?! — Долгорукая патетически всплеснула руками. — Да, я смолчала, оклеветанная подло и безвинно! Но это не дает тебе права подозревать в любом моем поступке злой умысел и обвинять огульно и жестоко!

— И я, по-твоему, не должен верить своим глазам?

— А где были твои глаза, когда я изводилась от горя и вся исплакалась, униженная и преданная тобой?! С каким видом ты смотришь в лицо своим детям? Ты и сейчас еще считаешь, что имел право изменить мне, ибо я, видите ли, перестала быть прежней наивной дурочкой, которую ты убедил выйти за тебя замуж!

— Это просто невыносимо! — вскричал князь Петр и схватился за голову. — Ты сводишь меня с ума!

— Ум? — дьявольски расхохоталась Долгорукая. — Да ты потерял его, пока удовлетворял свою похоть, бегая по четвергам в свое укромное местечко в имении Корфов!

— Вон! — страшным шепотом велел жене князь Петр. — Уйди, Маша, прошу тебя! Иначе я за себя не отвечаю.

— Как скажешь, — покорно кивнула Долгорукая. — Но я всегда буду зеркалом твоей трусости и подлости! А ты никогда не сотрешь со своей семьи позор бесчестия, которое сам на него и навлек!

С этими словами Долгорукая с гордо поднятой головой вышла из комнаты Татьяны.

Князь Петр с ужасом смотрел ей вслед — его жена обладала каким-то мистическим даром убеждения, легко переворачивая очевидное и заставляя принимать на себя ей же адресованные обвинения. Князь Петр слабел, когда Мария вот так бросалась в атаку. Из княгини, наверное, мог получиться великий судья, адвокат или прокурор — в зависимости от того, чью сторону ее пригласили бы представлять. Ей не находилось равных в споре, ибо в ее исполнении он уже не был спором, а скорее — декларацией, обязательной к общей ратификации.

Вдруг Сычиха застонала, и князь Петр очнулся от своих невеселых мыслей. Он подошел к больной и склонился над ней, прислушиваясь. Похоже, раненая пришла в себя и пыталась понять, где она и что с нею происходит.

— Поберегите силы, — сердечно сказал ей князь Петр. — Вам необходим отдых, и — никаких переживаний.

— Пить, — слабым голосом одними губами прошептала Сычиха, — пить...

— Конечно, конечно, — князь Петр взял с комода подле кровати графин и налил воды в стакан, но потом взглянул в него на просвет и понял, что боится оказаться невольным убийцей — а вдруг Маша уже отравила воду?

Он виновато улыбнулся Сычихе и выбежал в коридор с криком:

— Есть кто живой?

На зов явилась Татьяна, и князь Петр велел ей срочно принести воды, но налить ее самостоятельно. Та непонимающе посмотрела на него, однако кивнула и отправилась выполнять. Пока Татьяна ходила за свежей водой, князь Петр вернулся к Сычихе и стал уговаривать поспать и забыть все дурное.

— А ты кто? — со странным выражением спросила Сычиха.

— Друг, — ответил князь и успокаивающе погладил ее по голове.

— Ты — добрый, — улыбнулась Сычиха, — только несчастный. Ты все ищешь ее, а она рядом. Совсем близко...

65

— Она? Кто — она?

— Я не помню, но знаю — та, кого ты не видел, жива.

— Господи, — догадался князь Петр, — ты о дочери моей, о Настеньке?

— Бедная Настя, бедная Настя...

— Не беспокойся, я найду ее, я обязательно ее найду! А вот и Таня, — князь Петр взял из рук Татьяны кувшин и чистый стакан, налил воды и поднес к губам Сычихи, осторожно приподняв ее голову над подушкой. — Пей, пей и поправляйся быстрее, блаженное ты создание...

Оставив Сычиху на попечении Татьяны, князь Петр вернулся в гостиную, где и застал жену — по обыкновению и в неизменной позе. Долгорукая неподвижно сидела на своем любимом диванчике — с выпрямленной спиной, уставившись в одну точку. Князь Петр замешкался при входе, так как еще не был до конца уверен в правильности принятого им решения, но в этот момент княгиня медленно повернула к нему голову, и ее ледяной взгляд неожиданно придал ему недостающей решимости.

— Маша, — холодным тоном обратился к жене князь Петр, — прошу тебя сейчас же следовать за мной.

— Но... — начала Долгорукая.

66

— Это не обсуждается! — прервал ее князь Петр. — Идем.

Княгиня нехотя поднялась со своего места и с видом агнца, отданного на заклание, последовала за мужем.

Войдя в спальную, князь Петр пропустил жену вперед, а потом снял с крючка на стене длинный, с головкой в виде льва, ключ от двери.

— Что это значит? — недовольным тоном спросила Долгорукая, заметив его движение. — Вы намерены запереть меня здесь? Я — пленница?

— Я считаю, что для всех нас будет лучше, если какое-то время вы посидите взаперти, — кивнул князь Петр.

— И это ваша благодарность за то, что я растила в ваше отсутствие наших детей, следила за хозяйством и оберегала вашу честь от досужих сплетен соседей?!

— Это всего лишь мера предосторожности. Вынужденная мера, ибо ваше поведение непредсказуемо.

— Хотите сказать, что делаете это ради моего блага? — с иронией осведомилась Долгорукая.

— Во имя нашего общего блага! Я беспокоюсь о вашем самочувствии, дорогая. И вместе с тем не хочу, чтобы ваше нездоровье обернулось для всей нашей семьи новыми бедами, — сухо ответил князь Петр.

— И я не могу оспаривать ваше решение?

— Вы можете говорить все, что вам заблагорассудится, но это не будет иметь совершенного никакого значения.

— Вы никогда прежде не были столь жестоки со мной!

— А вы прежде никого не убивали! И я не желаю, чтобы еще кто-нибудь пострадал от ваших рук.

— Вот как! — вспыхнула Долгорукая.

— Только так! — воскликнул князь Петр и вышел, заперев дверь на ключ.

Он понял, что не сумеет жить дальше, не открыв тайны рождения и исчезновения своей дочери. Но Сычиха ничем не могла ему сейчас помочь, и лишь Марфа знала те детали, что способны были прояснить все обстоятельства этого странного и запутанного дела.

Марфа, ах, Марфа... Князь Петр уже давно тяготился отношениями с ней. И не потому, что Марфа наскучила ему, — Долгорукий по природе был склонен к постоянству и не искал приключений на свою голову. Просто однажды он почувствовал, что любовь Марфы становится такой же обузой, в какую превратилась в свое время и любовь жены. Долгорукому нравились романтические посещения имения Корфа — тайна порождала азарт, а он, как известно, движет чувствами настоящего мужчины.

Князь был благодарен Марфе за спасение, но со временем ее опека превратилась в постоянный надзор за ним, а пребывание в заброшенном родовом имении стало напоминать тюремное заключение. И, прожив больше года с Марфой, князь Петр почувствовал, что тоскует по прежней жизни — по привычкам повседневного быта, по голосам детей и даже по бесконечному ворчанию Маши, которое издалека уже не казалось таким болезненным и раздражающим.

Но в силу природной склонности к меланхолии и из-за отсутствия стремления к резким переменам Долгорукий терпел свой новый образ жизни и даже находил в нем некоторую приятность. Жизнь в лесу избавляла его от мыслей о предстоящем объяснении с женой и всем светом. Князь Петр не любил быть в центре пересудов и сплетен, он довольствовался тем, что есть, и радовался, если возникали в его жизни мелкие радости. Прежде такой радостью было его нечаянное счастье с Марфой, а после выстрела жены все, что недавно было немилым, обрело ореол потерянного им рая.

И лишь появление Лизы нарушило эту иллюзорную идиллию. Князь Петр бросился домой с небывалым энтузиазмом — бежал от всегда грустной и покорной Марфы, как еще совсем недавно спасался в ее объятиях от неугомонной и капризной жены. Жизнь сделала еще один поворот, но ожидания лучшего не оправдались.

Вернувшись домой, князь Долгорукий попал из огня да в полымя. За то время, что его считали умершим, Мария успела разрушить их семью. В отчаянии она творила несусветное, и последствия устроенной ею вакханалии требовали его немедленного вмешательства во все дела и в судьбы детей. Князь Петр был настроен весьма решительно, но ошибки молодости продолжали тянуть его за собой. И новость о существовании дочери, потерянной или насильно от него отлученной, привела Долгорукого в смятение и заняла первое место в его мыслях и в его душе.

— Мне сказали, что ты отказываешься отвечать на вопросы? — участливо спросил князь Петр, входя в камеру, куда была помещена Марфа после того, как Корф препроводил ее в тюрьму.

Марфа, мраморно-бледная и тихая, сидела на деревянной скамье-лежанке и, напевая что-то, бесстрастно покачивалась из стороны в сторону. Вид ее был безумен, и это повергло Долгорукого в ужас. Посадив жену под домашний арест, он отправился в уезд, чтобы добиться от Марфы признания о том, что случилось с его дочерью. Но представшая перед ним картина ясно дала понять князю, что образ коварной разлучницы, которым он уже успел заменить в своем сердце воспоминания о доброй и ласковой Марфеньке, надуман под воздействием наговоров все той же Марии.

Эта новая Марфа внушала к себе жалость и вызывала сочувствие. И угрызения совести вновь овладели князем — он бросился перед бывшей возлюбленной на колени и принялся целовать ее холодные руки, безвольно лежавшие на сдвинутых и с силой прижатых друг к другу коленях. Долгорукого потрясла замороженность Марфы, и он стал растирать ее красивые руки, по одному согревая своим дыханием ее пальцы.

— Что это вы делаете, барин? — слабым голосом произнесла Марфа, будто не узнавая Долгорукого.

— Господи, Марфа, — растерялся князь Петр, — ты что, не признаешь меня?

— Отчего же не признаю? — равнодушно пожала плечами она. — Только чужие мы друг другу... К чему теперь все эти нежности?

— Это жестоко! Ты сама накликала на себя беду.

— А я и не ищу виноватых. Никто не заставлял меня верить в барскую любовь. Так — подразнило солнышко да из-за тучки не вышло.

— Я не предавал тебя, Марфа. И не я вложил нож в твою руку...

— Обо мне речи нет — я за свои грехи отвечу, — прошептала она, и вдруг взгляд ее прояснился и потеплел. — Вот только трудно мне будет из-за решетки дочку свою украденную искать.

— Ты опять за свое?! Если станешь Марию обвинять...

— И впрямь говорят, муж и жена — одна сатана, — горько усмехнулась Марфа. — Господи, да откройте же вы глаза, князь! Ваша жена убедит кого угодно и в чем угодно. Не делайте из нее великомученицу! Она лживая, коварная и хладнокровная женщина.

— Все, довольно! Я не собираюсь обсуждать с тобой мою жену! — воскликнул князь Петр, за негодованием скрывая все возраставшее чувство вины перед несчастной женщиной.

— Хорошо, — кивнула она и отвернулась от него. — Как скажете, барин...

— Если бы вы все знали, как измучили меня! — Долгорукий поднялся с колен и принялся нервно расхаживать по камере. — С того дня, как я вернулся в семью, сердце мое не знает ни минуты покоя.

— А ты покайся, барин, на душе сразу и полегчает.

Князь Петр с недоумением посмотрел на нее и покачал головой — эта Марфа была ему совершенно незнакома. Говорила спокойно и едко, и ее равнодушие к чужой судьбе ужасало.

— Скажи, неужели тебе совсем не жаль Сычиху? Она до сих пор в беспамятстве.

— Нечего было встревать.

— Но ты понимаешь, что если она умрет, тебе придется отправиться на каторгу?

— Мне все равно, что со мной будет, лишь бы знать, что девочка моя жива и здорова. Об этом молюсь денно и нощно, — Марфа достала из-под воротника скромного шерстяного платья цепочку, и князь Петр вздрогнул — рядом с крестиком висел на цепочке старинный перстень.

— Мой перстень... он до сих пор с тобой?

— Ты подарил мне его, как символ нашей любви, — несчастная женщина накрыла перстень ладонью, словно защищала.

73

— Верни мне его! — потребовал князь Петр.

— И ты еще обвиняешь меня в жестокости? Ведь ты же знаешь — отнимая перстень, ты отбираешь у меня последнее, что связывало нас.

— Он принадлежал моей матери и передается в нашей семье от поколения к поколению. Ему не место в тюрьме!

— Надо же, а я ведь только сейчас поняла — вы, барин, тоже крепостной. Однако освободиться никогда не сможете — ваше сословие вас от себя не отпустит.

— Ты обвиняешь меня в предрассудках? — смутился князь Петр.

— Я говорю о том, что по вашей просьбе барон Корф дал мне вольную, но не избавил от любовной крепости. Вам же вольную от самого себя подписать некому... Впрочем, вот, — Марфа сняла цепочку с шеи и, расстегнув замочек, сняла с цепочки перстень и протянула его Долгорукому. — Возьмите, но с условием — передайте его нашей дочери, Анастасии.

— Обещаю тебе, — расчувствовался князь Петр, — что найду ее и передам, но без твоей помощи мне будет трудно сделать это. Дай мне хотя бы какой-то намек, примету! Ты понимаешь, любая мелочь, любой пустяк может привести нас к цели.

— После рождения Сычиха должна была завернуть ребеночка в одеяльце, на котором я вышила букву «А». Я думала — если родится девочка, назову Анастасией, а если мальчик — то Алексеем. Она, наверное, стала такая красивая... — Марфа на мгновение замолчала, а потом, быстро отдав князю перстень, вскричала: — О, Боже, Петр, я умоляю тебя — найди ее! Верни ее мне!

Долгорукий испугался. Казалось, еще немного — и Марфа набросится на него. Взор ее сверкал, лицо порозовело, волосы вмиг растрепались — ни дать, ни взять фурия! Князь Петр сжал ладонь, в которую Марфа положила памятный ему перстень, и бросился к выходу. Он с силой застучал по двери камеры. Охранник тут же открыл дверь и выпустил его.

Забывшись, князь Петр бросился к лестнице — и быстрее на улицу. Его тяготила не убогая и мрачноватая тюремная атмосфера, его душили эмоции. Но резкая боль в ноге на минуту сковала его, и он едва успел схватиться за скрипящие деревянные перила, такие же старые, как и само здание. Переведя дыхание, Долгорукий, мистически припадая на больную ногу, заковылял и по ступенькам и, наконец, преодолел последний лестничный пролет и вышел. Князь Петр глубоко вдохнул морозный свежий воздух и, набрав горсть снега из сугроба при входе, с силой растер им лицо.

Он перед всеми оказался виноват, но кого он мог обвинить в своих бедах? Почему для него не был определен свыше мальчик для битья, не отрицающий совершенного им преступления и покорно отсидевший назначенный ему наказанием срок?

Чем он, князь Петр Михайлович Долгорукий, вызвал негодование Господа? И почему страдания, перенесенные им, так и не стали искупительными, а порождали все новые и новые беды, преодолевать которые для него становилось все трудней и трудней?..

Долгорукий взывал к Небесам и не мог дождаться ответа. И тогда зарыдал, качаясь, добрел до кареты и попросил кучера измученным, хриплым голосом:

— Домой... Отвези меня, голубчик, домой, если знаешь, где он — дом мой...

— Ты бы отдохнула, Таня, — доброжелательно сказала Наташа.

Она пришла, чтобы заменить девушку у постели Сычихи.

Татьяна с благодарностью молча кивнула и поднялась со стула у кровати.

— Ты хорошо себя чувствуешь? — Наташа пристально посмотрела на нее, и Татьяна смутилась под этим взглядом.

— Не беспокойтесь, барышня, я не доставлю вам хлопот.

— Однако ты кажешься мне встревоженной, — настаивала на своих сомнениях Наташа.

— Кто бы не разволновался, когда в доме такое, — покачала головой вдруг побледневшая Татьяна.

— Да, конечно, столько всего случилось... Но, думаю, тебя надо освободить от лишних хлопот. Я поговорю с Андреем, чтобы тебе выделили отдельную комнату, пока эта женщина остается в доме, — покровительственным тоном сказала Наташа.

— Вы так заботитесь обо мне, барышня...

— Я уже говорила — я не враг тебе и твоему ребенку. И потом я уверена, что со временем ты поймешь: людям свойственно блуждать в темноте, но как бы ни был жизненный путь извилист и суров, он все равно выведет нас к свету. И каждый займет место, отведенное ему свыше.

— Я не претендую на Андрея Петровича, — хотела оправдаться Татьяна, но Наташа жестом остановила ее.

— Нам нечего делить с тобой, и, надеюсь, мы обе это прекрасно понимаем. У тебя —

77

своя дорога, наша же ведет нас с Андреем к алтарю. А сейчас — ступай, отдохни. Соня сказала, что ты можешь пока побыть у нее. И будь любезна — не пренебрегай сном и хорошо питайся, я не желаю, чтобы Андрей мог предположить в твоей бледности мою вину.

— Что вы, барышня! — стала возражать Татьяна, но Наташа улыбкой дала ей понять, что разговор окончен.

Татьяна присела в неглубоком поклоне и вышла из комнаты.

Она не знала, каким чувством Наташа уловила посетившие ее страхи. Очевидно, это любовь делала ее такой подозрительной и обостряла внимание. Татьяна и впрямь была не в себе — она только что случайно приоткрыла завесу страшной тайны и теперь места себе не находила от ужаса чужого откровения.

С тех пор, как князь Петр Михайлович уехал, Сычиха несколько раз впадала в забытье и бредила. Поначалу Татьяна принимала слова раненой за бессвязный поток воспоминаний, запрятанных в самую глубину ее сознания, но потом поняла — Сычиха снова и снова возвращалась к пропавшей дочери Долгорукого, рожденной Марфой. И вдруг Татьяне стало страшно — она ведь и сама не знала своих родителей, и лет ей было столько же, сколько и несчастной Насте, о которой шептала Сычиха. И воспитывал ее князь Петр вместе со своими детьми, словно она и не крепостная вовсе.

Так может, Сычиха права, и бедная Настя действительно все время живет рядом с ним, со своим отцом, а он и не знает об этом? А княгиня потому и свирепствует, что до правды — рукой подать? Но что же это тогда получается — они с Андреем Петровичем брат и сестра?!

Татьяна почувствовала легкое головокружение и тошноту. Она невольно схватилась рукой за плечо Сычихи, и та от прикосновения открыла глаза и ясным живым взором посмотрела на нее. Татьяна вздрогнула — Сычиха узнала ее!

— Это ты, Таня? — хриплым голосом сказала она. — Ты не бойся меня, ты крови бойся. Кровь вижу, родную кровь... Грех и наказание... Преступление и смерть...

— Да о чем ты? — всхлипнула испугавшаяся ее слов Татьяна.

Но колдунья словно и не приходила в себя — опять вмиг окаменела, глаза закрылись, сомкнулись губы.

— Сычиха, милая, ты чего же это — наговорила страхов и ушла? Ты зачем так со мной? Ты это почему? — Татьяна принялась трясти больную за плечи, обмахивать полотенцем — может, очнется. Но все оказалось тщетно — ведунья погрузилась в темноту, и вывести ее оттуда у Татьяны полномочий не было.

И тогда оцепенение нашло на нее — а что, если она и есть эта самая Настя?! И тогда их любовь с Андреем — страшный грех соединения родной крови? И ребенок, которого она ждет, — исчадие ада?! Нет, он мой! Он — хороший, я уже так люблю его — думала Татьяна, и слезы текли из ее глаз. Заслышав, что в комнату кто-то вошел, бедняга быстро украдкой утерла слезы и встретила вошедшую Наташу со светлой улыбкой — тихая и спокойная...

Татьяна вздохнула и поднялась наверх. Соня с радостью приняла ее у себя и велела отдыхать — самой ей почему-то не сиделось. Татьяна покачала головой — вы, мол, барышня, как будто влюблены? Соня зарделась — глупости! — и, погрозив Татьяне пальчиком, убежала к Лизе справиться о здоровье и пошептаться о важном. Служанка проводила ее ласковым взглядом и собралась прилечь, как в комнату вошел Андрей и с порога принялся смущенно извиняться.

— Таня, прости, что так вышло, — развел он руками, — я не думал, что займут твою комнату. Но мы поправим это — ты ни в чем не будешь нуждаться. Обещаю тебе!

— Андрей Петрович, что вы! Это слишком! — пряча глаза, сказала Татьяна. — Я ни о чем не прошу, я всем довольна, лишь бы Сычиха скорее поправилась.

— И все-таки я переживаю, — Андрей подошел к ней и хотел обнять, но она резко оттолкнула его.

— Не надо! — вскрикнула Татьяна. — Не прикасайтесь ко мне!

— Что такое? Почему? — растерялся Андрей. — Мне казалось, что мы договорились — ты больше не ревнуешь меня к Наташе, а я стану заботиться о малыше. Я хочу знать, как он там. Позволь мне послушать...

— Нет! Нет! Это нельзя, это неправильно, это грех!

— Да что с тобой?! Я — отец ребенка, я имею на это право, — Андрей, преодолевая сопротивление Татьяны, взял ее за руку и притянул к себе.

— Мы не должны были этого делать! Это грех! Кровный грех!

Татьяна, наконец, вырвалась из его объятий и отбежала к окну. Андрей непонимающе вздохнул.

— Да что с тобой такое? Объясни мне!

Татьяна умоляюще взглянула на него, но Андрей настаивал, и она заговорила.

— Бред какой-то! — воскликнул Андрей, выслушав ее. — Не верю, ни единому слову не верю! Это все нелепые фантазии! Ты не можешь быть Анастасией.

— Но Сычиха...

— Полусумасшедшая ведьма, которая лежит в горячке и бормочет что-то несусветное! Опомнись, Таня! Наша любовь — от Бога, иначе Всевышний не даровал бы нам ребеночка! И я люблю его, и все будут любить его, когда он появится на свет.

— Мне так страшно, Андрюша, — заплакала Татьяна.

— Ничего удивительного, это все твоя беременность виновата. Я спрашивал у доктора Штерна — он сказал, что у тебя обязательно появятся и страхи, и фантазия разыграется. Доктор просил меня быть терпимым к разным странным проявлениям этого периода, так что перестань переживать, ты все равно меня не испугаешь.

— Но как же...

— Вытри слезы, — Андрей достал из кармана сюртука платок и ласковым движением приложил его к покрасневшим глазам и щекам Татьяны. — Даже не знаю, что с вами всеми делать. И, если честно, я уже начинаю эту неизвестную мне Настю ненавидеть. Ты второй человек в доме, вообразивший себя нашей пропавшей побочной сестрой. Если она, конечно, родилась.

— Прости меня, я, наверное, и впрямь умом помутилась, — виновато улыбнулась Татьяна.

— Не надо оправдываться, дай лучше, я спрошу у малыша — удобно ли ему там.

Андрей опустился перед ней на колени и прижался сначала губами, шепча что-то, а потом ухом к ее животу. Татьяна вздрогнула, но потом, зардевшись, позволила ему сделать это.

— Кажется, он меня толкнул, проказник! — хмыкнул Андрей.

— Что ты?! — растерялась Татьяна. — Рано еще!

— Нет, не рано! Это мое отцовское сердце говорит. Или ты думаешь, что только у матерей есть такое всеслышащее сердце? — шутливо парировал он.

Татьяна наклонилась поцеловать его в голову и вдруг вскрикнула — на пороге стояла бледная Наташа. Андрей, почувствовав ее напряжение, оглянулся и тут же вскочил с колен.

— Наташа... — начал объяснять он.

— Не стоит, Андрей, я видела достаточно, — дрогнувшим голосом сказала невеста. — Придавайтесь вашему родительскому счастью, я не стану вам мешать.

Татьяна закрыла лицо руками и опустилась на кровать — силы разом оставили ее. Андрей кинулся ей помочь, но спохватился, обреченно махнул рукой и бросился догонять Наташу.

— Родная, постой, ты делаешь поспешные выводы! — умоляющим тоном произнес он, застав Наташу в гостиной.

— Выводы уже давно пора сделать тебе, — покачала она головой. — Мне же надо набраться мужества и раз и навсегда сказать себе самой, что между нами ничего не может быть. У нас нет будущего, наши чувства были недолгими, наше решение о женитьбе — неосмотрительным.

— Но ты же обещала мне любить этого ребенка и смириться с тем, что он должен появиться на свет!

— Да, но я думала, что ты избавишь меня от необходимости созерцать сцены, подобные той, нечаянным свидетелем которой я только что стала!

— Вот именно — нечаянным! Если бы я знал, что ты придешь...

— Ах, так?! Ты собирался обманывать меня

и тайно бегать в комнату служанки? А я должна была оставаться в счастливом неведении и верить, что мой муж не делит свою любовь ни с какой другой женщиной?

— Ты несправедлива ко мне! — вскричал Андрей.

— А ты — подлый лжец! — в голосе Наташи зазвенели слезы. — Ты опять предал меня!

— Наташа, твои обвинения переходят все границы, — обиженно сказал Андрей.

— В таком случае, считай, что я перешла свой Рубикон, и намерена сжечь все мосты!

— Для чего ты пытаешься поругаться со мной? Кажется, я понимаю... Это близкое присутствие наследника делает тебя такой вспыльчивой. Ты готова использовать любую мелочь, чтобы все-таки порвать со мной, но при этом вину за наш разрыв переложить на меня.

— Так это я — коварная изменница?! Я завела роман на стороне и собираюсь родить незаконного ребенка?! Мило, мой друг, очень мило! Браво! Вы — настоящий сын своего семейства!

— При чем здесь моя семья? Я не позволю оскорблять никого из живущих в этом доме! Ни моих родных, ни даже слуг!

— А ты, однако, большой либерал!

— А ты — самодовольная и высокомерная фрейлина!

— Я ненавижу тебя! — закричала Наташа и зарыдала.

— Господи! — Андрей вдруг понял, что натворил. Еще минута — и возвращение к прежним отношениям между ними станет невозможным. — Что же мы делаем с тобой, любимая?

Он стремительно подошел к плачущей Наташе и нежно обнял ее. Потом принялся целовать ее заплаканное лицо, руки.

— Прости меня! Я сам не свой... Все так глупо! В этом доме уже давно неспокойно, мне даже кажется, что над нашим родом витает какое-то проклятье. Ты даже не представляешь себе, насколько мы измучили друг друга: папенька — маменьку, маменька — Лизу, я — Татьяну. И тебя, вот видишь, втянуло в этот водоворот... Не отвергай меня, протяни руку, помоги выбраться из трясины! Наташа, ты же милая, славная, я так люблю тебя! На самом деле — только тебя! Прошу, нет — умоляю, останься со мной! Мы обвенчаемся и уедем в Петербург. Или лучше заграницу, и тогда уже никто не сможет помешать нам и нашей любви!

Пока он говорил — неожиданно пылко и убежденно, Наташа затихла и стояла, прижавшись к Андрею, словно сливаясь с ним. Наконец, она подняла на него посветлевшие глаза и прошептала:

— Да, да, да!

— Хорошо, — с облегчением улыбнулся Андрей и поцеловал ее в лоб.

— Вы позволите, Андрей Петрович? — в дверях гостиной появился Никита.

— Конечно, Никита, входи, — Андрей бросился к нему навстречу, точно к лучшему другу.

— Я к вам с просьбой, — вежливо склонил голову Никита. — Не откажите, отпустите Татьяну со мной. Барин, Владимир Иванович, сегодня предложили мне место управляющего. Они Карла Модестовича выгнали, а мне доверяют и жилье его во флигеле отдают.

Наташа вопросительно и с ожиданием его решения посмотрела на Андрея, и тот после короткого раздумья кивнул.

— Я согласен, но прежде мне надо переговорить с Татьяной, — сказал он и, заметив облачко, промелькнувшее на лице Наташи, добавил: — Это недолго. Я только хочу выполнить то, что должен сделать, как порядочный человек. Ожидайте меня здесь, я скоро вернусь. Верь мне, Наташа!

Он вернулся через десять минут — Наташа внимательно следила за стрелками напольных часов. Ей казалось, жизнь остановилась на это время — не было слышно даже собственного дыхания. Слезы опять навернулись на глаза. Наташа дрожала, но внешне все выглядело, как обычно. Она изредка посматривала на переминавшегося у двери с ноги на ногу Никиту, но избегала встречаться с ним взглядом. Наташа боялась, что он поймет ее тревогу, и тоже решится все отменить. И это тогда, когда до счастья остался один маленький шаг к алтарю, чтобы сказать короткое и многозначительное: «Согласна».

Наконец, из коридора послышались шаги — Андрей вернулся в гостиную вместе с печальной и ко всему равнодушной Татьяной.

— Никита, — Андрей с торжественным выражением лица подвел Татьяну к нему, — я рад содействовать вашему браку. Ты — благородный человек и, я уверен, будешь ей верным и заботливым мужем. Мы с Наташей никогда не оставим вас своим вниманием и будем вам всемерно помогать. Я желаю вам счастья! А в качестве первого свадебного подарка прошу вас принять от меня эту вольную — отец согласился подписать для Татьяны свободу. А сейчас я немедленно отдам распоряжение, чтобы вам помогли собрать вещи. И — в добрый путь!

Никита едва успел подхватить на мгновение потерявшую сознание Татьяну, а Наташа с возгласом «Это так благородно!» бросилась Андрею на шею. Идиллию прервал стремительно вошедший в гостиную Репнин.

— Друзья! У меня важное, но весьма неприятное сообщение — нам всем грозит опасность! Мы должны тотчас поехать в имение к Владимиру и составить план действий. Андрей, Наташа, надеюсь, вы со мной. Думаю, нам понадобится помощь и Елизаветы Петровны...

Глава 3

Один за всех, и все — за одного

«*Ваше высокопревосходительство, с нижайшим моим почтением и с величайшей благодарностью за оказанное мне доверие, спешу доложить вам обо всех событиях и персонах, кои интересовали вас при вашем последнем посещении наших мест.*

Через преданного мне живущего в имении барона Владимира Корфа человека, чьи сведения я получаю из первых рук и могу засвидетельствовать их достоверность, мною узнано, что интересующая вас особа проживает в имении в качестве гостя под именем князя Муранова.

«Князь Муранов» с хозяином имения приятельствует, а также к ним присоединился и небезызвестный вашему высокопревосходительству князь Михаил Репнин, замеченный в присутственных местах в уездном городе и чаще всего в имении князя и княгини Долгоруких, соседствующим с Корфом.

Владимир Корф по преимуществу проводит время дома, равно, как и «князь Муранов», которого время от времени навещает младшая дочь князя и княгини Долгоруких княжна Софья Петровна, известная как весьма умелая рисовальщица. «Князь Муранов» великодушно согласился предоставить княжне Софье свой профиль для портрета, однако точно известно, что означенная княжна о настоящем имени владельца портретируемого профиля не догадывается, ибо всем домашним крепостным барона Корфа приказано знать и звать елико интересующую вас особу лишь под именем «князя Муранова».

«Князь Муранов» в великой грусти особо не замечен. Днями вместе с бароном Корфом и князем Михаилом Репниным застрелил загнанного для их охоты кабанчика, а давеча под видом простолюдинов вышеназванные персоны посетили придорожный кабак, где широко гуляли. «Князь Муранов» и барон Корф были отмечены в изрядном винном излиянии, громко провозглашали тост за свободу и платили за веселие всех присутствующих в кабаке. Князь Репнин от возлияний и неосмотрительных речей воздерживался, однако и не предпринимал ничего для их прекращения.

Подобное поведение интересующей вас особы и сопровождавших ее барона Корфа и князя Репнина стало причиной ссоры с цыганом из табора, по обыкновению стоявшего на моих землях у озера. Цыган, известный больше под именем Червонный, потребовал от «князя Муранова» денег в счет оплаты какой-то услуги, оказанной им прежде, и, будучи не удовлетворен произведенного тут же в присутствии всех посетителей трактира расчетом, словесно и действием оскорбил «князя Муранова», бросив вышеназванной особе в лицо несколько медных монет.

Оскорбление интересующей вас особы произошло при полном попустительстве барона Корфа и князя Репнина, кои не помешали цыгану напасть на «князя Муранова» и произвести выстрел из пистолета, после чего цыган беспрепятственно бежал из трактира и не был впоследствии пойман и наказан за свое преступление.

«Князь Муранов» был немедленно доставлен в имение барона Корфа, и вызванный к нему врач — уездный эскулап доктор Штерн, отмеченный в излишнем благоволении к свободомыслящей молодежи, — констатировал ранение в руку, однако утверждает, что — неопасное для жизни и здоровья интересующей вас особы. «Князю Муранову» прописан был постельный режим и натирание заживляющими мазями, изготовленными по личной рецептуре доктора Штерна.

В настоящий момент «князь Муранов» продолжает пребывать в имении барона Корфа на излечении и изволит проводить время в чтении исторических книг в библиотеке. Несмотря на ранение и предполагаемое душевное переживание, его аппетит не пострадал, и желание развлечься не оставляет его, о чем свидетельствует посещение его княжной Натальей Репниной, в отношениях с которой отмечена взаимная симпатия.

Что же касается подозрительных вещей, о которых вы просили докладывать вам особо, то главным, несомненно, является присутствие в имении прежде неизвестного нам лица, представленного бароном Корфом как служанка «князя Муранова» глухонемая Дарья. Из наблюдений, сделанных преданным мне человеком, смею предположить, что таковая вряд ли является той, за кого ее выдают.

Было отмечено неумение и нежелание вышепоименованной Дарьи работать по дому, к тому же помещена она в одну из гостевых комнат близ спальной барона Корфа, откуда вчера была замечена выходящей утром. По уверениям моего агента, «Дарья» имеет слишком красивые и не знавшие домашней работы руки, кроме того, она весьма строптива и подвержена капризам. Удивляет и тот факт, что прислуга барона Корфа Полина определена вышеозначенной Дарье в помощники и соглядатаи, что первым же делом наводит на мысль о чести не по чину.

По свидетельству моего человека в имении Корфа, у выше упомянутой крепостной девки

Полины им конфискованы весьма дорогостоящие серьги, кои он прежде видел на небезызвестной вам госпоже Ольге Калиновской, что позволило мне сделать смелое предположение о фальсификации ее смерти.

Приношу свои нижайшие извинения, что не поторопился ранее доложить вам о своих подозрениях, но, не желая поставить вас в неудобную ситуацию, я предпочел прежде проверить основательность своих сомнений, для чего дал задание моему человеку подстроить для упомянутой «Дарьи» проверку, после которой она непременно проявила свое истинное лицо и подлинную сущность.

Мой человек заманил «Дарью» в подготовленную для нее ловушку, воспользовавшись невниманием «князя Муранова» и барона Корфа, а также отсутствием князя Репнина, и распорядившись отправить ее чистить стойла в конюшне, что повергло глухонемую служанку в такой ужас, что она заговорила и к тому же — на чистейшем польском языке, подвергнув моего человека нецензурной шляхетской брани.

Из чего смею заключить, что смерть Ольги Калиновской представляется мне вымышленной, и она по-прежнему продолжает находиться подле интересующей вас особы, подвергая опасности его жизнь. Судя по всему, в этом деле замешаны равно как барон Корф, так и князь Репнин, которые заведомо скрывают от вас правду об истинном положении вещей.

Как патриот и глубоко лояльный сын государства, предполагаю в деяниях вышеназванных персон тайный умысел в отношении интересующей вас особы, которая вполне может быть удержана ими в поместье барона Корфа даже не по своей воле. На что указывает и ранение «князя Муранова», ибо прежде оба — и барон Корф, и князь Репнин — были замечены в сношениях с цыганами, а особенно девицей, гадалкой Радой, которая, насколько мне стало известно, предсказала «князю Муранову» скорую смерть от чужой руки.

За сим прошу вашего милостивейшего согласия произвести в отношении барона Корфа и князя Репнина дознавательные действия в целях заключения их под стражу по причине пособничества государственной преступнице и за реальную угрозу жизни интересующей вас особы.

Всегда с горячим желанием готов выполнить любое ваше поручение лично и с нетерпением ожидаю вашего скорейшего приказа.

Предводитель уездного дворянства, добропорядочный гражданин и верный слуга Отечеству нашему...»

Прочитав письмо Забалуева, Бенкендорф почувствовал себя неуютно. Он в раздражении бросил испещренный мелкими округлыми буковками листок на стол и принялся барабанить пальцами по зеленому сукну.

Надо было точно рассчитать все слова, которые предстояло сказать императору. Сообщение Забалуева оказалось для Александра Христофоровича полной неожиданностью. Тогда, глядя на окровавленное тело Калиновской и безутешно рыдавшего над ней Александра, он был уверен и в искренности этих слез, и в благополучном — насколько можно считать таковым самоубийство Ольги — разрешении этой семейной «польской проблемы». На какой-то миг ему даже стало жаль наследника, глубоко переживавшего потерю бывшей возлюбленной, и Бенкендорф позволил себе смягчиться и оставил Александра в покое, хотя и под присмотром.

И что же оказалось? Калиновская жива, а наследник, по-видимому, не без участия все того же Корфа, устроил публичный и отвратительный фарс, выставив его, шефа жандармского корпуса, глупым мальчишкой, доверчиво расчувствовавшимся под впечатлением от переживаемого Александром фальшивого горя. Наследник не только жестоко обошелся с ним, но и оскорбил его лучшие верноподданнические чувства и многолетнюю преданность императорской семье.

Сознавать это было для Бенкендорфа невыносимо. Еще никогда прежде никто так не издевался над его привязанностью к царской фамилии. Николай уважал его и всегда принимал его помощь, к его мнению прислушивались главы иностранных государств, его боялись вольнодумцы и узурпаторы, к нему шли на поклон добропорядочные граждане. И вот теперь все это — коту под хвост?! И понадобилось только желание надменного сиятельного юнца, чтобы свести на нет и годы безупречной службы, и непоколебимость убеждений в важности твоих деяний для правящего монарха и государства.

Бенкендорф попеременно то бледнел, то лицо его вдруг наливалось багрецом — до синевы, до удушья, и кашель опять принялся за него. Бенкендорф, мучительно изогнувшись, встал и подошел к сейфу в стене, где вместе с наиважнейшими документами хранил особые капли, снимающие приступ. Быстро глотнув из пузырька, он какое-то время стоял, оперевшись на стену, но вскоре пришел в себя и вернулся на свое место — аскетический порядок на столе придавал мыслям организованность и четкость.

97

Александр Христофорович еще раз пробежал глазами донесение Забалуева и в который раз похвалил себя за предусмотрительность. Хорошо, что он не доверился наружному наблюдению. Внутренний агент, как всегда, пришелся к большей пользе и, главное, вовремя. Судя по всему, Калиновская еще находилась в имении Корфа, и можно было успеть перехватить ее.

Успешным завершением этой операции Бенкендорф оправдал бы свою ошибку перед императором и получил полную власть над наследником, который неизбежно стал бы просить у него заступничества перед отцом. И в силах Бенкендорфа оказалось бы либо сокрыть все, либо объявить императору о совсем небезобидном розыгрыше, устроенном Александром. При дворе все, от Николая до последней фрейлины, были уверены в смерти Калиновской, и по этому поводу даже состоялись переговоры с польским двором.

Невероятно! Мальчишка одурачил всю Европу и преспокойно отправился с приятелями в придорожный трактир, чтобы отпраздновать свою победу с заезжими пьянчужками и в компании грязных цыган. Да еще и тосты произносил о свободе!.. Кстати, о свободе — это он подчеркнет особо. Любовные шалости — это одно, а вольнодумные манифесты — совершенно другое. Что ж, господа князья и бароны, не удалось доказать ваше вольтерьянство прежде — сейчас-то уж точно не отвертитесь! Мстить наследнику невозможно, да и не в его правилах обижаться на монархов, которым Бенкендорф предан бесконечно и беспрекословно, а вот Корф с Репниным ответят за все. И за проступок наследника в том числе!

Аккуратно вложив донесение Забалуева в папку, Бенкендорф направился к Николаю. Тот принял его немедленно — он ждал новостей из Двугорского, императрица постоянно пеняла ему на жестокость обращения с мальчиком и умоляла убедить Александра вернуться ко двору. Бенкендорф не стал давать читать Николаю письмо своего агента — изложил его содержание сухо и сдержанно, избегая оценок и эмоций. Император выслушал его, не прерывая, и потом отвернулся к окну — так он делал по обыкновению, желая сосредоточиться и обдумать услышанное.

— Александр Христофорович, — спокойно сказал Николай, наконец, нарушив затянувшееся молчание, — я прошу вас ничего не предпринимать, дабы не подвергнуть жизнь наследника еще большей опасности. Окружите имение барона вашими людьми, я хочу быть уверенным, что никто не сможет беспрепятственно покинуть его. Но постарайтесь действовать тихо и незаметно, чтобы не спугнуть это гнездо разврата и лицемерия. Поезжайте туда сами вперед и убедитесь, что все участники этой инсценировки на месте, и дайте мне знать. Я лично прибуду в Двугорское, чтобы встретить там Александра и спросить с него за содеянное и за непослушание по всей строгости. А сейчас ступайте, я бы хотел остаться один. И благодарю вас за службу...

О тучах, сгущавшихся над имением Корфа, Александр не знал. Последнее время он пребывал в хорошем расположении духа — то ли деревенский воздух действовал на него опьяняюще, то ли перемена мест освежала мысли и чувства, но он ни минуты не думал о будущем и наслаждался покоем и ровным течением загородной жизни. Рана заживала быстро и сейчас казалась всего лишь обязательным атрибутом приключения, в которое он пустился с приятной легкостью в душе. Александр чувствовал себя героем рыцарского романа — смелым и отважным авантюристом, не отягощенным никакими обязанностями, семейными или государственными.

С каждым днем жизнь в имении Корфов нравилась ему все больше — тихие встречи домашних в столовой, нежность в отношениях между Корфом и Анной, иногда оттеняемая острым на язык Репниным. Но даже он в последнее время потеплел, и Александр предположил — князь влюбился, ибо на это указывали все признаки, прежде столь хорошо знакомые ему самому. Репнин то впадал в задумчивость, и отрешенность его взгляда скорее притягивала, чем пугала, а то вдруг становился беспричинно весел и порывался с каждым поделиться своей внешне необъяснимой радостью.

Любовь витала в этом доме над всем, и даже являвшаяся рисовать княжна Соня, младшая Долгорукая, была однажды уличена в романтическом настроении, которое изливала на нового управляющего имения Корфов — Никиту, высокого русоволосого, почти былинного богатыря. Александр, правда, позволил себе мягко подтрунивать над ней, но ничем не обидел ее увлечение. Он словно видел себя со стороны и сожалел, что прелести подобных чувств ему уже не дано испытать, и время влюбленности прошло безвозвратно.

Возможно, ему осталась только роль всеобщего утешителя и покровителя влюбленных. И первым его жестом на этом пути стала помощь Натали Репниной, совершенно запутавшейся в своих отношениях с князем Андреем. Нельзя сказать, что Александр делал это с особенным удовольствием, — он еще не вошел во вкус благотворительности, и к тому же его собственные чувства к княжне окончательно не угасли. И все-таки удовлетворение оказанным благодеянием согрело его, и Александр занес свое участие в этом деле к числу своих первых монарших подвигов.

Картину омрачало лишь присутствие Ольги. И в этом случае Александр впервые по-настоящему убедился в справедливости старинной мудрости, предупреждавшей, что от любви до ненависти — шаг. Как оказалось, они этот шаг уже сделали, и Александр не испытывал в обществе своей бывшей пылкой возлюбленной ничего, кроме раздражения и обиды за нарушенный покой и утраты последней надежды на обычное счастье. Но думать о грустном Александр не хотел. Интрига против Бенкендорфа, похоже, удалась. Надо только дождаться, когда к истории с Ольгой ослабнет внимание и интерес всего его семейства и двора и увезти ее отсюда — подальше и побыстрее. Однако Ольга, судя по всему, так не думала.

— Да вы с ума сошли! — вскричал Александр, войдя в столовую. Ольга сидела за столом, как ни в чем не бывало — в своем обычном платье, словно была в доме барона почетной и желанной гостьей. — Как вы посмели нарушить конспирацию?!

— Ваша разлюбезная Анна не оставила мне выбора, — пожала плечами Ольга. — Она опрокинула на меня какой-то таз с липкой и сладкой кашей.

— Это было тесто для блинов, — негромко пояснила Полина, между делом разносившая творожный пудинг.

— И что, во всем доме не нашлось другой одежды, соответствующей вашей роли? — нахмурился Александр, застучав вилкой по столу.

— Думаю, что различного тряпья в этом доме хватает, — усмехнулась Ольга. — Но больше вы меня не заставите подчиняться вашим бездарным указаниям! Я не фрейлина, и вы мне — не указ! А Корф... Думаю, отныне он будет слушаться меня, а не я — подчиняться его дурацким приказам!

— Вы заключили с бароном сепаратный мир? — Александр с громким стуком положил вилку на стол.

— Я выхожу замуж за барона... Или нет — он женится на мне, — гордо объявила Ольга.

— С чего бы это? — Александр удивленно приподнял брови.

— А разве вы, будучи порядочным человеком, не поступили бы так в отношении женщины, с которой провели ночь? — с вызовом сказала Ольга.

— Не говорите глупостей! — отмахнулся Александр. — Барон любит Анну, и его чувство неизменно.

— Это он трезвый такой душевный, а когда выпьет, то ему требуется настоящая женщина — жаркая, страстная, опытная! — Ольга вскинула голову и высокомерно посмотрела на него.

— Такая, как вы? — прищурился Александр, и в голосе его послышались нотки оскорбленного мужского самолюбия.

— Должен хоть кто-нибудь оценить меня по достоинству!

— О каком достоинстве вы говорите, сударыня, когда сами не уважаете чужие души!

— Это вы о себе, ваше высочество?

— Я говорю о бароне и Анне. Мало того, что вы соблазнили хозяина дома, оказавшего вам гостеприимство, так еще и не пощадили чувства хозяйки.

— Анна — здесь никто, а вот я стану настоящей хозяйкой в доме Корфа!

— Господи, да зачем вам это нужно, Ольга?

— А вы полагаете, что я должна довольствоваться ролью вечной изгнанницы, вынужденной скрываться от ищеек императора?

— Я полагаю, вы не имели права разрушать счастье людей, помогающих вам скрываться от преследования!

— Преследования будут мне не страшны, когда я стану баронессой Корф! — воскликнула Ольга.

— Этому не бывать! — в тон ей вскричал Александр.

— И кто мне помешает? Уж не вы ли, ваше высочество? — с иронией вопросила Ольга.

— Я прежде всех! — вполне серьезно сказал Александр. — Я не допущу, чтобы вы разбивали счастье моих друзей!

— Вы злитесь? Ах, как вы злитесь! Интересно, а что более всего вас раздражает — то, что я обидела эту меланхоличную певичку, или то, что провела ночь в объятиях Корфа, вашего, как вы изволили выразиться, друга?

— Да как вы смеете?!

— Саша! — Ольга поднялась со своего места и, жестом велев Полине удалиться, подошла к нему, встала за спиной и обвила его шею руками. — Будь же честен с самим собой, признайся, ты не хочешь этого не потому, что обижен за своих друзей. А потому, что речь идет обо мне, о той, кто все еще дорога и близка тебе.

— Оля, ты и сама знаешь это, — расчувствовался Александр. — Но неужели не нашлось лучшего средства, чтобы сказать мне о своих чувствах и узнать о моих, кроме того, как соблазнить ни в чем не повинного барона?

— Так ты считаешь, что я способна оказаться в постели с другим мужчиной лишь бы досадить тебе? О, как же ты плохо меня знаешь!

— Оля! — наконец, догадался Александр. — Так ты все выдумала?

— Какой же ты у меня еще глупый! — нежно проворковала Ольга в самое ухо Александра.

— Это я виноват во всем! — покаялся Александр. — Ради меня ты решилась на этот безрассудный поступок с побегом, ради меня творишь все эти глупости. А я ничем не могу помочь тебе!

— Можешь, — шепнула Ольга, — все в твоих силах. Не прогоняй меня, позволь остаться здесь! Замужество с Корфом позволит мне вернуться в общество и иметь возможность видеть тебя, как это было всегда. А барон... Барон пусть наслаждается внебрачным счастьем со своей актрисой. Я не стану его ревновать.

— О Боже! — Александр оттолкнул ее от себя и встал из-за стола. — Ты — просто исчадие ада! А я-то было поверил тебе!

— Но, Саша...

— Оставь меня! Немедленно возвращайся в свою комнату и изволь находиться там, пока мы не сможем увезти тебя отсюда.

— Боюсь, ваше высочество, сейчас это уже будет сделать гораздо сложнее, — раздался от двери голос Анны.

— Что вы хотите этим сказать? — обратился к ней Александр.

— Утром я ходила на кладбище, на могилу своего опекуна, Ивана Ивановича Корфа и, возвращаясь, видела на дороге двух подозрительных охотников. Думаю, что это шпионы господина Бенкендорфа.

— Двое охотников? — насмешливо переспросила Ольга и пожала плечами. — У вас, милочка, слишком богатое воображение.

— Анна, дорогая, — Александр подошел к ней и поцеловал ее руку, — надеюсь, вы преувеличиваете, и эта встреча — случайность.

— А я уверен, что повторяющаяся встреча уже не является случайностью, — поддержал

Анну вернувшийся от Долгоруких Репнин. — Доброе утро, ваше высочество!

— Да, да, но что вы имеете в виду, князь? — помрачнел Александр.

— Подобные охотники повстречались и мне, правда, совершенно в другом месте, но тоже — вблизи имения.

— Вы полагаете, что мы в осаде? — дрогнувшим голосом произнес Александр.

— Вне всякого сомнения, — кивнул Репнин.

— Значит, мы — в ловушке? — испуганно спросила Ольга.

— И, похоже, не без вашего участия! — бросила ей Анна.

— А я-то здесь причем? — вскинулась Ольга.

— Возможно, именно вы выдали себя, — грустно сказал Александр. — И я уже говорил вам сегодня — не стоит так откровенно нарушать правила конспирации. Кто знает, сколько в доме ушей и глаз, способных выдать нас Бенкендорфу.

— О, Матерь Божья! — простонала Ольга. — Император не простит мне обмана, меня казнят или сошлют в Сибирь, я никогда не увижу свою семью!

— Раньше надо было думать, — безжалостно оборвал ее стенания Александр. — А сейчас спрячьтесь в своей комнате, а мы станем думать, что нам делать дальше.

— Если вы позволите, ваше высочество, — поклонился Репнин, когда Ольга ушла, — то я хотел бы предложить вам один план...

— Замечательно! — воскликнул Александр, выслушав его.

— Мне кажется, это может сработать, — улыбнулась Анна. — Но для исполнения всего задуманного наших сил не хватит.

— Вот поэтому, — кивнул Репнин, — я и отправляюсь сейчас к Долгоруким. Уверен, что Лиза и Наташа с Андреем не откажутся помочь нам. Жаль, что Владимир еще не вернулся.

— Да, кстати, а где барон? — Александр вдруг понял, что не видел его целое утро.

— Мы вместе искали пропавшую княжну Долгорукую, Елизавету Петровну, — почему-то смутился Репнин. — Одна несчастная вообразила, что Лиза — ее дочь, и попыталась увезти ее из семьи. Мы помешали сделать ей это, правда, женщина обезумела от горя и ранила другую такую же несчастную по имени Сычиха.

— О Господи! — ахнула Анна. — Что с ней? Она жива?

— С ней все будет хорошо, доктор Штерн сказал — Сычиха поправится, — успокоил ее Репнин.

— А княжна Долгорукая? С нею, надеюсь, тоже все в порядке? — участливо поинтересовался Александр, уже давно наблюдавший за вполне понятной ему пристрастностью Репнина к судьбе Лизы Долгорукой.

И это точно была любовь!

— Да, да! — покраснел Репнин. — Ей уже лучше, и, зная ее неутомимый характер, я не сомневаюсь, что она со свойственной ей горячностью откликнется на наш призыв о помощи.

— Но Владимир, где Владимир? — заволновалась Анна.

— Он повез ту женщину в уезд, чтобы представить ее в полицию. Полагаю, он скоро вернется, и вы сможете ввести его в курс дела и рассказать наш план.

— Благодарю вас, князь, — величественным тоном сказал Александр. — Сегодня вы проявили себя, как настоящий друг наследника трона. Я никогда не забуду те услуги, которые вы оказываете мне в этом деле. И поверьте — ваша преданность будет в свое время достаточно вознаграждена.

— Я делаю это не ради наград, ваше высочество, — смутился Репнин. — Я служу своему Отечеству, его государю и императорской фамилии. А еще... еще я всегда рад помочь своим друзьям, попавшим в беду.

— Один — за всех, и все — за одного? — понимающе улыбнулся Александр.

— Закон мушкетеров и всех благородных людей, — поддержал его Репнин.

— К коим вы и относитесь, — добавил Александр и протянул Репнину руку.

Тот с благодарностью пожал ее и направился к выходу.

— Поразительный человек, — в раздумье произнес Александр, когда Репнин откланялся. — Один из самых удивительных среди тех, с кем меня свела сейчас судьба. Скажите Анна, я слышал, что прежде князь был к вам взаимно неравнодушен, как же вам удалось сделать свой выбор? Ведь барон — тоже смелый и необыкновенный человек.

— А я и не выбирала, — просто сказала Анна. — Это сердце все решило само, за меня.

— О, если бы оно всегда было таким мудрым... — Александр вздохнул и вдруг вспомнил: — Мне показалось, что при упоминании имени барона Корфа вы погрустнели и даже расстроились?

— Именно так — вам показалось, — Анна отвела взгляд.

— Нет-нет, не прячьте глаз! — велел ей Александр. — Я хочу, чтобы вы посмотрели на меня и внимательно выслушали все, что я вам расскажу.

Анна побледнела и настороженно взглянула на него.

— Я наслышан, что вы утром по недоразумению испортили платье моей служанки? Не смущайтесь, другой реакции, думаю, трудно было ожидать после всего, что она натворила.

— Владимир Иванович не муж мне, — тихо сказала Анна. — Он свободен в своих чувствах. К тому же это не первый случай, в его жизни бывали и другие женщины.

— Только не пытайтесь уверить меня, что вам все равно, и вы смирились с его романами!

— Мне они безразличны.

— Но вам небезразличен сам Владимир, ведь так? — Александр дружески взял Анну за руку. — Я знаю, что произошло, но спешу уверить вас, что переживали вы совершенно напрасно.

— Но я видела, как госпожа Калиновская выходила из его спальни! — воскликнула Анна, и на ее глаза мгновенно навернулись слезы.

— Не всегда надо верить тому, что видишь. Ольга невероятно изощрена в интригах. Она заставила вас поверить в то, чего вы не видели, и чего в действительности никогда не было.

— Откуда вы знаете?

— Она только что сама призналась мне в своем обмане. Ей всего лишь захотелось убить двух зайцев сразу — досадить Корфу и вернуть меня, заставив ревновать к нему.

— Ольга сама так сказала?

— Она одержима своим чувством ко мне и готова на все, только бы вернуть те дни, когда мы были счастливы вместе, — кивнул Александр. — А вам нет необходимости обижаться на барона, уверен — он искренне и глубоко любит вас и не способен на измену. Не отворачивайтесь от него, поговорите с ним, и вы тоже узнаете счастье.

— Благодарю вас, ваше высочество, — Анна присела перед ним в поклоне, и Александр с благосклонностью принял этот знак внимания.

Он снова выступил в роли миротворца — вел себя, как настоящий отец для своих подданных. Ему даже стало нравиться это чувство поклонения — не обычной, плотской любви, а восторженности, какую вызывало лишь явление божества.

— А сейчас позвольте мне навестить нашу пленницу, — улыбнулся Александр. — Я должен сообщить Ольге о нашем решении, а вы дождитесь барона и сообщите мне, когда он вернется из города.

Анна растроганно кивнула Александру и проводила в коридор, всячески подчеркивая свое уважение к его особе, и потом прошла в библиотеку — есть не хотелось, переживания заполонили всю ее душу. Но Анне недолго пришлось оставаться одной — дверь в зал распахнулась и Владимир, не замечая ее, стремительно прошел в кабинет.

— Владимир Иванович, — дрогнувшим голосом позвала Анна, входя в кабинет вслед за ним.

— Анна, Боже! — Корф бросился к ней и обнял. — Вы, наверное, считаете меня безнадежно черствым? Я оттолкнул вас утром и только что прошел мимо, не сказав ни одного доброго слова. Вы простите меня, дорогая?

— Да неужели я имею право препятствовать вам? — смутилась Анна. — Теперь я знаю, что дело, по которому вы столь неожиданно уехали, было серьезным и не терпело отлагательств. Я буду молиться за здоровье Сычихи и благополучие Елизаветы Петровны.

— Как вы великодушны! — вздохнул Корф. — Но боюсь, даже вашего ангельского терпения не хватит, чтобы не отчаяться, услышав еще одну новость. Дело в том, что со мной случилась странная история, которой я, правда, не нахожу пока объяснения...

— Я знаю, — остановила Корфа Анна. — Вас обманули — низко и подло! Эта женщина все подстроила в надежде привлечь к себе внимание цесаревича. Вам не в чем упрекнуть себя, мне — не в чем вас обвинять.

— Боже, вы возвращаете меня к жизни! — вскричал Корф, сжимая ее в объятиях.

— Но, Владимир, у нас нет времени предаваться счастью, — мягко отстранила его Анна.

— Вы все еще сердитесь на меня за что-то? — не понял ее холодности Корф.

— Дело в другом, — грустно сказала Анна. — Наша хитрость раскрыта. Князь Репнин подозревает, что во дворце знают о том, что госпожа Калиновская жива. Он уверен, что люди графа Бенкендорфа окружили имение. Да я и сама видела вблизи кладбища незнакомых охотников.

— Конечно! — воскликнул Корф. — Я понял, все стало на свои места! А я-то удивлялся, что вокруг так много полиции и жандармов! Честно говоря, я думал, что это связано с поисками сбежавшего тогда цыгана.

— Увы, все значительно серьезней.

— Что ж, мы должны предпринять какие-то шаги...

— Прошу вас, пойдемте в комнату Калиновской. Его высочество просил, чтобы мы встретились там. Миша... Князь Репнин предложил весьма хитроумный план, и Александр Николаевич хотел довести его до вашего сведения.

— О, Миша! — развел руками Корф. — Он просто создан для должности адъютанта — беспредельно предан своему хозяину и первым бросается на его защиту.

— Вы завидуете ему? — улыбнулась Анна.

— Боже сохрани! Каждому свое — я солдат, мое место на передовой. Или — подле вас, что почти одно и то же.

— Ах, вот как? — Анна лукаво посмотрела на него.

— Да, мне нравится бороться за вас. Вы подобны дикой лани — ее нельзя укротить силой, но можно убедить лаской и обещанием защиты.

— Владимир, только не говорите, что собираетесь сделать мне предложение! — рассмеялась Анна, и смех ее был счастливым.

— Не забегайте вперед своей судьбы, — шутливо пригрозил ей пальцем Корф. — Всему свое время. А пока — идемте к его высочеству. Мы должны опередить тех, кто пытается помешать ему довершить начатое...

— Здравствуй, сын, — негромко сказал Николай, входя в гостиную имения Корфов.

— Отец? — Александр, до этого увлеченно созерцавший какую-то книгу, встал, всем своим видом выражая крайнюю степень удивления. — Что побудило вас, Ваше Величество, отправиться в эту глушь? Неужели только отцовские чувства?

Николай, не ответив на его выпад, подошел к Александру и взял из рук наследника книгу, которую тот читал.

— Сенека? Похвально. Мой сын уже не тратит время на пустые поиски вечной любви?

— Та любовь умерла, что толку жить прошлым, — равнодушно пожал плечами Александр.

— Любовь или предмет твоей любви? — недобро усмехнулся Николай.

— Что вы имеете в виду, отец? — заметно обиделся Александр.

— Я подразумеваю, что тайное больше не является таковым, и я знаю, что вы обманули меня. Госпожа Калиновская жива и прячется сейчас в этом доме, — глаза Николая устрашающе сверкнули, император был полон гнева и величия.

— Ольга умерла, — сухо сказал Александр. — И я бы просил всех проявлять больше уважения к ее памяти.

— Лжец! — вскричал Николай, теряя терпение.

Он достал из кармашка мундира цепочку с крестиком и пару дорогих сережек с рубинами и на раскрытой ладони протянул Александру.

— Что это? — как ни в чем не бывало, спросил Александр.

— Вы уже не узнаете свои подарки, сын? — рассердился Николай. — При дворе их опознали! Вы заказывали эти вещицы у нашего ювелира для госпожи Калиновской. И они были замечены на ней в тот день, когда она устроила для графа Бенкендорфа представление с мнимым самоубийством.

— Тогда откуда они оказались у вас? — нахмурился Александр. — Неужели наши жандармы стали мародерами?

— Ограбить мертвого человека можно только тогда, когда человек действительно мертв, — отрезал Николай. — Эти вещицы живая и невредимая Калиновская подарила одной из служанок в этом доме.

— Вы так хорошо знаете все детали местного быта? — саркастически усмехнулся Александр. — Боюсь, вас неверно информировали, Ваше Величество.

— Так давайте спросим у нее самой, — зло предложил Николай. — Где ваш хозяин, велите звать его, а он пусть приведет ту служанку.

— Зачем нам беспокоить барона? — пожал плечами Александр. — Все делается значительно проще.

Он подошел к стенному звонку и несколько раз с силой дернул за широкую, шитую золотом ленту шнура с пышной кисточкой на конце. На зов пришла Полина и остолбенела — она впервые видела так близко императора.

— Батюшки мои! — только и могла вымолвить она и бросилась на колени перед Николаем. — Сам, сам пожаловал! Отец родной!

— Ладно, Полина, — брезгливо поморщился Александр, — встань да скажи нам — узнаешь ли ты вот эти вещи?

Николай помахал цепочкой и серьгами, зажатыми в руке, перед ее лицом. Полина вскочила, и глаза ее хищно загорелись.

— Признаю, как же, признаю! — закивала она. — Серьги эти мне барышня дала, что сбежала из нашего дома.

— Уточни, какого дома, — подсказал ей Александр.

— Из петербургского, — подтвердила Полина и, повернувшись к Александру, спросила: — А нельзя ли, ваше сиятельство князь

Муранов, эти серьги мне вернуть? Их у меня бывший управляющий отобрали. Сказали — контрибуция.

— Если Его Величество не станет возражать... — пожал плечами Александр.

— Пусть берет, — разрешил Николай и бросил серьги в подставленные Полиной ладони. Она шустро схватила серьги и, без конца кланяясь, попятилась к двери.— Итак, будем считать, что за серьги вы оправданы, но как вы объясните наличие этой цепи, Александр?

— А я и не отрицаю, что прежде она принадлежала Ольге, — промолвил тот. — Но перед отъездом она вернула мне ее в знак нашей любви. На память. Эта цепочка была со мной все это время и недавно пропала. Барон Корф заподозрил в воровстве своего управляющего, но так как доказать ничего не смог, просто рассчитал его, ибо пропажа цепочки — не единичный случай с этим управляющим. Но теперь-то я понимаю, куда она делась — ваши шпионы собирали несуществующие улики!

— Вы обвиняете ведомство графа Бенкендорфа в подлоге? — с раздражением сказал Николай.

— Это не я, это факты говорят за себя, — с легким поклоном ответил Александр.

— Значит, вы пытаетесь убедить меня в том, что Ольга действительно умерла, а вы так отчаянно оплакивали ее смерть, что ввязались в пьяную драку в каком-то трактире с грязным цыганом? — продолжал настаивать Николай.

— Зачем вы спрашиваете меня, когда вам и так все хорошо известно? — вздрогнул Александр.

Он и не предполагал, что император настолько посвящен во все случившееся с ним за эти дни.

— Тогда вы не станете отрицать, что женщина, которая скрывается в спальной барона Корфа, и есть Ольга Калиновская?

— Но я, кажется, не замечал у барона страсти к интимному общению с мертвыми, — весело сказал Александр.

— И мы можем и в этом убедиться? — издевательским тоном спросил Николай.

— Семья — святая святых! Разве имеем мы право врываться в спальную дворянина помимо его воли и без предупреждения? — растерялся Александр.

— Так предупредите барона, что император желает убедиться, что он один. А, если не один, то я хотел бы лично быть познакомиться с его... — Николай замялся, подыскивая правильное и не оскорбительное слово.

— Я думаю, в этом нет необходимости, — сказала Анна, входя в гостиную и с достоинством склоняясь перед императором. — Ваше Величество...

Она была в простом скромном платье и держалась уверенно. Вошедший следом Корф тоже поклонился Николаю и взял ее под руку.

— Простите, барон, что доставил вам подобные неудобства, — развел руками Александр.

— Приезд Его Величества — огромная честь для нас, — ответствовал Корф.

— Вот видите, *papa*, что вы наделали! — обратился Александр к Николаю. — Барон и Анна, воспитанница его отца, принимали меня в имении, как радушные хозяева. И, поверьте, они помогли мне пережить тяжелые дни после ухода Ольги. Но другой женщины в доме нет, и, если бы граф Бенкендорф пожелал, то мог бы самолично убедиться в этом. Конечно, в случае, если барон не возражает.

— Я с готовностью продемонстрирую свои верноподданнические чувства, — кивнул Корф.

— И вы беспрекословно позволите моим людям осмотреть ваш дом? — с недоверием спросил Бенкендорф, входя в гостиную. —

Ваше Величество, ваше высочество, барон, сударыня...

— А вот и вы! — улыбнулся Александр. — Теперь все в сборе, можно приступать к обыску.

— Александр, вы ведете себя оскорбительно! — вспылил Николай и искоса бросил вопросительный взгляд в сторону шефа жандармов.

Александр понял — император ждал от его появления каких-то важных вестей, но Бенкендорф приехал, судя по всему, с пустыми руками. Значит, их план не сорвался — Андрею с Лизой удалось увезти и спрятать Ольгу, а Репнины успешно отвлекли на себя все внимание жандармов. Как и было задумано! Отлично!

— Чему ты улыбаешься? — с подозрением поинтересовался Николай, пытаясь угадать, чем вызвана перемена в настроении сына.

— Я вдруг вспомнил, как в детстве играл в прятки, и ты всегда страшно сердился, если мне удавалось остаться ненайденным, — объяснил Александр.

— Ты признаешься, что обманул меня? — побледнел Николай.

— Нет, я вспомнил, что прежде в наших

отношениях было больше приятных моментов. Только и всего...

— Ваше Величество, — тихо обратился к Николаю Бенкендорф, — я полагаю, мы никого не найдем здесь. Вряд ли барон Корф проявил безрассудство, способное навлечь на него немилость Вашего Величества.

— Что ж, — Николай закусил губу и нахмурился, — мы немедленно возвращаемся в Гатчину, а вы, мой сын, проследуете со мной.

— Но... — к такому повороту событий Александр был не готов. Он вообще не ждал приезда отца, и в действительности все его обидные реплики предназначались не императору, а Бенкендорфу. Но судьба распорядилась иначе, и теперь он чувствовал, что обида, нанесенная им отцу, достаточно серьезна и не стоит продолжать сердить его. — Но вы позволите мне попрощаться с моими друзьями?

— Я не настолько жесток, чтобы препятствовать этому. Но все же помни — тебя не ждет эшафот, и поэтому нет никакой нужды в долгих проводах, — Николай бросил на сына еще один неласковый взгляд и кивнул Бенкендорфу. — Идемте, Александр Христофорович, в империи есть дела и поважней, чем свидетельствовать смерть какой-то ничтожной фрейлины.

Бенкендорф с ненавистью взглянул на Корфа и вышел вслед за Императором.

— Вы можете как-то объяснить мне произошедшее? — холодно спросил Николай у Бенкендорфа, садясь в карету. — Вы говорили, что сведения, полученные от вашего агента, абсолютно точны.

— Смею предполагать, что они вполне соответствовали действительности, но мы опоздали — его высочеству удалось-таки избавиться от Калиновской прежде, чем мы появились, — развел руками Бенкендорф.

— Но разве вы не обещали, что устроите ловушку?

— Я сделал это. Мне удалось спугнуть его высочество, и он поторопился увезти Калиновскую из России. Мои люди следили за выехавшей из имения каретой, но — увы! — в ней оказались князь и княжна Репнины.

— Значит, он тоже в этом замешан? Это что — заговор?

— Боюсь предполагать более, чем могу доказать, Ваше Величество.

— В таком случае, распорядитесь немедленно отозвать его в столицу и велите тотчас прибыть в Гатчину. Я подумаю, как распорядиться его судьбой. Вы с нами?

— Я бы хотел, с вашего позволения, навестить своего агента и поблагодарить его за верную службу, — отказался Бенкендорф.

— Уверен, вы не поскупитесь, — усмехнулся Николай.

В этот момент на крыльце показался Александр. Он быстро и с легкостью сбежал по ступенькам и, словно не замечая Бенкендорфа, сел в императорскую карету. Слуга убрал ступеньки и закрыл дверь. Офицеры сопровождения вскочили в седло, кучер дождался, пока слуга взберется рядом с ним на козлы, и взмахнул хлыстом.

Бенкендорф проводил карету императора тяжелым взглядом и оглянулся, почувствовав, что на него смотрят — Корф вышел на крыльцо и наблюдал за ним. Шеф жандармов вздрогнул и быстро направился к своей карете. Два следовавших с ним жандарма пришпорили коней. Корф вздохнул — Господи, пронеси!

Господи, пронеси! — думала и Лиза, когда они с Андреем увозили Ольгу в старое имение Долгоруких.

Ольга сидела напротив нее — раздраженная и мрачнее тучи. Андрей тоже застыл в напряжении. Он вынужден был уступить просьбе умоляющей Наташи и настойчивости сестры, но ему претили эти нелепые игры в таинственность. Андрею не нравилась в этой истории ни роль Репнина и Корфа, ни его собственная роль, и даже поведение наследника престола вызывало в нем тихое недовольство.

Эта женщина как будто свела всех с ума, и взрослые офицеры, пусть и разжалованные, но присягавшие на верность своему императору, из кожи вон лезли, чтобы обмануть и выставить на посмешище его бдительных стражей порядка и законности. Логика таких поступков была Андрею непонятна и отчасти оскорбительна, но и предать друзей он никогда бы не смог, и потому согласился сопровождать Лизу и проследить за тем, чтобы Ольга благополучно добралась до места, где могла переждать, пока страсти, вызванные ее побегом из Польши, окончательно утихнут.

— И вы хотите сказать, что я стану здесь жить? — вскричала Ольга, едва войдя в гостиную старого дома. — А где слуги? Где комфорт? Я вам все же не нищая!

— Поверьте, это ненадолго, — мягко сказал Андрей, пытаясь успокоить ее. — Через несколько дней за вами приедет человек. Он выведет вас из имения и доставит к границе. Уверяю вас, мы обо всем позаботимся. Сейчас еды вам хватит, и голод вам не грозит.

Наберитесь терпения, и скоро вы покинете Россию.

— А откуда мне знать, что это не ловушка? — капризным тоном спросила Ольга.

— Это мы все в ловушке, пока вы находитесь здесь! — с ненавистью бросила ей Лиза.

Конечно, ей нравилось, что Миша — такой умный, так все придумал и организовал, но, участвуя в этой истории, он подвергал свою жизнь страшной опасности и ставил под угрозу их будущее счастье.

— Зачем же так сурово? — хищно улыбнулась Ольга. — Неужели мы, как женщина женщину, не поймем друг друга? Или вас никогда не бросал возлюбленный и вы вполне довольны своей судьбой?

— Оставьте мою сестру в покое! — прервал ее Андрей. — И позвольте нам помочь вам.

— Надеюсь, в последний раз, — кивнула Лиза и вышла из гостиной.

— А как я узнаю вашего посланца? — метнув в ее сторону недобрый взгляд, осведомилась Ольга.

— Он покажет вам вот это, — Андрей достал из кармана иконку, на оборотной стороне которой был нарисован портрет Марфы.

Андрей не видел иного способа избавиться от памятного кошмара, связанного с мнимой смертью батюшки.

— И я могу довериться тому, кто предъявит этот пропуск в Рай? — усмехнулась Ольга.

— Вполне, — серьезно сказал Андрей и поклонился. — А сейчас прощайте...

— Вы ничего не желаете мне объяснить? — страшным тоном спросил Бенкендорф Забалуева, попятившегося под его уничтожающим взглядом.

— Но что, что случилось, ваше сиятельство? — залепетал Забалуев.

— Вы убедили меня в том, что Калиновская все еще живет в имении Корфа. Я, в свою очередь, убедил в этом императора, и что мы имеем? Калиновской, если она там и жила, уже и след простыл, а наследник насмехался надо мной, как будто я какой-то мальчишка, с которым он играет в прятки! — вскричал Бенкендорф.

— Простите, ваше сиятельство, — Забалуев быстро сник и съежился. — Я был уверен, мой человек все мне подтвердил... Я должен ему уйму денег...

— Денег? — Бенкендорф от негодования даже задохнулся. — Скажите спасибо, если

129

вас не отправят в тюрьму! А я, по вашей милости, могу попасть в опалу, и тогда уже никто не сможет уберечь вас от каторги.

— Я исправлюсь, ваше сиятельство, я докажу, что все еще полезен вам... — испуганно лебезил Забалуев.

— Хорошо, — смилостивился Бенкендорф, — если придумаете, как отомстить этим господам — барону Корфу и князю Репнину, то я, пожалуй, вас и прощу.

— Не сомневайтесь — придумаю, — угодливо кивнул Забалуев, провожая графа до двери. — Они у меня в печенке сидят. А уж этого случая я им и подавно не спущу!..

Глава 4
Невозможное счастье

— Я несказанно рад, что ты, наконец, решился, — голос старого барона Корфа звучал глухо и слегка надтреснуто.

— Разве я давал тебе повод усомниться в моей смелости? — нахмурился Владимир.

— Я не обвиняю тебя в трусости, — поспешил оправдаться барон. — Но любовь — чувство настолько сильное, что зачастую лишает нас мужества даже помимо нашей воли.

— Мне кажется, любовь — это наказание, — покачал головой Владимир.

— Любовь — это испытание, — улыбнулся барон, — и только от тебя зависит, куда приведет тебя этот путь — во тьму или к свету и блаженству, равному которого нет на Земле.

— Но почему — борьба? Всегда борьба! — воскликнул Владимир. — Неужели нельзя просто взглянуть в глаза и все понять — без слов, без пререканий, и принадлежать друг другу, отдаваясь чувству без неизбежного соревнования в первенстве?

— Ты говоришь сейчас о страсти, — тихо сказал барон, — а я — о любви. Любовь не дается без мук и боли. То, что дороже всего, должно быть выстрадано. Именно это делает любовь бесценной, и такое чувство уже невозможно забыть или отказаться от него.

— Но я устал преодолевать трудности, — вздохнул Владимир, — я, словно Сизиф, вкатываю на высоченную гору огромный камень, а он каждый раз падает обратно, едва достигнув вершины.

— Любви без терпения не бывает, сын мой! Самое страшное — бросить все на полпути и не добраться до счастливого конца.

— Самое страшное, отец, — это бывшее счастье! Позади — последствия битвы за его осуществление, а впереди — призрачный Рай!

— Твои страхи — порождение твоей несвободы. Ты боишься чувствовать и опасаешься, что чувство заполнит всего тебя.

— Можно подумать, Анна ведет себя как-то иначе!

— Вы оба — что малые дети! Вам обоим надо перестать опасаться самих себя и давно уже пора понять, что никто из вас не потеряет себя, позволив другому занять место в своей душе. Ибо это место — свободно. И только вы способны заполнить эту пустоту в душе и сердце друг друга. Соединиться, как две половинки.

— О, если бы все было так просто!

— Простое, Володя, — всегда самое сложное...

— Я вам еще нужна, барин? — Полина заглянула в дверь кабинета.

Корф вздрогнул — видение отца исчезло, и опять стало неспокойно. Владимир взглянул на просительно ожидавшую его ответа Полину и кивнул ей.

— Иди, если будет необходимо, я тебя позову. Впрочем, прежде предай Анне мое приглашение к обеду, скажи, что я жду ее в столовой через час. И вот тебе, держи, — подумав, сказал Владимир, протягивая Полине золотой. — Ты неплохо вела себя сегодня, это твое вознаграждение.

— Благодарствую, барин, — расцвела Полина. — Вы же знаете, что я для вас на все...

— Всего мне и не требуется, — остановил ее Корф. — Постарайся лишь впредь не вредить своему хозяину.

Полина понимающе закивала и попятилась к двери. Когда она, наконец, удалилась, Корф направился в свою комнату. Как и сказал отец, он решился и поэтому хотел выглядеть сегодня соответственно тому значительному и торжественному моменту, к которому шел все это время.

Он открыл створки шкафа и еще раз осмотрел подготовленную для этого случая одежду. К сегодняшнему дню Владимир готовился, но делал это втайне, ибо опасался насмешек друзей, которые привыкли к его аскезе. Да и что скажет Анна, принимавшая его внешнюю суровость за образ жизни? Корф не был отчаянным франтом, но и грубоватость и обязательность армейского мундира оказалась для него, скорее, формой вынужденной, чем действительно отвечавшей его существу. И вот сегодня он впервые за время своего разжалования мог одеться свободно и элегантно — так, как любил и хотел чувствовать себя.

Накрахмаленная Варварой рубашка, ослепительная по белизне, лежала мягко, облегая тело, а отменно заутюженные складки пластрона держали форму, прекрасно сочетаясь со строгими и простыми линиями фрака. Этот костюм, предполагавший статную фигуру и хорошую осанку, весьма шел Владимиру и наделял его и без того эффектную внешность солидностью и представительностью, достойными его положения.

Фрак Владимир заказал темно-синий с едва заметным отливом цвета морской волны, в талию, но без излишеств, с пышными в плечах, но слегка укороченными рукавами, из-под которых виднелись элегантные манжеты с бриллиантовыми запонками в два ряда. В чуть заниженный вырез груди поднимался песочного цвета жилет, в верхнем кармане которого лежали памятные, открытые часы из вороненой стали с золотым ободом и дарственной надписью от командующего дивизией. Чуть зауженные брюки были выбраны подходящими к фраку, но более светлого тона и с едва заметной вертикальной полоской...

— Владимир, вы... — растерялась Анна, входя в столовую в назначенный им час.

— Я выгляжу ряженным? — смутился Корф.

— Нет, что вы! — воскликнула Анна. — Все так торжественно... Я никогда не видела вас таким. И вообще — стол, ваш костюм... Это так неожиданно!

— Я собирался удивить вас, — кивнул Владимир, подходя к ней и протягивая навстречу руку. — Позвольте, я провожу вас к вашему месту.

Анна молча подала ему свою руку в ответ и прошла вместе с ним к торцу стола, противоположному тому, где сидел он сам. Владимир галантно отодвинул для нее стул и жестом попросил сесть. Потом он зажег свечи в центре стола и взял бутылку красного вина. Анна с удивлением смотрела на Корфа — он словно был в двух лицах, и радушный хозяин, и слуга, готовый угождать и внимать каждому пожеланию прекрасной гостьи. Анна

135

растерялась — она не готовилась к подобному приему, была одета обычно, по-домашнему. Напряжение последних часов утомило ее, и устроенный Владимиром праздник оказался нечаянным, а потому поначалу — пугающим.

— А где же слуги? — тихо спросила она, глядя, как Корф сам разливает вино по бокалам.

— Я отпустил всех... Не хочу, чтобы нам мешали. Велел все перемены держать теплыми на фуршетном столе и с удовольствием сам сыграю ту роль, на которую в свое время обрек вас, заставив выступать перед Оболенским...

— Я не хочу об этом вспоминать, — мягко остановила его Анна. — Однако мне казалось, что вы совсем не любите театр. Откуда вся эта пышность и парадность?

— Случай обязывает.

— Что-то, о чем я не знаю?

— Будете знать, ибо все это предназначено для вас. И я льщу себя надеждой, что вы разглядите за этими нехитрыми декорациями незамысловатый сюжет и простую идею, от точного воплощения которой зависит ныне вся моя жизнь.

— С каких пор вы стали изъясняться загадками?

— С тех пор, как столкнулся с самой главной загадкой всей моей жизни, — мучительно преодолевая смущение, произнес Владимир. — И эта загадка — вы.

— По-моему, вы рисуете меня в немного мрачных красках.

— Наоборот, я впервые позволил себе назвать вещи своими именами. Пелена спала с моих глаз, и теперь я вижу все в правильном свете.

— Вы говорите так, как будто приняли какое-то важное решение.

— Так оно и есть, и вы, как всегда, все увидели и поняли прежде, чем я смог произнести это вслух.

— Но, если честно, то я не совсем понимаю вас, — побледнела Анна.

Ее всегда настораживала непредсказуемость Корфа.

— Сейчас от вас требуется совершенно иное. Я не жду, что вы поймете меня, я прошу лишь ответить мне, — Владимир поставил на стол перед Анной блюдо, накрытое фарфоровой крышкой-полусферой. — Прошу вас, откройте и скажите — да!

Когда Владимир снял с тарелки фарфоровый купол, Анна увидела на блюде бархатную коробочку нежно-изумрудного цвета. Посмотрев на Владимира и встретив его ободряющий взгляд, Анна взяла коробочку и открыла ее — на черном атласе обивки сверкал обручальный перстень с бриллиантом.

— Это мне? — вздрогнула Анна.

— Тебе, любимая... — кивнул Корф. — Я прошу тебя стать моей женой.

— О Боже! — Анна все смотрела на перстень и не могла понять — сон это или все происходит с нею сейчас и на самом деле.

— Он твой, — Владимир взял перстень и надел его Анне на безымянный палец правой руки.

— Ты любишь меня? — прошептала Анна.

— Люблю... Больше жизни... Жить без тебя не могу... Я схожу по тебе с ума... Мне кажется, что меня нет, если ты не рядом со мной. Без тебя все пусто, все бессмысленно. Я обожаю тебя, я готов ради тебя на подвиги, на глупости... Я мечтаю, чтобы мы жили вместе, чтобы этот дом заполнился голосами наших детей... Это единственно возможное счастье!

— Я думала, ты никогда не сделаешь этого, — Анна была готова расплакаться, но Владимир опустился перед нею на колени и взял ее руку в свою.

— Веришь ли ты мне? Любишь ли ты меня столь же сильно, насколько велика моя любовь к тебе? Согласна ли ты провести со мной всю свою жизнь — в горе и в радости?

Скажи, ты станешь моей женой перед Богом и перед людьми? Ты согласна?

— Да! Да! Да! — Анна бросилась ему на шею и разрыдалась.

— Что ты, родная... — Владимир осыпал ее лицо поцелуями и ласково гладил по голове. — Ты согласилась, и теперь мы станем неразлучны. Мы обвенчаемся и заживем вместе. У нас будут дети, много детей. И мы все будем крепко-крепко любить друг друга.

— Да, о, да!..

— Ты простишь мне все прошлые прегрешения?

— Что прошло, пусть станет милым, — кивнула Анна.

— Я обещаю, что больше никогда не обижу, не обману тебя...

Владимир говорил и говорил, а у Анны голова кружилась от счастья. Сколько раз она втайне думала о том, как должны закончиться ее отношения с Владимиром... Судьба, казалось, уже неоднократно подводила ее к решающему разговору, но что-то случалось в последний момент — неотвратимое и ужасное — и разводило их словно навсегда. Но потом жизненные волны опять подталкивали их к друг к другу, и все повторялось — сначала преграды, потом их преодоление, и хрупкий миг затишья, когда только и можно успеть сказать друг другу самые важные и такие долгожданные слова.

И вот — свершилось! Владимир предложил ей стать его женой, и она не верила своему счастью...

— Любимая, не бойся, это лишь кажется, что страшно, — убеждал ее Корф. — Нам надо отважиться сделать этот шаг, и больше никакие опасности нас не сломят и не разлучат!

— Я не боюсь, — Анна смахнула платочком слезы. — Я не могу поверить, что дождалась от тебя этих слов...

— Хочешь, я повторю их еще раз? Я стану повторять это снова и снова — я прошу тебя стать моей женой, я прошу тебя стать моей женой, я прошу тебя...

— Да! И еще раз — да! Да!

— Родная! — Владимир встал и, обняв Анну, притянул ее к себе. — Наша жизнь изменится к лучшему, мы забудем все обиды, исчезнут всякие претензии и недомолвки. И отныне ты будешь доверять мне, как самой себе. Все будет по-другому, обещаю тебе!

— Если бы ты знал, как сильно я желала этого! — кивнула Анна. — Как ждала, что ты прекратишь прятаться за маской равнодушия! Я хотела тебе помочь стать самим собой и

140

признать, что этому суровому сердцу ведомы доброта и нежность.

— Поверь, теперь я знаю цену любви и готов сполна возместить все, что так долго скрывал и от тебя, и от себя самого. Обещаю — ты ни минуты не пожалеешь, что согласилась стать моей женой!

— О лучшем супруге я и мечтать не могла, — зарделась Анна.

— Боже, — воскликнул Владимир, — я счастливейший человек на Земле, ты будешь моей!

— Нет, мы оба будем принадлежать друг другу...

— Простите, что помешал, — вместо приветствия бесцеремонно сказал князь Долгорукий, входя в гостиную, — но мы отложили наш утренний разговор, Владимир, а теперь, думаю, пришло время его закончить.

— Да что же это! — закричал Корф, от неожиданности выпуская Анну из своих объятий, и она словно окаменела перед гневным взглядом Долгорукого, всей кожей ощущая его презрение.

— Насколько я могу судить, барон, вы не отнеслись серьезно к моему предупреждению? — князь Петр со злостью ткнул тростью в пол. — Я снова вижу вас и опять в ваших объятиях новая женщина.

— Анна только что согласилась стать моей женой! — Корф вышел вперед, закрывая собой Анну.

— Вот как?! — в голосе Долгорукого послышались нотки сарказма. — И она, конечно, поверила вам? Наивное дитя!

— Как вы смеете?! — возмутился Корф.

— А Лизе вы тоже обещали жениться? Или просто воспользовались ее слабостью к вам и на том успокоились, чтобы немедленно перейти к новой жертве?

— О чем он, Владимир? — очнулась Анна.

— Это все в прошлом, дорогая, — обернулся к ней Корф. — Ты же знаешь, наши отцы мечтали об этом браке, но потом княгиня выдала Лизу за Забалуева...

— Мы говорим не о далеком прошлом, Владимир, — прервал его Долгорукий. — То, что вы сделали, случилось уже после всех этих событий. И теперь я требую сатисфакции. Вы или женитесь на Лизе, или дуэль!

— Я не могу жениться на Лизе... — начал Корф, но князь снова перебил его.

— Забалуев — не помеха, скоро я добьюсь развода, — властным тоном сказал Долгорукий.

— Дело не в Забалуеве! — с раздражением крикнул Корф. — Я не люблю Лизу. Я люблю Анну и только что просил ее стать моей женой. Она сказала мне «да», и я намерен тотчас жениться на ней. И никакая сила на свете не способна мне в этом помешать.

— Но такая сила есть — это отцовская любовь и отцовская честь Долгорукого! — воскликнул князь.

— О, эта сила может смести все на своем пути! — горько усмехнулся Корф. — Мне уже довелось столкнуться с ней, правда, с ее материнской частью. И это стоило мне поместья, а моему отцу — жизни!

— Не смешивайте свой грех с болезнью, поразившей Машу! Она не виновата в своем безумии.

— А вы в своем тоже не виноваты?

— Владимир, зачем вы так? — растерянно прошептала Анна.

— Почему нет? Ведь только безумием я могу объяснить поведение человека, которому говоришь, что пять минут назад обручился с любимой женщиной, а он продолжает требовать, чтобы я женился на другой и совершенно чужой мне!

— Анна, пожалуйста, оставьте нас, — негромко попросил князь Петр.

— Нет, Анна, стой, у меня нет от тебя никаких секретов! Я поклялся тебе, что больше не будет тайн и недомолвок, — остановил Корф уже собравшуюся уйти Анну.

— Что ж... — задумчиво произнес князь Петр. — Бог свидетель, я хотел, как лучше, и пробовал избавить вас, Анна, от того унижения, что пришлось пережить мне. Но коли этот человек совсем не думает о вашем душевном здравии, то мне ничего другого не остается, как вести этот разговор при вас. Итак...

— Итак... — с вызовом поддел Долгорукого Корф.

— Вы назвали мою дочь совершенно чужой вам женщиной... Тогда как вы посмели провести с нею ночь?

— О Господи! — воскликнула Анна. — Еще и Лиза?

— Аня, любимая, это вышло случайно...

— Случайно? — страшно расхохотался Долгорукий. — Вы случайно заманили мою дочь к себе в спальную, и она случайно принадлежала вам?!

— Да послушайте! — закричал Корф. — Елизавета Петровна сама пришла ко мне...

— Вы пытаетесь уверить меня в том, что моя дочь — падшая женщина?

— Лиза — несчастная женщина! Она так страдала... Вас считали умершим, княгиня силой выдала ее замуж за мерзкого старика. Ее сердце изболелось, ей нечего было терять, и она пришла ко мне за утешением. Я не смог поступить с нею так же жестоко, как и другие, я попытался успокоить ее и хотя бы *этим* скрасить беспросветность ее жизни.

— Какое благородство, циничный вы негодяй! — Долгорукий опять застучал тростью об пол.

— Можно подумать, вы сами чистенький и неприкосновенный! — ернически парировал Корф. — В зеркало-то давно смотрелись, уважаемый Петр Михайлович? Или забыли, почему был умерщвлен мой отец?

— Смерть Ивана не имеет к этой истории никакого отношения, — побледнел Долгорукий.

— Имеет! Еще как имеет! — с негодованием промолвил Корф. — Отец был отравлен, потому что помогал вам скрывать свою тайную связь с крепостной. А я, в отличие от вас, к браку отношусь серьезно и женюсь по любви, и на той, кому никогда не изменю, и кто всего дороже мне в этой жизни!

— Нет уж, голубчик, не женитесь! По крайней мере, так, как вы говорите, — побагровел Долгорукий. — Все беды моей дочери — от вас! Если бы вы в свое время выполнили свое обещание и женились на ней, то Мария не смогла бы устроить всю эту вакханалию. Вы развязали ей руки, вы виновны во всем, что случилось с моей дочерью!

— А вы... вы все виновны в том, что случилось с моей семьей! — отбивался Владимир. — Я предлагал Лизе отказаться от венчания с Забалуевым и выйти за меня, но она принялась ставить мне условия и потом сама отказалась от этой затеи. И не я заманил ее в свою спальную, она просила меня о ночи любви...

— Владимир, как ты можешь?! — ужаснулась Анна и вся съежилась.

— Анечка, милая... — Корф бросился к ней и попытался обнять, но Анна холодно отстранилась от него. — Господи, ты убиваешь меня, Аня! Только не отвергай меня, не бросай! Мы же договорились — все в прошлом, и ничего не было — ни с кем, никогда...

— А вот этому не бывать! Я пока жив, и я все помню и не намерен прощать вам позора моей дочери! — вскричал Долгорукий.

— Да нет никакого позора, несносный вы ретроград! — вспылил Владимир. — Только-то и всего — двое молодых людей, свободных от каких бы то ни было обязательств, проводят вместе ночь и расстаются без обещаний и не строя планов на будущее!

— Вы, кажется, забыли, что к тому моменту Лиза уже была замужем! — нахмурился князь Петр.

— Замужем, не проведя ни одной ночи с венчанным супругом, при одном взгляде на которого ей становилось плохо до тошноты? Побойтесь Бога, Петр Михайлович...

— Так вы хотите сказать, что фактически стали ее мужем?.. — князь Петр покачнулся, хватаясь рукой за грудь. — Все, больше никаких разговоров... Вы должны жениться на Лизе или мы будем стреляться. Третьего не дано!

— Как же так?.. — сквозь слезы прошептала Анна. — Петр Михайлович, вы же были мне, как отец, вы любили меня, и сейчас отнимаете у меня последнюю надежду на счастье...

— Князю нет дела до чьего-то счастья! — зло бросил Корф. — Он уже натешился, набегался на стороне и может отныне служить для других образцом добродетели.

— Наглец! — князь Петр занес над ним руку с тростью и вдруг стал оседать.

— Ему плохо... — Анна растерянно оглянулась на Корфа, и тот, помедлив, все же бросился к Долгорукому и подхватил его.

— Полину позови, она в кухне, — попросил Корф Анну. — Пусть бежит сюда и поможет мне с князем.

Этого еще только не хватало! — подумал Владимир, с трудом приподнимая грузного Долгорукого и усаживая его на стул. Голова князя Петра безвольно повисла, губы посинели. По всему было видно, что у него плохо с сердцем, и Владимир заволновался — как это некстати! Еще умрет здесь от приступа, объясняйся потом с его безумной женушкой, а она, чего доброго, затеется из мести и его извести...

— Аня, — сдержанно сказал Корф, когда та вернулась в столовую в сопровождении заспанной Полины, — прошу тебя, принеси из спальной пузырек с лекарством, которое доктор Штерн обычно прописывал отцу. А ты, Полина, неси холодное полотенце да встань рядом с князем и обмахивай его посильнее.

Его сухой, армейский тон успокаивающе подействовал на женщин, и они немедленно разошлись выполнять его указания.

Корф держал голову Долгорукого на весу, не позволяя ей опускаться. Он не раз видел, как эскадронный эскулап приводил в чувство страдавшего апоплексией представителя штаба, дружившего с их командиром и частенько наезжавшего к ним с так называемой инспекцией — немного поохотиться и от семьи отдохнуть. Время от времени он прикладывал ко лбу и щекам князя бутылку шампанского, стоявшую в ведерке на льду.

Наконец, появилась Полина и принялась усиленно махать полотенцем. Корф велел ей заменить его и держать голову князя так, как он показал, и вышел, чтобы разыскать Никиту — пусть, на всякий случай, заложит карету, вдруг все же придется за доктором посылать.

Пока он ходил, князь пришел в себя и, увидев заботливо склонившуюся над ним Полину, стал благодарить ее:

— Спасибо тебе, милая! Ты так добра к старику...

— Да это я ко всем старикам такая, — хвастанула Полина. — У меня своей семьи-то нет. Ни мамы, ни папы с рождения не знала...

— Вот как... — насторожился князь Петр — Ты сирота?

— Точно так, барин, — кивнула Полина. — Нашли меня в метельную ночь на ступеньках имения, завернутой в дорогое одеяльце с вышитой на ней буквой «А». Потому здесь и назвали так — Полиной, Аполлинарией то есть.

— Боже милостивый! — князь Петр схватил ее за руку и сильно сжал. — Это ты!

— Вы чего это, барин?! — не на шутку перепугалась Полина. Она никак не думала, что ее слезный рассказ так растрогает Долгорукого. — Чего разволновались-то? Как бы не померли!

— Нет! — оживился князь Петр. — Мне те-

149

перь умирать не с руки. Я нашел тебя, слышишь, нашел!

— Что-то я вас, барин, не пойму, — растерялась Полина.

Умом, что ли, от приступа тронулся князь?

— Не говори ничего, только слушай — ты дочь моя пропавшая, и зовут тебя не Аполлинария, а Анастасия!

— Бросьте, барин... — выдохнула Полина.

— Не брошу, я тебя больше не брошу! Я двадцать лет о твоем существовании не знал, но теперь я поверил, что ты жива, что ты где-то ходишь по этой земле, и я нашел тебя!

— Что же это получается?.. — протянула Полина. — Вы — мой отец, а мать-то кто?

— Ее имя Марфа, она была когда-то моей крепостной, — объяснил Петр.

— А отчего она вам не открылась? — засомневалась Полина.

— Марфа думала, что ты умерла, а тебя у нее после рождения украли. Вот ты и не знала своей семьи, своих настоящих родителей, — князь Петр протянул к Полине руки. — Приди в мои объятия, дочь моя!

— Почему бы и нет? — пожала плечами Полина, еще не веря своему счастью. Она обняла Долгорукого и поняла, что князь плачет. — Зачем же, барин, зачем?..

— Чудны дела Твои, Господи! — воскликнул Долгорукий. — Я пришел к барону, чтобы вступиться за честь одной дочери, а встретил другую, пропавшую много лет назад...

— И что же мне делать с этим, барин?..

— Ты пока ничего барону не говори, — перешел на шепот князь, — я заберу тебя отсюда, ты будешь жить в нашем доме, как настоящая барышня. Больше не будет нужды и унижения, ты займешь свое место среди сестер! Но сначала я должен все подготовить к твоему приезду. Верь мне и жди, и скоро ты обретешь свое настоящее имя — княжна Анастасия Долгорукая.

— Боженьки мои! — всплеснула руками Полина. — Я — княжна?

— Но тише, — Долгорукий прислушался к шагам из коридора, — сюда идут...

— Выпейте, пожалуйста, это лекарство, Петр Михайлович, — вернувшаяся Анна подала князю пузырек с этикеткой, на которой рукою доктора Штерна было написано что-то длинное и по-латыни.

— Благодарю вас, Анна, не стоило беспокоиться. Я чувствую себя уже гораздо лучше, и хотел бы отправиться домой, — отказался Долгорукий.

— Но вы еще слишком слабы, — удивилась Анна. — Советую какое-то время остаться

151

здесь, мы могли бы положить вас в комнате для гостей. Владимир Иванович заложил карету ехать за доктором.

— Его забота о моем здоровье просто умиляет, — недобро усмехнулся Долгорукий. — Мне было бы гораздо легче, если бы он перестал артачиться и повел себя, как порядочный человек.

— Вы полагаете, что мое отсутствие дает право сомневаться в моей порядочности? — сухо спросил Корф, точно демон появляясь в тот же миг на пороге столовой.

— Я полагаю, что вы все-таки примете мои условия и поступите сообразно с общими представлениями о благородстве и чести! — с вызовом сказал князь Петр.

— Значит, вы решили драться? — вскинул голову Владимир.

— Значит, вы решили, что моя дочь недостойна быть вашей женой? — в тон ему ответил Долгорукий.

— Я уже выбрал себе жену, и она отвечает мне взаимностью. И никакие ультиматумы с вашей стороны не заставят меня предать ее! — гордо бросил ему Корф.

— Жестокость не красит мужчину, — высокомерно сказал князь Петр.

— Настоящий мужчина никогда не отказывается от своих слов, — не уступал Корф.

— В таком случае, выбор оружия за вами, — прекратил их спор Долгорукий.

— Петр Михайлович, — смягчился Владимир, — неужели вы не понимаете, что тем самым подписываете одному из нас смертный приговор? Или вы надеетесь, что я не посмею убить друга моего отца?

— Я надеюсь, что вы поразмыслите на досуге, и, охладившись, придете ко мне с повинной, и мы сможем с вами обсудить вашу женитьбу на Лизе.

— Ни за что! — вскричал Корф.

— Анна, — обратился к ней князь Петр, — хоть вы убедите Владимира вести себя благоразумно!

— Вы предлагаете ей собственными руками вырыть себе могилу?! — разозлился Корф. — Да какой же вы после этого отец и друг нашей семьи?! И есть ли у вас сердце, князь?! Уходите отсюда, я не желаю вас знать и слышать о вас!

— Постойте, Владимир, — прошептала Анна, и из ее глаз ручьем полились слезы. — Петр Михайлович, возможно, прав, и тебе стоит подумать...

— Нет и еще раз нет! — Корф подбежал к Анне и встряхнул ее, ибо она стояла чуть живая и бледная, как смерть. — Опомнись! Довольно тебе приносить себя в жертву то

предрассудкам, то обстоятельствам! Я люблю
тебя и буду бороться за нашу любовь, раз уж
Господь опять посылает нам это испытание!
Да я скорее стану убийцей, чем позволю
кому-нибудь разлучить нас!

— Вы сказали свое слово, барон, — кивнул князь Петр. — И все-таки я даю вам
срок до полудни завтра. И, если вы не согласитесь жениться на Лизе, то к вам приедет мой секундант и оговорит условия дуэли. Прощайте!

— Барин, я вас провожу! — воскликнула
Полина и выбежала из столовой вслед за
Долгоруким.

— Почему это с нами происходит? — прошептала Анна, едва они с Владимиром оста-
лись одни. — Нас преследует злой рок...

— Прошу тебя, не думай о случившемся,
как о неизбежном! — взмолился Корф. — Мы
все равно будем вместе.

— Но ты же слышал, Петр Михайлович
настроен решительно и не собирается прощать тебя!

— А я и не жду его прощения. Я ни в чем
не виноват — ни перед ним, ни перед Лизой.
И у него нет права требовать от меня этой
нелепой женитьбы!

— Ты ведь обещал мне, что все в прошлом,
что больше никаких историй...

— Да нет никакой истории! — рассердился Корф. — Пойми, между мной и Лизой нет ничего, кроме той пресловутой ночи! Да, я поддался искушению, но искушали-то именно меня, а не Лизу! Она была сама не своя.

— Но как ты посмел воспользоваться этим!

— Я и не пользовался, я просто утешал одинокую, беззащитную и слабую женщину. Вспомни, но при подобных обстоятельствах я даже не посмел прикоснуться к тебе!

— За что же мне была оказана такая честь? — горько усмехнулась Анна.

— Ты несправедлива ко мне! Я уже устал повторять — я люблю тебя!

— Скоро тебе наскучило быть влюбленным!

— Анна, ты меня не поняла... — Корф приблизился к ней и поцеловал ее руку. — Перестань сердиться. Я не позволю тебе уйти. Мы созданы друг для друга, и ты будешь моей женой. Признайся, разве не этого ты хотела? Будь честной хотя бы перед самой собой.

— Да, я мечтала о тебе, я ждала, когда ты позовешь меня, но... — Анна вздохнула. — Где мне взять столько сил, чтобы пережить все это?

— Моей силы хватит на нас двоих, — про-

155

шептал Корф. — И я отдам тебе столько сил, сколько потребуется, чтобы преодолеть и это препятствие.

— Мы будем счастливы? — сквозь слезы улыбнулась Анна.

— Да...

Вернувшись домой, князь Петр немедленно собрал всех домашних в своем кабинете, сказав, что желает сообщить нечто важное и только в семейном кругу.

— И что же такое особенного произошло за этот день, что вы решились выпустить меня на свободу? — ехидно спросила Долгорукая, усаживаясь в кресло у стола.

— Достаточно, и вы сейчас обо всем узнаете. А где Лиза? — оглянулся князь Петр.

— Насколько я знаю, — сообщила Соня, подошедшая обнять матушку, — разговаривает с князем Репниным в гостиной.

— Сходи за ней, дорогая, этот разговор касается, в первую очередь, ее, — велел князь Петр.

— Пожалуйста, — пожала плечами Соня и, надувшись, вышла из кабинета.

— Отец, к чему вся эта таинственность и спешка? — удивился Андрей, пропуская Наташу вперед. — Мы хотели идти ужинать, но ты, как выяснилось, приказал не накрывать, пока не поговоришь со всеми нами.

— Так нужно, Андрей, — туманно ответил князь Петр.

— Это надолго? — легкомысленно осведомилась Лиза, появляясь в дверях кабинета вместе с Соней. — Я не успела сказать Михаилу...

— Полагаю, князю Репнину уже пора уезжать — поздно. Да и сегодня у нас еще много дел, которые мы должны обсудить, — строго сказал князь Петр.

— Ты собираешься приказать Татьяне выставить князя за дверь? — с угрозой в голосе спросила Лиза.

— Я хочу, чтобы князю передали, что ему не стоит дожидаться тебя!

— А вот это совершенно не твое дело! Я — взрослая женщина и к тому же — замужняя. Говорю, с кем хочу, и делаю, что нравится!

— Ты считаешь, что твое замужество дает тебе право проводить ночи с посторонними мужчинами? — с негодованием вскричал князь Петр.

— Что?! — в один голос воскликнули Андрей и Соня.

Наташа опустила глаза, и ей сразу захотелось уйти, а княгиня криво усмехнулась, резко щелкнула веером, раскрывая его, и принялась обмахивать им лицо и шею, как будто ей вмиг стало дурно.

— О чем вы, отец? — побледнела Лиза.

— О твоей связи с Корфом! — князь Петр прокурорским жестом обвинительно выбросил вперед руку.

— Владимир сказал тебе? — прошептала Лиза. — Но зачем?..

— Он ничего не говорил мне, что еще раз подтверждает его непорядочность. Когда ты пропала, мы стали искать причину твоего исчезновения и нашли вот это, — Долгорукий достал из ящика стола дневник Лизы и эффектным жестом бросил его перед ней.

— Вы посмели рыться в моих вещах?! — покачнулась Лиза. — Вы читали мои записи?

— Разумеется, — кивнул князь Петр, — иначе как бы мы нашли тебя?..

— Вы нашли меня лишь потому, что Миша знал, где меня искать! — вскричала Лиза.

— Да при чем здесь князь Репнин? — поморщился Долгорукий.

— Это он нашел меня! Он сердцем чувствовал, где я. А вы... вы могли только безжалостно выворачивать наизнанку мою душу и подло шпионить за мной!

— Лиза, успокойся, — вмешался Андрей. — Конечно, я думаю, что читать чужие записи не... Родители были вынуждены сделать это, у них есть оправдание — ты пропала. Но лично меня интересует другое — твои отношения с Корфом. Ты действительно провела ночь с Владимиром?

— Да не все ли равно! — отмахнулась Лиза.

— Извини, но, как брат...

— Как брат, ты должен был помешать мне стать женой Забалуева, а вместо того, чтобы защищать свою сестру, ты и сам просил о помощи, лишь бы Наташа не узнала о твоих отношениях с Татьяной, которыми Забалуев шантажировал тебя.

— Интересно... — Долгорукая подняла глаза на сына и внимательно посмотрела на него.

— Мне незачем было бояться Забалуева, — солгал Андрей. — Да и Наташа уже все знает и простила меня. И даже принимает горячее участие в судьбе Татьяны. Правда, Наташа?

Наташа отвела взгляд, но все же кивнула.

— О, как это все любопытно! — усмехнулась Долгорукая. — Мне-то думалось, что я сидела взаперти всего полдня, а оказалось — целую вечность. Я столько пропустила в жизни своих детей...

— Не о тебе сейчас речь, — прервал ее князь Петр. — Но довольно выяснений и оправданий! Я собрал вас, чтобы сообщить две важные новости. Первая — я объявил барону Владимиру Корфу, что, если он завтра к полудню не появится у нас и не сделает Лизе официальное предложение, то выход из создавшейся ситуации может быть только один — дуэль между нами. Мы станем стреляться.

— Отец... — растерялся Андрей. — Владимир — один из лучших стрелков в армии...

— Это безумие... — прошептала Наташа, а Соня вдруг тоненько заплакала.

— Не хнычь! — прикрикнула на нее Лиза. — Никакой дуэли не будет!

— Это почему же? — поинтересовалась Долгорукая.

— Потому что я не выйду замуж за Корфа ни при каких обстоятельствах!

— Нет, выйдешь! — воскликнул князь Петр.

— И не подумаю! — отрезала Лиза. — Я не люблю Владимира, и больше вы не заставите меня выйти замуж против моей воли.

— Он оскорбил твою честь! — побелел Долгорукий.

— После того, как маменька продала меня Забалуеву, моей чести уже вряд ли что-нибудь может серьезно угрожать! — расхрабрилась Лиза.

— Но... — хотел что-то сказать Андрей.

— Нет! — резко повернулась к нему Лиза. — Тебе не уговорить меня пожертвовать собой ради чего-то другого, даже если это замшелые представления папеньки о чести и отцовском долге! И потом — я люблю князя Михаила Александровича Репнина, и у него ко мне самые серьезные намерения. Не правда ли, маменька?

— Да-да, — смутилась Долгорукая, — я что-то слышала об этом.

— А я не слышал и впредь слышать этого не желаю! — возопил князь Петр. — Или ты выйдешь замуж за Корфа, или у вас не будет отца!

— Интересно, — тихо спросила Наташа, — а что говорит по этому поводу сам Владимир?

— Он, видите ли, заявил мне, что сделал предложение Анне, воспитаннице Ивана Ивановича, — с издевкой сказал князь Петр.

— Что же вы такое творите, папенька? — глаза Лизы округлились от ужаса. — Вы готовы разом разбить четыре любящих сердца только потому, что вам привиделось чье-то оскорбленное достоинство?!

— Не сметь разговаривать с отцом в таком тоне! — зашипела на нее Долгорукая.

На миг ей показалось, что сбывается ее мечта завладеть имением Корфа и испортить жизнь его сыну.

161

— Отцы не бросают своих детей ради какой-то возлюбленной! — озлилась Лиза.

— Ты права, — с холодной решимостью сказал князь Петр. — И это впрямую касается второй новости, которую я хотел сообщить вам.

— Так вы считаете, что по первому вопросу нам более разговаривать не о чем? — возмутилась Лиза.

— Я собрал вас не спрашивать вашего мнения или совета, я просто объявляю о своем решении! Итак, — князь Петр на мгновение задумался, но потом сказал, словно шагнул в пропасть, — сегодня я нашел свою пропавшую двадцать лет назад дочь Анастасию и намерен официально удочерить ее и в качестве княжны включить в свое завещание.

— Что?! — на этот раз громче всех вскричала Долгорукая. — Да ты с ума сошел! Равнять с детьми недоноска какой-то подзаборной шлюхи!

— Маменька! — укоризненно покачала головой Соня.

— Ваша внебрачная дочь? Откуда она взялась? — растерялся Андрей.

— Анастасия была украдена у ее матери в день своего рождения и подброшена к дверям имения барона Корфа, где выросла и жила, а сейчас состоит прислугой и знает свое имя, как Полина.

— Дура Полька?! — ахнула Долгорукая. — Это тебе Сычиха с больной головы на здоровую нашептала?

— Марфа рассказала мне о приметах, по которым я могу отыскать свою дочь. Так вот, эти приметы совпали, и у меня нет ни малейших сомнений, что девушка, известная в поместье Корфов под именем Полина, и есть моя исчезнувшая двадцать лет назад дочь Анастасия.

— Бред какой-то! — Долгорукая покачала головой, словно пытаясь стряхнуть наваждение.

— Если тебе так не терпится выдать свою дочь замуж за Корфа, может быть, ты предложишь эту выгодную партию Анастасии? — с недоброй усмешкой поинтересовалась Лиза.

— Настя слишком долго была лишена родительской ласки, — словно не замечая всеобщего раздражения, сказал князь Петр, — так что я не хотел бы немедленно отлучать ее от себя. Я собираюсь выкупить Полину у барона Корфа и хочу, чтобы она пожила с нами, пока не будут совершены все формальности — ее признание моей дочерью и включение в наследование.

— И это меня здесь считают безумной?! — расхохоталась Долгорукая.

— Отец, а вы не слишком торопитесь? — неуверенно спросил осторожный Андрей. — Откуда у вас уверенность в том, что это ваша дочь, если вы никогда не видели ее и только понаслышке знаете приметы, по которым можно установить родство?

— У меня, как и у всех людей, есть сердце, — категорично заявил князь Петр, — и оно говорит мне, что это она, Анастасия.

— Ничего подобного, — покачала головой Лиза, — у вас нет сердца. Только бессердечный человек предает свою семью дважды. Сначала — ради любовницы, потом — ради самозванки, прикинувшейся ее дочерью.

— А я-то надеялся, что вы проявите благородство и захотите принять бедную девочку в нашем доме, поможете ей забыть те лишения, на которые ее обрекла судьба! — разочарованно и горько сказал князь Петр. — Увы, я ошибался! Мои дети выросли такими же черствыми, как их мать. Но я не позволю вам еще раз отнять у меня любовь, которая делала меня счастливым! Все будет так, как я сказал, и никто не смеет мешать мне!

С этими словами князь Петр вышел из кабинета. Долгорукая переглянулась с сыном — Андрей выглядел растерянным и беспомощным. Наташа уходила от прямых взглядов и была невероятно напряжена. Соня продолжала тихонечко всхлипывать. И одна Лиза смотрела на всех с нескрываемым превосходством и независимостью. Она первая нарушила затянувшееся, тревожное молчание.

— Соня была права — мне не стоило раскапывать мертвых.

— Лиза! — Андрей метнул в нее укоризненный взгляд.

— Наконец-то ты стала мыслить разумно, — скептически усмехнулась Долгорукая. — Надолго ли?

— Надеюсь, отныне и навсегда! — воскликнула Лиза и направилась к двери.

— Куда ты? — Андрей сделал движение, чтобы остановить ее. — Разве нам не стоит обсудить то, о чем сообщил нам отец?

— Ты не слышал? Он сказал, что наше мнение его совершенно не волнует. Так что обсуждение ничего не даст. А потому я ухожу, меня в гостиной ждет единственный близкий мне человек, который не предаст и не бросит. И я не позволю себе потерять его!

— Ты не будешь возражать, Андрей, если я тоже пойду? — Наташа умоляюще взглянула на него. — У меня что-то разболелась голова...

— Да-да, — заторопился Андрей, — пойдем, дорогая, я провожу тебя.

— Я с вами! — очнулась Соня и бросилась их догонять.

— Значит, все-таки дуэль? — улыбнулась Долгорукая и открыла крышку стоявшей на рабочем столе мужа коробки с пистолетами...

— Миша, какое счастье, что вы дождались меня! — Лиза бросилась к Репнину, протянув ему навстречу руки, и он принял ее пожатие.

— Что-то случилось? Вы выглядите встревоженной.

— Не задавайте вопросов, — переходя на шепот, сказала Лиза. — Пойдемте со мной!

— Хорошо, — кивнул Михаил и позволил ей увлечь себя.

Он шел за ней покорно, как на привязи, или точно малыш за старшей сестрой. Лиза вела его, не оглядываясь, но крепко держала за руку, словно боялась потерять.

— Но это же ваша домашняя церковь! — негромко воскликнул Репнин, когда они пришли.

— Да, — так же шепотом подтвердила Лиза. — Встаньте рядом со мной.

Она подвела его к аналою и зажгла две свечи — одну отдала Репнину, другую взяла себе.

— Что вы делаете, Лиза? — смутился Репнин.

— Скажите, князь, вы любите меня?

— Люблю, но что все это значит?

— Слушайте, я должна вам признаться — у меня был роман с Владимиром. Непродолжительный, всего одна ночь...

— Я знаю, — хотел остановить ее Репнин.

— Откуда? — растерялась Лиза.

— Это не имеет значения. Так же, как не имеет значения эта случайная связь. Я не ревную вас, но не потому, что мне все равно. Я люблю вас и не хочу, чтобы из-за этой ошибки, в которой, уверен, вы и сами глубоко раскаиваетесь, мы могли бы потерять друг друга.

— Миша! — растрогалась Лиза. — Вы удивительный, необыкновенный человек!

— Просто вы дороги мне, и все остальное — нелепость и суета сует, — махнул рукой Репнин.

Пламя свечи заколебалось, но не потухло.

— О! — расцвела Лиза. — Это добрый знак — мы будем вместе.

— Конечно, я уже говорил об этом с вашей матушкой, — не понял ее сомнений Репнин.

— Но вы не знаете главного, — вздохнула Лиза. — Папенька прочел мой дневник, узнал о моих отношениях с Владимиром и теперь настаивает на том, чтобы я вышла за него замуж.

— Но Владимир любит Анну! — вздрогнул Репнин.

— Отец ничего не хочет знать и ни о ком не думает. Он только что объявил нам — или я стану баронессой Корф, или он вызовет его на дуэль.

— Владимир не станет стрелять в князя! Барон прекрасно знает, что ваш батюшка ему не соперник. Корф — благородный человек.

— А если отец не промахнется?

— Бедная Анна!.. Впрочем, я полагаю, Владимир не станет ждать вмешательства судьбы. Не сомневаюсь, у него уже есть план, и он осуществит его. Но что же делать нам?

— Мы должны дать друг другу клятву в любви и верности. Здесь и сейчас! Перед этими святыми образами.

— Но... я хотел дождаться приезда родителей и познакомить вас, — растерялся Репнин.

— Мы не можем ждать, ибо поведение папеньки непредсказуемо. Пусть Бог услышит наши клятвы и благословит наш брак! Вы медлите?

— Я восхищаюсь вами, Лиза! Согласны ли вы стать моей женой перед Богом?

— Да! — пылко ответила Лиза. — Согласны ли вы стать моим мужем перед Богом?

168

— Да, — прошептал Репнин. — Согласен!

Лиза расплакалась и бросилась ему на шею. Влюбленные обнялись и поцеловались.

— А теперь — идемте, муж мой! — таинственным шепотом велела Лиза.

— Куда? — тоже шепотом спросил Репнин.

— Мы поднимемся ко мне и останемся там на всю ночь. На нашу первую брачную ночь...

— Вы — самое сумасбродное существо, какое мне довелось знать, — вполголоса рассмеялся счастливый Репнин.

— Но-но! — лукаво погрозила ему пальчиком Лиза. — Больше вам ни с кем не придется меня сравнивать. Отныне вы принадлежите мне и только мне!

— Клянусь! — с шутливой патетикой воскликнул Репнин.

— Довольно слов, — Лиза бесшумно потянула его за собой. — Нам пора уже перейти от слов к делу.

— Вне всякого сомнения, — улыбнулся Репнин и крепко прижал ее к себе...

Утром он, как ни в чем не бывало, сидел в гостиной. Вошедшая первой из всей семьи княгиня с удивлением посмотрела на него.

— А вы, однако, ранний гость, князь!

— Мне не терпится увидеть Елизавету Петровну, — спокойно солгал Репнин. — Вчера мы не все успели... обсудить, и я хотел бы продолжить сегодня наш разговор.

— Не думаю, что это понравится Петру Михайловичу, — покачала головой Долгорукая.

— А меня мнение папеньки волнует так же сильно, как и его — мое, — насмешливо сказала Лиза, появляясь в дверях гостиной.

— Дело твое, — Долгорукая с подозрением посмотрела на дочь. Лиза выглядела на редкость хорошо, посвежела и разрумянилась, как будто всю ночь гуляла на свежем воздухе. — Однако Петр Михайлович может неправильно истолковать присутствие здесь князя. Тем более после того случая с Корфом...

— *Maman*! — перебила ее Лиза. — Вы так много говорите о Корфе, что я готова заподозрить между вами роман.

— Как тебе не стыдно?! — лицо княгини побагровело, и она тотчас ушла.

— А ты не слишком сурова с матушкой, Лиза? — покачал головой Репнин.

— Пора им начать относиться ко мне серьезно, — нараспев сказала она, подходя к нему опасно близко.

— Лиза, — мягко отстранился Репнин, — ты очень рискуешь. Официально мы еще не венчаны.

170

— А мне все равно, — кокетливо улыбнулась она, и Репнин не смог удержаться, чтобы не улыбнуться вместе с ней.

— Барин, — в дверь гостиной просунулся встревоженный Дмитрий, — там какой-то офицер. Очень важный, с письмом к вам. Впускать?

— Разумеется, — кивнул Репнин.

Приехавший офицер оказался порученцем императорской канцелярии. Он привез приказ князю Репнину немедленно явиться в резиденцию Его Величества в Гатчине.

— Неужели это из-за... — Лиза не решилась продолжать свою мысль.

— Все может быть, — пожал плечами раздосадованный Репнин, — но нас ни в чем не уличили. Скорее всего, это что-то действительно важное и срочное. Ведь я занимался в Двугорском делом Забалуева. Так что, если нам повезет, мы одолеем этого прохвоста и сможем... сможем осуществить то, о чем условились вчера.

— Если бы... — с тревогой вздохнула Лиза...

Глава 5
Над пропастью

Владимир вскрикнул во сне и проснулся. Он уже несколько раз делал попытку заснуть, но лишь проваливался в глубокую темноту, от бесконечности которой сжималось сердце и не хватало воздуха. Да что со мной? — с раздражением подумал он, отирая со лба бисеринки пота. Владимир сел на кровати и перевел дух. Сразу тяжело и опасно потянуло под ребрами. Но он умел превозмогать боль и встал, разгоняя почти смертельную усталость.

Накинув турецкий халат, популярную у многих его сослуживцев домашнюю одежду, он направился в библиотеку — взбодриться ему всегда помогал терпкий коньяк, который отец по обыкновению держал в шкафу рядом с книгами. Умному человеку надо уметь расслабляться, часто говаривал Иван Иванович, относившийся к числу винных гурманов. Он хорошо знал все известные горячительные напитки и умел превращать их употребление в торжество и приятное времяпровождение.

Взявшись за ручку двери, Владимир увидел тонкую полоску света, пробивавшуюся из-под нее. И кому еще только не спится? — покачал он головой, отнюдь не радуясь перспективе нежданной компании. Но, войдя, он увидел, что его полуночный соперник — Анна. Она сидела, забравшись на диванчик с ногами и кутаясь в свою любимую кружевную шаль, и что-то читала. Но, осторожно приблизившись, Корф понял, что Анна спит.

Бесшумно и стараясь не побеспокоить спящую, Владимир взял книгу из ее рук — Шекспир? «Весь мир противу страсти нежной...» Бедная, и ее мучает та же мысль! Корф вздохнул и с легкостью, как пушинку, поднял Анну на руки. Он отнес девушку в ее комнату — она даже не проснулась, только шептала в забытьи что-то тревожное. Корф с трудом удержался, чтобы не поцеловать ее, но воспоминания о Лизе обожгли его — меньше всего Владимир хотел, чтобы, очнувшись, Анна сказала это грубое и унизительное — *воспользовался*.

И все же он не сразу ушел к себе — все сидел и смотрел, как она дышит и улыбается чему-то во сне. Владимир накрыл Анну ее шалью и удивился, какая она хрупкая, почти воздушная — обычной шали вполне хватило, чтобы Анна утонула под ее узорчатой сеткой. Словно сказочная принцесса, улыбнулся Корф и, перемещаясь с ловкостью хищника на одних пальцах — умение, обретенное им на Кавказе, — вышел из ее комнаты, вдруг ощутив покой и душевное равновесие.

Вернувшись к себе, на этот раз он заснул быстро и незаметно. И впервые с детских лет ему виделся цветной, волшебный сон...

Владимир вдруг очнулся на цветочной поляне. Он хотел встать, но рука никак не могла найти точку опоры и все тонула в красках. Сказочных красках — без запаха, больше напоминающих крем на торте со взбитыми сливками — из тех, что в детстве дарят ко дню рождения. Все вокруг было красками — диковинные цветы, пышно зеленые кустарники и осыпанные ковром соцветий деревья с раскидистыми кронами.

— И что же ты лежишь? — услышал Владимир голос Ангела, поразительно похожего на Анну.

— Мне не на что опереться, — стал оправдываться Владимир.

— Тоже мне, Архимед! — Ангел рассмеялась очаровательным серебристым смехом и раскрыла ему навстречу серебристое, пушистое крыло. — Держись!

Владимир протянул руку и ничего не почувствовал, но — странное дело! — невидимая сила оторвала его от земли и поставила на ноги, немедленно утонувшие в красочном месиве.

174

— Меня засасывает! — воскликнул Владимир и смутился под осуждающим взглядом Ангела.

— Нечего прикидываться! — обиженно, но не сердито нахмурилась та. — Выбирайся оттуда и· иди.

— Но как? — растерялся Владимир. — Я не чувствую под собой землю.

— А кто тебе сказал, что ты на Земле? — лукаво улыбнулась Ангел.

— Значит, обычные законы здесь не действуют, и я могу делать все, что захочу?

— Не все, но многое. Только соберись с мыслями и — вперед!

Владимир кивнул и сделал шаг из разноцветной масляной трясины — пошел, как по ступенькам, и вскоре поравнялся с Ангелом, доброжелательно поглядывавшей на него с ближайшего изумрудного холма.

— И куда теперь? — спросил Владимир.

— А куда ты хочешь? — пожала плечами Ангел и взмахнула крыльями, словно предлагая ему сделать свой выбор.

Владимир оглянулся и не смог сдержать восторженного возгласа — мир перед ним был неповторим и прекрасен. За сверкающей бирюзой озера поднимались огромные остроконечные горы, увенчанные снежными вершинами и ореолом облаков. А за озером на той

175

стороне виднелся дом на пригорке с портиком и колоннами при входе, утопающий в яблоневом саду.

— Хочешь туда? — Ангел кокетливо склонила свою прелестную головку.

— С тобой — даже на край света! — Владимир попытался удержать Ангела за крыло.

— Тогда летим! — Ангел ловко увернулась и поплыла по воздуху в сторону от него.

— Но я не умею летать!

— Разве ты забыл? Здесь нет невозможного! Оттолкнись и пари!

— Так просто? — удивился Владимир, но все же последовал совету и тоже полетел — туда, к озеру, где на волнах покачивалась изящная лодка, и парус был светлей лазури — водной и небесной.

— Осторожно! — предостерегла его Ангел, и Владимир едва успел увернуться на лету.

Мимо него, задев по лицу пуховым опереньем хвоста, скользнула куда-то выше удивительная сиреневая жар-птица. Она сделала круг над озером и беззвучно уселась на ветвях дерева, цветущего перед домом на том далеком и таком близком берегу озера.

— Не обращай на нее внимания, — опять рассмеялась Ангел-Анна. — Она всегда пристает к новым людям — уж очень любопытная. Но ты ей, кажется, понравился.

176

— А я тебе?

— Если бы нет, то твой сон не был бы таким счастливым.

— А на Земле есть такое место?

— Да, и оно — внутри тебя. Загляни в свою душу, как сегодня, и ты увидишь его.

— Я говорю не о воображаемом, а о реальном мире.

— Этот мир такой, каким ты желаешь видеть его.

— Так не бывает, — покачал головой Владимир и понял, что падает, а Ангел с грустью смотрит на его полет к Земле и беспомощно протягивает крылья-руки, не в силах расстаться с Небом...

— Барин, Владимир Иванович! — сквозь сон услышал Корф свое имя и недовольно дернул плечами, стараясь стряхнуть с себя чью-то крепкую руку. — Владимир Иванович! — голос стал требовательным, и Корф открыл глаза.

Рядом с его постелью стоял Никита и извиняющимся тоном звал его.

— Да чего тебе, Никита?! — рассердился Корф. Красочный сон канул в Лету. — Что случилось? Или дел у тебя нет?

— Дела-то есть, да там в гостиную княгиня Мария Алексеевна Долгорукая вломилась. Еще хотела сюда прорваться, но я ей пригрозил и позвал Григория. Он ее стережет.

— Долгорукая? — наваждение как рукою сняло. Владимир почувствовал злость, и негодование овладело им. — Как она посмела явиться сюда?!

— Вы же знаете — княгиня, страсть как настойчива. Ей поперек дороги не становись, — принялся оправдываться Никита.

— Да ты не извиняйся! — кивнул ему Корф. — Не твоя это забота — строптивых дам выгонять. Я сам с нею разберусь. Ступай, я скоро буду.

А вот это уже и тяжелая артиллерия пожаловала, подумал Владимир, одеваясь к выходу. Мадам Долгорукая, видно, слишком осмелела, что рискнула приехать к нему, не опасаясь вспышки гнева в ответ на свой визит. Но ничего, я поставлю зарвавшуюся княгиню на место!

— Что вам угодно, сударыня? — бесстрастно спросил Корф, входя в гостиную и давая знак Григорию и Никите оставить их наедине.

— Если вы полагаете, что мне было легко решиться на этот шаг, то вы глубоко заблуждаетесь, — с вызовом ответила Долгорукая. — Но обстоятельства складываются таким образом, что я вынуждена явиться к вам и вести переговоры об одном важном деле, от которого зависит благополучие нашего рода.

— Я уже сказал Петру Михайловичу, что ни о какой женитьбе на Лизе не может идти и речи...

— Бог с вами, Владимир, эта тема сейчас не главная, — улыбнулась Долгорукая, предупреждая продолжение его заявления.

— Чем же я еще обязан вашей семье? — саркастически усмехнулся Корф.

— Дело в том, что принадлежащая вам крепостная девица Полина смеет утверждать, что она — незаконнорожденная дочь Петра, и посягает на наше имя и часть наследства.

— То есть, как это — посягает? — растерялся Корф.

— Возможно, вы уже слышали, что князь Петр ищет свою пропавшую двадцать лет назад дочь, которую он прижил от бывшей крепостной вашего отца Марфы.

— Я слышал эту историю, — кивнул Владимир. — Но при чем здесь Полина?

— Вчера, будучи у вас в имении, Петр узнал от нее историю ее рождения и вбил себе в голову, что эта Полина и есть его исчезнувшая дочь Анастасия.

— Удивительно... — промолвил Корф, раздумывая над услышанной от княгини новостью.

— Ничего удивительного! — вскричала Долгорукая. — Эта девка где-то услышала рассказ о безумной идее моего мужа и решила обольстить его, прикинувшись проклятой Настькой! А Петя, по своей простоте душевной и мужской слабости, размягчился от ее голубых глаз и готов на все ради неизвестной оборванки!

— Княгиня! — возвысил голос Корф. — Вы хотя бы раз о ком-нибудь говорили хорошо и в приятном изложении?

— А за что мне осыпать ее комплиментами? — разгорячилась Долгорукая. — Какая-то шантажистка пытается отнять у моих детей по праву принадлежащее им наследство, а я должна выбирать слова для описания ее непристойного и подлого поступка?!

— Да говорите, что хотите! — разозлился Корф. — Я-то здесь при чем?

— Петр намерен явиться к вам с тем, чтобы выкупить эту самую Полину. Заклинаю — не продавайте ее! И вообще — отошлите с глаз долой куда подальше. Карл Модестович знает одного помещика в Архангельске...

— Есть ли в вас хотя бы что-то человеческое? — прервал княгиню Корф. Он с ужасом смотрел на Долгорукую, пытаясь понять, как живет на Земле это исчадие ада, и Господь все никак не решит ее судьбу. — Вы понимаете, о чем просите? Князь Петр нашел своего пропавшего ребенка, а вы советуете мне умножить муки отца, двадцать лет не видевшего свою дочь?!

— Вам ли жалеть Петра? — издевательским тоном спросила Долгорукая. — Не он ли давеча отказался внять вашим мольбам и требует жениться на Лизе? Не он ли угрожает вам дуэлью?

— Я не понимаю, как это связано, — хриплым голосом сухо сказал Корф.

— Связано, батенька, связано! — вскричала Долгорукая. — Петр — сумасшедший! Он никого не слушает, не внемлет голосу разума! Он бредит своей Настей и ни в грош не ставит наших с ним детей. Такой человек не имеет права жить, дышать, а тем более — наслаждаться счастьем! Но Петру ведь и того мало, что он разрушает вашу жизнь, жизнь Лизы, он решил обокрасть своих наследников в пользу этой чужой всем нам девицы. Не идите на поводу неоправданной жалости, Владимир! Спасите мою семью от позора и разорения, помогите мои детям! Я знаю, вы дружите с Андреем — подумайте о нем. На днях он женится — что ждет его жену и детей в будущем, если князь Петр на радостях лишит сына наследства, которое полагается ему по рождению?!

— Я не могу помешать князю Петру любить свою потерянную дочь. И он имеет право выражать свои чувства к ней так, как считает это возможным и достойным его положения, — пожал плечами Корф.

— Вы и в самом деле настолько черствы, — озлобленно прищурилась Долгорукая, — или просто решили использовать эту ситуацию, как способ отомстить мне и моим детям?

— Только благодаря своим детям, — воскликнул Корф, — вы живете дома, а не прозябаете на каторге или в больнице для слабоумных! Если бы Андрей не убедил меня, что вы полны благородного раскаяния и потеряли душевное равновесие, я ни за что не отступился бы от желания наказать вас так, как вы этого заслуживаете!

— Благодетель вы наш! — не удержалась от ерничества Долгорукая.

— Молчать! — вне себя от гнева закричал Корф. — Мне было обещано, что вы забудете дорогу в этот дом, но вы явились и без малейшего смущения принялись учить меня творить мерзости! Да кто вы такая, чтобы ставить мне условия, издеваться над моими чувствами и оскорблять меня?!

— Я? — смех Долгорукой казался потусторонним, сатанинским. — Я — та, кто по милости вашего батюшки лишилась покоя и здоровья! Потеряла мужа и сломала жизнь своих детей. И все потому, что однажды так называ-

182

емый друг семьи предложил отцу моих детей услуги сводника.

— Я убью вас! — зарычал Владимир, бросаясь к ней.

— Давайте! — Долгорукая и не думала уклоняться от столкновения — смотрела ему в лицо и стояла, выпрямившись, с надменностью во взоре. — Я готова принести себя в жертву, чтобы, наконец, разрубить этот узел. Вас посадят в тюрьму, ваше имение и ваших холопов продадут, кого куда. Я уже говорила с Карлом Модестовичем. Уж он постарается подговорить своего приятеля, чтобы перекупить эту негодную Полину и сгноить в северных шахтах до смерти!

— Уходите... — прошептал Корф, невероятным усилием воли подавив желание схватить княгиню за шею и душить, пока она не посинеет, и ее зловонный язык не вывалится набок. — Уходите сами, если не хотите, чтобы я, не посмотрев на ваш чин и пол, велел Никите и Григорию вытолкать вас без жалости взашей!

— Фу, как вульгарно! — пожала плечами Долгорукая. — Уверена, вы еще пожалеете, что не приняли моего предложения!

— Я не приму ничьего предложения — ни вашего, ни вашего мужа, и никого другого из вашей семьи! Вы, Долгорукие, надоели мне, хуже смерти! Вы все время вмешиваетесь в мою жизнь, вы уже почти разрушили ее... Убирайтесь! — Владимир указал княгине на дверь — И довольно! Довольно с меня ваших проблем! Разбирайтесь в ваших делах сами, и увольте меня становиться в них посредником.

Долгорукая кивнула, направляясь к выходу.

— Похоже, я напрасно надеялась, что вы поумнели...

— Вон! — закричал Владимир. — Вон!..

У него потемнело в глазах, а потом все закрыл искрящийся звездопад. И поэтому он не видел, как величаво удалилась Долгорукая, и в гостиную вбежала встревоженная его криком Анна.

— Владимир, вам плохо? — бросилась она к Корфу, топтавшемуся посредине гостиной, точно слепой.

— Кто здесь? — не сразу понял Корф, не расслышав за стучавшей в висках кровью голоса Анны.

— Это я, родной мой, что с тобою?! Ты меня пугаешь? Ты не видишь меня?

— Аня, Анечка! — Корф протянул к ней руки и обнял ее, почувствовав ее прикосновение. — Это ты, какое счастье — это ты!

— Обопрись на меня, — ласково сказала Анна. — Сейчас ты сядешь, успокоишься, и все пройдет...

— Да-да, конечно, — кивнул Корф, с ее помощью опускаясь на диван.

— Вот, выпей, это тебе поможет, — Анна поднесла к его губам фужер, и Корф почувствовал бодрящий запах любимого бренди отца.

Он выпил и, прислушавшись к совету Анны, стал дышать медленно и глубоко. И туман вскоре рассеялся, звезды стали бледнеть, а потом и совсем пропали, открыв его взору привычный интерьер гостиной.

— Что это было? — тихо спросил Корф.

— Ты очень сильно кричал, — ободряюще улыбнулась Анна, — разволновался, вот сердце и не выдержало напряжения.

— А как ты выдерживаешь? — смутился Корф.

— Я стараюсь не задавать себе пределов, и поэтому меня почти невозможно подвести к самому краю, — пожала плечами Анна.

— Как бы и мне научиться этому чудесному способу? — рассмеялся Корф.

— Он тебе давно известен, но ты пользовался им во вред и себе, и окружающим. А теперь настало время излечения, — Анна с нежностью провела рукой по его щеке и потом, после секундного раздумья, быстро поцеловала в губы.

— Мне нравится это лекарство, — прошептал Корф. — А доктор не ограничил дозу его приема?

— Нет, — радостно рассмеялась Анна, довольная, что Владимир пришел в себя.

— Тогда повтори еще раз эту процедуру, — потянулся к ней Корф.

— Только после того, как ты расскажешь, что здесь произошло, — строго-шутливым тоном сказала Анна. — Я видела Марию Алексеевну, княгиня пробежала по коридору, точно фурия. Чего хотела от тебя эта ужасная женщина?

— Она не успокоится, пока не изведет весь наш род, — нахмурился Корф. — Мы постоянно оказываемся перед нею чем-то виноваты. Недавно она обвиняла батюшку, а ныне грозит расправой и мне.

— Но почему? — удивилась Анна. — Князь Репнин рассказал, что она, в отличие от Петра Михайловича, одобряет его отношения с Лизой и благословила их.

— Дело не в Лизе, — безнадежно махнул рукой Корф. — Кажется, нашлась пропавшая незаконнорожденная дочь князя Петра. И по какому-то ужасному стечению обстоятельств она живет здесь.

— Та самая Анастасия? Неужели? — обрадовалась Анна. — Варвара много говорила об этой загадочной истории. Та бедная женщина так и не нашла свою дочь. И все же князю повезло!

— Да, я рад за него, — с раздражением кивнул Корф. — Но Анастасия оказалась моей крепостной. И теперь Долгорукая требует, чтобы я продал ее от греха подальше. То есть, от князя Петра.

— Какая жестокость! — воскликнула Анна.

— Жизнь вообще — не мед, — пожал плечами Корф. — Но ко всем моим... нашим проблемам прибавилась еще и эта — что делать с новоявленной Анастасией. Хотя, если честно, я бы скорее предположил в ней дочь самой Долгорукой, нежели князя Петра — уж больно характером схожи эти две дамы.

— О ком ты говоришь? — не поняла Анна.

— Прости, — улыбнулся Корф. — Я не сказал тебе главное — ею оказалась наша Полина.

— Господи!.. — только и могла прошептать Анна. — А я-то думаю, что это она на меня сегодня по-особому поглядывает — все свысока да с гонором!

— Полина — на тебя, княгиня — на меня, — пошутил Корф. — А скоро приедет князь Петр и так посмотрит, что уж и не знаю, куда бежать, чтобы спрятаться от этих взглядов!

— Но... это же все меняет! — тихо, но со

страстью сказала Анна, поднимая на Владимира засиявшие глаза.

— Тебе как будто что-то придумалось? — скептически усмехнулся Корф.

— Не торопись с выводами, — улыбнулась Анна. — Мне кажется, мы сможем одним разом решить все проблемы.

— Каким образом? — недоверчиво осведомился Корф.

— Князь Петр одержим идеей женить тебя на Лизе, и вместе с тем он будет вынужден прийти к тебе же с просьбой вернуть в лоно семьи пропавшую дочь, так? — оживилась Анна. — Так предложи ему сделку! Скажи, что готов освободить Полину, и в обмен убеди его забыть историю с Лизой. И тогда...

— Тогда мы беспрепятственно уедем отсюда и будем свободны от нелепых обязательств и навязанных нам забот, — радостно подхватил Корф. — Милая, что бы я делал без тебя?!

— А хочешь, я сама поеду к нему и поговорю об этом? — предложила Анна.

— О, нет, дорогая! — отказался Корф. — Я поговорю с князем по-мужски, это будет деловая встреча.

— Если бы ты только знал, как я боюсь твоей горячности, — вдруг разволновалась Анна.

— Ты не доверяешь мне, как главе семьи? — несерьезно обиделся Корф.

— Вот как? — с той же мерой шутливости ответила Анна. — Ты уже все решил — кто станет главным, а кому придется и приказы исполнять?

— Анечка, главным всегда останется наше чувство друг к другу, — Корф притянул ее к себе и поцеловал.

— Я, кажется, не говорила, что больна, — рассмеялась она, мягко отстраняясь из его объятий. — Побереги это лекарство до лучших времен.

— Уверен — они не за горами! — Корф был полон оптимизма и бодрости. — Я немедленно отправляюсь к Долгоруким и предложу князю свои условия. Не все же время этому семейству навязывать мне свои!

— Будь осторожен и держи себя в руках! — предупредила Анна.

— Мне нечего бояться! — отмахнулся Корф. — А что касается рук — то я был бы несказанно рад, если бы это всегда делала ты и держала меня в своих руках крепко-крепко, и никогда не отпускала от себя...

Владимир еще раз поцеловал Анну на прощание и с легким сердцем отправился к Долгоруким.

Дорогой он не раз думал об Анне — это

189

счастье в глубине души все еще казалось ему невозможным. Он ждал, он жаждал его, но не мог поверить, что испытания закончились, и они сумеют, наконец, соединить свои сердца и жизни перед Богом и людьми. Владимир не просто стремился обладать Анной — она была необыкновенной девушкой, и ее любовь могла стать для него настоящим искуплением грехов и всех нелепостей прошедших лет.

Эта любовь подарила ему совершенно новые ощущения. Еще никогда прежде его закаленная в боях и военных походах душа не испытывала одновременно столько нежности и света, который, похоже, уже почти безнадежно догорал в самых недоступных тайниках его сердца и вдруг разгорелся — сильно, пылко, и сейчас казался ему божественным и неугасимым.

Вероятно, именно так представлял себе их будущее отец и поэтому все время пытался объяснить Владимиру, что рядом с ним в доме живет удивительное существо, способное вернуть ему утраченные мечты и чувства. И не к этому ли готовил отец Анну, совершенствуя ее в искусствах, и сознательно отдаляя от них обоих тот миг любовного единения, который должен был стать выстраданным ими и в апогее принести им неповторимые ощущения и неземное блаженство?!

Отец, казалось, предугадал их предназначение друг другу. А он, по глупости лет и мальчишеским амбициям, едва не прошел мимо своего счастья. Владимир грустно, но светло улыбнулся, вспоминая, как негодовал, обижаясь на предпочтение, которое, как ему представлялось, отец оказывал Анне во всем. В действительности же отец вкладывал в нее всю ту родительскую любовь, от которой Владимир по неразумию отказался, в надежде, что однажды Анна всю ее отдаст в его руки, вдохнет в его душу, заполнит ею его сердце.

И вот это свершилось! Ты можешь быть доволен, отец, думал про себя Владимир, твой замысел воплотился — любовь Анны перевернула все в моей душе, заставила сердце биться сильнее и стать горячим. Жизнь моя озарилась светом этой любви и научила видеть лучшие стороны всего сущего на Земле и терпеливо, со смирением ждать прекрасного.

Я обещаю, едва слышно шептал одними губами Владимир, приближаясь к имению Долгоруких, что запомню и сохраню в себе эту любовь, и она поведет меня дальше, и откроет мне неизведанные берега и невозможные дали. И я не позволю ей уйти или разбиться, и преклоню свою гордыню перед ней...

— Вы решили принять мое предложение? — князь Петр с недоверием и явной надеждой посмотрел на Корфа, решительно входящего в его кабинет.

— Я приехал, чтобы обсудить с вами мое собственное, — задиристо ответствовал Корф, напоминавший сейчас самоуверенного и отчаянного подростка.

— Скажите, Владимир, — покачал головой князь Петр, — благоразумие вам вообще не свойственно или вы так глубоко скрываете его, что догадаться об этом не представляется возможным?

— Наоборот, — лихо отбил удар Корф. — Сегодня я разумен, как никогда, и вы сразу поймете это, если соблаговолите выслушать предложение, с которым ваш покорный слуга явился к вам.

— Так говорите же, — с некоторым раздражением бросил князь Петр. — Дело, что мы обсуждали с вами вчера, — серьезное и не терпит отлагательств. А посему довольно политесов и самовосхвалений.

— Похоже, долгое отсутствие среди живых сделало вас мизантропом, — едко сказал Корф, чувствуя, что его благодушие начинает потихоньку испаряться.

— Вы намерены говорить или будете продолжать упражняться в изящной словесности? — нахмурился князь Петр.

— Хорошо, — кивнул ему Корф, — как скажете... Итак, вы требуете немедленного замужества для своей дочери, я говорю о Елизавете Петровне. А я, в свою очередь, прошу вас отозвать свое требование ради другой вашей дочери, которой я намерен подписать вольную в случае, если мы договоримся.

— О чем вы? — смутился князь Петр.

— О Полине. Или Анастасии, если вам так угодно ее называть, — с легким поклоном ответил Корф.

— Откуда вам это известно? — побледнел князь Петр.

— Ваша супруга явилась ко мне с просьбой увезти вашу предполагаемую дочь и продать ее подальше от этих мест, — объяснил Корф.

— Маша?! — князь Петр выглядел растерянным. Новость застигла его врасплох. — Как она могла?..

— Да неужели подобные поступки княгини вам в удивление? — улыбнулся Корф, не заметив, как недобро сверкнули глаза князя. — Но я бы не хотел обсуждать сейчас с вами эту надоевшую всем тему. Я прошу вас немедленно обсудить мое предложение и покончить со всеми недоразумения-

193

ми, что существуют между нами и нашими семьями.

— Вы шантажируете меня? — с тихой угрозой спросил князь Петр.

— Долг платежом красен, — пожал плечами Корф. — Однако я не держу на вас зла за свое разрушенное счастье и готов идти вам навстречу. Давайте договоримся, и сегодня же Полина переедет к вам.

— Я не веду переговоров с бесчестными людьми! — вскричал князь Петр.

— Боже! — вслед за ним повысил тон и Владимир. — До каких пор я буду терпеть оскорбления и не пытаться ответить ни них?!

— Вам не нравится отзыв, который я дал вам? — не унимался князь Петр. — А как иначе я могу назвать того, кто предлагает мне купить честь одной моей дочери, заплатив за свободу другой?

— Я не торгую детьми! — сорвался Корф. — Я прошу вас подумать о счастье своих дочерей и оставить меня в покое. Раз и навсегда!

— Видел бы Иван, до чего докатился его сын — дуэлянт, насильник, шантажист! — патетически вознес руки к небу князь Петр.

— Я?! — побелел Владимир, и кровь ударила ему в голову. — Вы не желаете мира? Что ж, я отвечу на вызов... Обещаю — вы не получите ничего! На Лизе хоть сами женитесь! А Полина... Пожалуй, я приму совет вашей женушки и отправлю ее к чертям подальше, так что и следов не найдете!

— Вы — негодяй, Владимир! — князь Петр сжал кулаки.

— Я — всего лишь зеркало, — холодно сказал Корф. — Внимательно посмотритесь в него, что вы там видите, князь? Прощайте и после полудни можете слать ко мне секунданта.

— Постойте, — вдруг спохватился князь Петр, — постойте, Владимир, не горячитесь! Кажется, я совершенно потерял голову, не уходите! Давайте успокоимся и попробуем еще раз начать этот разговор.

— К чему? — сухо спросил Корф.

— Я даже не знаю, что на меня нашло, — принялся оправдываться князь Петр. — Я прошу вас: не делайте того, что обещали. Моя душа и так разрывается на части. Но Настя... Это тот грех, который я должен искупить. Я не могу подвергать девочку еще большим мучениям, чем ей довелось испытать.

— Так за чем же дело встало? — недоверчиво повернулся к нему Корф, все это время через плечо слушавший откровения Долгорукого.

— Дайте мне время, — умоляюще произнес князь Петр, — мне надо все обдумать... Слишком многое свалилось на меня, и так трудно сразу развести сплетение проблем, одолевших мою семью...

— Вы даете мне отсрочку по приговору? — усмехнулся Корф.

— Я прошу вас дождаться моего ответа, — прошептал князь Петр.

— Хорошо, — кивнул Корф. — В отличие от вас, я не намерен устанавливать слишком строгие временные рамки, но все же прошу вас дать мне знать до вечера. У меня есть и свои планы, и я намерен полностью их осуществить.

Долгорукий кивнул ему и проводил до двери...

Произошло то, чего он боялся. Оттого и просил Настю... Полину держать все втайне от хозяина. А Мария опять нанесла ему удар в спину... Она не оставляла его — преследовала и настигала, опережала и устраивала ловушки. Она играла с ним и мучила его. Есть ли предел ее дьявольский хитрости и изворотливости?! Будет ли конец его несчастьям и воцарится ли мир в их многострадальной семье?..

Князь Петр буквально ворвался в гостиную, вызывающе громко хлопнув дверью.

— Петенька, да на тебе лица нет! — умильным голосом заметила Долгорукая,

196

вынужденная обернуться на резкий, взрывной звук.

Она впервые за все эти дни села за рояль и принялась музицировать. Делала княгиня это не слишком виртуозно, но для домашних вечеринок и игры с детьми в четыре руки выходило вполне сносно и даже прелестно. Появление мужа отвлекло ее от такого времяпровождения, к сожалению, подзабытого, но всегда приятного.

— Что случилось, ты не болен? — Долгорукая с видимой неохотой оторвалась от своего занятия.

— Да, я болен, болен, — страшным голосом сказал князь Петр. — Я болен неизлечимо, болен тобой! Ибо это — единственная болезнь, от которой нет лекарства и нет спасения.

— Но, Петя... — ничуть не смутилась Долгорукая.

— Молчи! Не говори ни слова! — князь Петр медленно пошел ей навстречу, надвигаясь неумолимо и с ужасным видом. — Кто позволил тебе приезжать к Корфу?! Как ты посмела требовать от него избавиться от Насти?!

— Я — мать! — гордо сказала Долгорукая. Она не выглядела ни испуганной, ни виноватой. — И я защищаю своих детей! Твоя приблудная дочь меня не волнует. Но никто, слышишь, никто из наших детей, законных наследников рода Долгоруких, не пострадает от твоей бредовой идеи ввести в наш дом самозванку!

— Кажется, я поторопился отпереть твою комнату! — зарычал князь Петр.

— Ты поторопился обидеть наших детей в пользу безродной рабыни и нищенки, даже не удосужившись получить сколько-нибудь весомые доказательства ее россказней! — в тон ему закричала Долгорукая.

Князь Петр рассмеялся.

— Больше тебе не удастся ни в чем помешать мне! Теперь ты и рта не раскроешь, и с места не двинешься!

Долгорукая саркастически усмехнулась.

— Ты прикуешь меня цепями к стене в подвале и зальешь горло раскаленным оловом?

— Нет, — спокойно покачал головою князь Петр, буквально прижимая ее к роялю и протягивая руки к горлу жены, — я поступлю проще. И быстрее. Я убью тебя!

— А-а-а! — дико закричала Долгорукая.

Но отбиваться ей не пришлось — князь Петр внезапно замер, лицо его перекосилось на правую сторону, и он рухнул на пол без движения в какой-то странной, скрюченной позе, словно окаменел...

— Где я? Что со мной? — слабым голосом спросил Долгорукий, открывая глаза.

— Дома, — мягко сказал доктор Штерн, проверяя пульс на его руке. — Вы по-прежнему дома, со своей семьей. Не волнуйтесь, вы просто немного перенервничали. Все-таки свадьба — это так хлопотно, тем более для родителей.

— Лиза? — обрадовался князь Петр.

— Лиза? Разве вы запамятовали? Андрей Петрович и княжна Репнина венчаются скоро, и я премного благодарен вам за приглашение. Давеча получил его, — удивился доктор Штерн, отпуская его руку. — Пульс отличный. Думаю, еще немного, и вам можно будет вставать. Вы поразительно быстро пришли в себя после удара, что еще раз говорит о недюжинном здоровье. Надеюсь...

— Сколько я так пролежал? — прервал его князь Петр.

— Сутки, — пояснил доктор Штерн. — Но сам паралич прошел еще раньше, потом вы просто спали, восстанавливая силы.

— Не может быть... — прошептал князь Петр. — Но как же... я же обещал Корфу...

— Уверен, к обеду вы сможете выйти в столовую сами, а сейчас я попрошу кого-нибудь вам принести поесть. Немного, конечно, и с ложечки, но это скорее врачебная предосторожность, которая, как известно, никогда не бывает излишней.

— Нет-нет, — запротестовал князь Петр, — мне недосуг лежать. Лучше помогите мне подняться, я должен довершить одно важное дело.

— Вы поступаете крайне неосмотрительно, — запротестовал доктор Штерн, но, увидев гневный взгляд Долгорукого, кивнул и помог ему встать с постели. — Дело ваше...

— Вот именно — мое, — подтвердил Долгорукий. — И никто, кроме меня, не в силах его решить. Если, конечно, уже не поздно.

— Но почему должно быть поздно? — растерялся доктор Штерн.

— Это долгая история, — покачал головой Долгорукий. — Но прошу вас, позовите кого-нибудь из слуг, пусть помогут мне одеться для выхода.

— А вот это уже слишком! — воскликнул доктор Штерн.

— Предоставьте мне самому определять, что для меня довольно, а что нет! — отрезал князь Петр.

— Как скажете, Петр Михайлович, — обиженно произнес доктор Штерн.

— Простите меня, — вдруг опомнился Долгорукий. — И благодарю вас за помощь...

Штерн с грустью посмотрел на него и, ничего не ответив, ушел.

— И куда это вы собрались, уважаемый супруг мой? — надменно спросила Долгорукая, едва князь Петр появился в гостиной. — Вам предписан был полный покой и усиленное питание.

— Доктор Штерн изменил свои рекомендации, — на ходу бросил ей князь Петр, направляясь в кабинет. — А я не изменил своих планов.

— Вы по-прежнему собираетесь меня убивать? — гадко усмехнулась Долгорукая.

— Нет, я собираюсь довести до конца дело о признании Полины своей незаконнорожденной дочерью Анастасией и определить ее место в завещании, — решительно заявил ей князь Петр.

— Похоже, доктор Штерн поставил не тот диагноз, — Долгорукая презрительно сощурилась. — Вам не сердце надо лечить, а голову! И делать это безотлагательно, прямо сейчас!

— Прямо сейчас, как вы изволили выразиться, сударыня, — зло парировал князь Петр, — я намерен отправиться к барону Корфу и добиться от него освобождения моей дочери.

— Боюсь, вы уже опоздали, батюшка, — раздался от двери плачущий голос Полины.

Она стояла перед ним такая прекрасная, здоровая, румяная от мороза.

— Девочка моя! — ахнул князь, бросаясь к Полине и заключая ее в объятия. — Что случилось, почему ты так говоришь?

— Барон Корф уезжает, — зарыдала Полина. — Он велел заложить карету и упаковать все вещи...

— Корф бежит? — вздрогнул князь Петр. — Негодный лжец! Он обещал мне... Впрочем, он уже не раз доказывал, что не умеет держать свое слово. Успокойся, дорогая, я тотчас отправлюсь за ним и остановлю его. А ты располагайся здесь и чувствуй себя, как дома. Я распоряжусь, чтобы тебе отвели комнату.

— Неслыханная наглость! — вскричала Долгорукая.

— А вашего мнения, мадам, никто не спрашивает, — осадил ее князь Петр и увел Полину за собой. — Идем, родная, я позабочусь о тебе...

— Анна, где ты? — встревоженно спросил Корф, входя в библиотеку.

— Прости, я задержалась, — грустно улыбнулась она. — Хотела проститься с любимыми книгами. Здесь столько воспоминаний — о детстве, о дядюшке... Мне так жаль покидать все это!..

— К сожалению, князь Петр не оставил

нам иного выхода, — пожал плечами Корф. — Я сделал все, что мог. Он обещал дать ответ до вечера вчерашнего дня, но даже им установленное время прошло. Думаю, что княгиня как-то сумела повернуть его в свою сторону. И я не хочу, чтобы он снова принялся угрожать нам и нашему счастью.

— Что же такое со всеми нами случилось? — Анна была готова расплакаться, но Корф нежно обнял ее.

— Родная, поверь мне, побег — лучший выход из создавшегося положения, — примирительным тоном сказал он Анне. — Мы уедем далеко-далеко, обвенчаемся и станем жить, не думая о чужих проблемах и не создавая их самим себе. Мы начнем новую жизнь, и она будет замечательной.

— Но дядюшка так хотел, чтобы мы все вместе жили в нашем доме, здесь, в Двугорском! — воскликнула Анна.

— Увы, — развел руками Корф. — Не все в жизни бывает точно так, как мы задумываем. Но мы в силах попытаться приблизиться к своей мечте. Пусть даже и в другом месте.

— Хорошо, — согласилась Анна и утерла слезы. — Едем, если нет другого способа развязать этот узел... Оставим родной дом, друзей и попробуем заново создать то, что теряем...

— Уверен, у нас все получится, — кивнул Корф. — Мы — вместе! А это — главное условие нашего счастья.

— Пора, барин, — сказал Никита, входя в библиотеку. — Карета готова, вещи уложены.

— Спасибо, — сказал Корф. — Да, я оставил на столе в кабинете распоряжения для тебя на первое время. Пожалуйста, постарайся следовать им.

— Разумеется, барин...

— Никита, Никита, — покачал головой Корф. — Я давно уже не барин тебе. Ты свободен и можешь просто звать меня по имени-отчеству, как и положено управляющему. Ну, вот и все, идем, Анна!

— А не слишком ли быстро и как далеко вы собрались? — послышался знакомый, раздраженный голос.

В библиотеку, сильно припадая на больную ногу и с вызовом стуча тростью об пол, вошел князь Долгорукий.

— Вы опоздали, Петр Михайлович, — холодно сказал Корф, взяв Анну под руку. — Мы уезжаем.

— Уж не в свадебное ли путешествие? — со злостью поинтересовался князь Петр.

— Это вас не касается, — ответил Корф. — Позвольте нам пройти.

— Нет, не позволю! Вы бежите, не выполнив своих обещаний. Вы — лжец и плут! — вскричал, не помня себя, Долгорукий.

— Не вам судить меня, — стараясь сохранить спокойствие, сказал Корф. — Я ждал до окончания вами же установленного срока, но более не намерен сидеть взаперти, как будто я — приговоренный к казни. Я не совершил ничего предосудительного и хочу, наконец, жить независимо от ваших претензий и угроз.

— Значит, хотите жить? — недобро рассмеялся князь Петр. — Тогда вам придется доказать это, отвоевав право на жизнь в единоборстве со мной.

— Я не стану стреляться с вами, князь, — устало сказал Корф.

— Тогда вы женитесь на Лизе!

— О, нет! — простонала Анна и покачнулась. — Все опять начинается сначала...

— Успокойся, дорогая, — поддержал ее Корф. — Все будет так, как мы решили. И, если князь Петр не остынет, то я сам охлажу его чрезмерный родительский пыл.

— Что вы можете знать об отцовских чувствах?! — побагровел Долгорукий. — Вы, никогда не любивший и не уважавший своего отца?! Вы своим поведением медленно убивали его, обрекая на крестные муки! Вы бесконечно тянули из него деньги, а он только и делал, что обивал пороги тех, от кого зависела ваша судьба и карьера, ибо ваша невоздержанность на язык и неоправданные поступки стали притчей во языцех!

— Да как вы смеете! — побелел Корф, и Анна поняла: сейчас он сорвется, и тогда пощады не будет никому.

— Еще как смею! — не унимался князь Петр. — Вы прикинулись понимающим, слушали меня, а сами подлым образом бежите, так и не оправдавшись перед Лизой и навсегда оставляя мою Настю в невольничьей крепости! Это гадко, это низко, это недостойно дворянина! Я презираю и ненавижу вас! И жалею, что когда-то считал вас другом!

— Ах, вот в чем дело, — Корф выдавил из себя утробный и пугающий смех, — это все из-за Полины... Знаете, я уже готов убить эту вашу Настю, лишь бы перестать слышать о ней. И пусть меня осудят за настоящее преступление, а не за то, что вы приписываете мне. Но, в отличие от вас, князь, я все же держу свое слово. Никита, принеси со стола в кабинете бумаги, что я оставил тебе для исполнения.

— Владимир, — прошептала Анна, пока Никита уходил, — я прошу тебя, будь выдержанным, смири гордыню. Умоляю, заклинаю тебя: ради нашей любви, ради нашего будущего...

— Разве может быть будущее с лжецом и негодяем? — Корф отсутствующим взглядом посмотрел на нее сверху вниз, и Анна поняла, что это конец, — ненависть полностью овладела им.

— Прошу вас, Владимир Иванович, — вернувшийся Никита подал бумаги Корфу, но тот остановил его.

— Отдай князю, это было оставлено для него.

Долгорукий с удивлением принял от Никиты пакет на свое имя и вскрыл его. Потом вскрикнул и уставился на Корфа.

— Надо понимать, что вы довольны прочитанным? — криво усмехнулся Корф.

— Да-да, — закивал Долгорукий.

— Я действительно не дождался вас, но я никогда не смог бы отнять у кого-либо надежду на счастье. Прежде, возможно — да, но я изменился. Любовь изменила меня, и я не посмел отнять у вас то, что принадлежит вам по праву. Не смущайтесь, берите... Это вольная для Полины. Или Анастасии — называйте ее, как хотите, мне это безразлично.

— Владимир, я так признателен вам ... — начал князь Петр.

Корф отмахнулся.

— Я, как видите, выполнил свое обещание. Теперь прошу вас выполнить свое и прислать ко мне секунданта.

— О чем вы? — растерялся князь Петр.

— Я намерен драться с вами и в честном поединке отстоять свое достоинство и доброе имя моего рода, которое вы неоднократно за последние дни подвергали оскорблениям и издевательствам. А если вы ищете повода избежать дуэли, то я не дам вам его, — Корф, не позволяя Анне и Никите помешать ему, резким и ловким движением, как будто набрасывал петлю на дикого рысака, швырнул перчатки в лицо Долгорукому.

— Что ж, — кивнул князь Петр, с трудом наклоняясь и поднимая перчатки, — я принимаю вызов, и сегодня к вам явятся с условиями и предложением места дуэли...

— Владимир! — в ужасе вскричала Анна, едва Долгорукий вышел из библиотеки. — Что ты делаешь, опомнись! Мы собирались уехать и начать новую жизнь...

— Если ты торопишься, то можешь уезжать, — равнодушно пожал плечами Корф. — Я же намерен довести дело до дуэли и убить этого самовлюбленного мерзавца.

— Владимир, но это ведь Петр Михайлович! Он играл с нами в детстве, качал нас на руках!..

208

— Он все забыл, а я должен помочь ему вспомнить все. Говорят, когда человек умирает, вся его прежняя жизнь проносится у него перед глазами.

— Ты не сделаешь этого!

— Сделаю, — холодно кивнул Корф, — и с превеликим удовольствием.

— Ты пугаешь меня... — вздрогнула Анна.

— Разве ты не знала, с кем имеешь дело?

— Я надеялась...

— Надежда умирает последней, а сначала умрет князь Петр.

— Владимир, — решительным тоном сказала Анна, — последний раз я прошу тебя — остановись!

— А что будет потом? — хмыкнул Корф. — Ты тоже предъявишь мне ультиматум, и, в конце концов, я должен буду стреляться и с тобой?

— Нет, мы не станем стреляться, — покачала головой Анна. — Просто слово «мы» перестанет для нас существовать. Только и всего...

— Вот видишь, ты уже ставишь мне условия...

— Никаких условий — я просто уезжаю. Немедленно.

— И куда ты пойдешь? Что ты умеешь делать? Как ты будешь жить и на что?

— Можешь не волноваться за меня, я не пропаду! — она дрожала.

— Ой ли? — криво усмехнулся Корф.

— Боже, — горестно вздохнула Анна, — я думала, ты изменился... Я даже перестала бояться тебя, твоей непредсказуемости и вспыльчивого характера. Но теперь вижу — это были всего лишь мечты и иллюзии, которым не суждено сбыться.

— Какая неожиданность! — не удержался от ехидной реплики Корф.

— Никита, окажи мне любезность, — Анна обернулась к молчаливо и растерянно созерцавшему эту сцену Никите, — сними вещи барона с кареты, оставив мои, и отвези меня в Петербург.

— Счастливого пути! — крикнул Корф, глядя, как она выходит из библиотеки, а потом схватился руками за голову и застонал в безысходной тоске: — Господи, спаси и помилуй мя, Господи!..

Часть 2

ИЩИТЕ И ОБРЯЩЕТЕ

Глава 1
Друзья познаются в беде

— Какая ты счастливая, Наташа! — вздохнула Лиза. — Через несколько дней у тебя свадьба. И ты выходишь замуж за того, кого любишь. А для меня день свадьбы превратился в кошмар, и я даже не хочу о нем вспоминать. У тебя же все будет по-другому — любимый жених, согласие родителей и настоящее свадебное путешествие.

— О, если бы все было так просто! — грустно улыбнулась Наташа.

Девушки сидели в комнате Лизы и проводили время за шитьем крестиком. Занятие интересное, легко отвлекающее от посторонних мыслей и требующее сосредоточенности и спокойствия.

— Не понимаю, о чем ты? — удивилась Лиза. — Андрей предан тебе и, несмотря ни на что, стремится к этому браку. Он любит тебя и боится тебя потерять.

— Дело не в Андрее, — покачала головой Наташа. — Это я не уверена, что поступаю правильно, отправляясь с ним под венец.

— Как ты можешь так говорить? — Лиза воткнула иголку в материю и отложила шитье в сторону. — Неужели ты все еще не простила ему истории с Татьяной?

— Татьяна здесь совершенно не при чем, — успокоила ее Наташа, тоже убирая шитье. — Впрочем, не совсем так. То, что случилось между Андреем и Татьяной, заставило меня по-новому взглянуть на наши с ним отношения. И я невольно поймала себя на мысли, что не желаю этого брака. Но не из-за ревности — я вдруг поняла, что мои чувства к Андрею лишены любовного флера.

— Как это понимать? — растерялась Лиза.

— Я только сейчас осознала, что по-настоящему мы и не были никогда влюблены друг в друга. Вернее, я не была. То, что я испытывала к Андрею, больше походило на крепкую дружбу, на родственную привязанность. С ним как-то сразу стало легко — говорить о важном или шутить, у нас много общего во взглядах на жизнь и в отношении к людям.

— Господи, — всплеснула руками Лиза, — да о таком родстве душ в семье можно лишь мечтать!

— А я мечтаю о любви! — разочаровала ее Наташа. — Я еще ни к кому не испытывала настоящей страсти или... Или хотя бы того странного наваждения, что посетило меня, когда Александр Николаевич увлекся мной.

— Ты любишь наследника? — ужаснулась Лиза.

— Нет, о нет! — спохватилась Наташа. — Я говорю не о конкретном человеке, а о чувстве, которое мне не удалось изведать, но которое влечет и манит меня.

— Чувство?! — с сарказмом усмехнулась Лиза. — Что тебе оно даст? Посмотри на меня. Я была влюблена в Корфа — романтически, страстно. Я натворила столько глупостей и подошла к самому краю. И что получила взамен?

— Вот именно — взамен! — пылко ответила ей Наташа. — Твоя любовь не была взаимной! А я мечтаю о таком единении, когда в слиянии двух душ открываются новые горизонты и рождаются новые ощущения.

— Разве так бывает? — тихо сказала Лиза.

— Но твое чувство к Михаилу... — вздрогнула Наташа. — Оно не такое?

— Да, — подтвердила Лиза. — И слава Богу! Ибо я уже прошла испытание огнем и мечом — моя душа устала, а здоровье подорвано. Я более не хочу страстей до головокружения, которые, в конечном счете, приводят только к трагедии. Я ждала и получила то, что прежде не представляло для меня никакой ценности, — взаимопонимание, доверительность, свет и тепло. Я не ищу бурь и не устраиваю праздников, мне довольно того мира и согласия, которое есть между нами с Михаилом.

— Ты удивляешь меня! — растрогалась Наташа и обняла Лизу. — Я никогда не думала о браке с этой стороны. Мне казалось, что свадьба — это, прежде всего, соединение двух горячо любящих сердец, возможность дать таящейся в каждом из нас страсти проявиться и не смущаться себя, не скрывать свою истинную сущность. Я полагала, что любовь определяет наше желание провести жизнь рядом с тем или иным человеком.

— Брак — это нечто иное, чем просто любовь и даже чуть больше ее, — печально произнесла Лиза. — Я прежде тоже заблуждалась и обижалась на маменьку, когда она отбирала у меня французские романы. Жизнь гораздо шире и многоцветнее наших представлений о ней, а тем паче — наших заблуждений на ее счет. Эта истина открылась мне, и я хочу испытать на себе настоящие, а не выдуманные чувства. Прожить жизнь с настоящим героем, а не нарисованным моим богатым воображением.

— Как ни странно, — задумчиво прошептала Наташа, — но я мечтаю о том же.

— Что ты хочешь этим сказать? — не поняла Лиза.

— То, что свадьба с Андреем отнимает у меня право на следующую встречу, — решилась признаться Наташа. — Я никогда не смогу изменить ему, бросить его. Но и себя обрекаю на необходимость следовать раз и навсегда заведенному порядку вещей. И я не уверена, что этот порядок мне понравится.

— Наташа! — с недоумением вскричала Лиза. — Ты никогда не казалась мне ветреной!

— Я и есть такая, — кивнула Наташа. — Но вместе с тем, мне всегда не хватает воздуха в отношении с мужчинами. И, чем ближе день свадьбы, тем страшнее мне становится. Я боюсь ее, как наши крестьяне своей несвободы.

— Бедная! — пожалела ее Лиза. — Ты так запуталась...

— Наоборот, я лишь начинаю распутывать узел своих отношений с Андреем, — покачала головой Наташа. — И чем быстрее я это сделаю, тем больше уверенности, что я не совершу чего-то непоправимого.

— А я бы дорого отдала, чтобы тотчас выйти замуж за Михаила, — прошептала Лиза. — Мне не терпится узнать блаженство покоя и гармонии. И я опасаюсь, что излишняя поспешность может повредить моим планам.

— А ты еще говоришь, что я счастливая, —

улыбнулась Наташа. — Сегодня ты — образец невесты, из которой выйдет прекрасная жена и отличная мать.

— Разве ты сама не думаешь о детях? — удивилась Лиза.

— Я еще не решила, что выхожу замуж, а ты хочешь, чтобы я заглянула так далеко в свое будущее! — отмахнулась Наташа.

— Значит, ты все-таки передумала? — насторожилась Лиза.

— Н-нет, — смутилась Наташа. — Конечно, нет, но я пытаюсь убедиться в том, что наше с Андреем решение стать мужем и женой — единственно верное и неизбежное.

— А почему ты не поговоришь об этом с Андреем? — нахмурилась Лиза. — Мне кажется, ты не вправе принимать такие решения без него.

— Я боюсь, — призналась Наташа.

— Но чего? — Лиза удивленно вскинула брови.

— Боюсь, что он уговорит меня не покидать его, — пояснила Наташа. — Ты даже не представляешь, какой дар убеждения у твоего брата! Ведь я уже неоднократно пыталась остановить все это, но всегда сдавалась под его натиском.

— Да, Андрей у нас — боец, — признала Лиза.

— Но лучше бы он использовал свои пре-
восходные тактические данные на поле боя
или на службе! — воскликнула Наташа. —
А мне дал время все обдумать, не спеша, и
предоставил возможность самой разобраться
в своих чувствах...

Наташа не договорила — в дверь вежливо
постучали.

— Да-да, войдите! — разрешила Лиза и
бросилась навстречу вошедшему в комнату
Репнину. — Миша! Ты вернулся?! Так скоро?!
Какое счастье!

— Так точно, — кивнул Репнин, смущенно
обнимая и целуя ее. Ему было неловко, что
Лиза так откровенно проявила их отношения
перед сестрой, но, встретив доброжелатель-
ный и даже восхищенный взгляд Наташи, он
успокоился.

— Здравствуйте, Елизавета Петровна... Наташа...

— Что сказал император? — словно между
прочим поинтересовалась та.

Она и не подозревала, что заданный из
вежливости вопрос окажется судьбоносным.

— Его Величество говорил со мной... — начал Репнин и вздохнул. — Мое возвращение
потому и стало скорым, что я просил Его вы-
сочайшего соизволения навестить вас всех

перед тем, как отправиться к месту прохождения службы.

— Тебя восстановили? — обрадовалась Наташа.

— Что значит — к месту прохождения? — подозревая худшее, прошептала Лиза.

— Его Величество отправляют меня в действующую армию, на Кавказ, — выдохнул Репнин.

— Боже! — в голос воскликнули и сестра, и возлюбленная.

— Таково решение Императора, — бесстрастно сказал Репнин.

Новость потрясла его самого не меньше, чем дорогих ему женщин. Честно говоря, в том, что история с Калиновской ни для кого из ее участников не пройдет даром, он и не сомневался, но все же надеялся, что вызван был в Гатчину, дабы доложить Императору лично о результатах проведенного им в Двугорском расследования. Но, выйдя из приемной загородной резиденции Николая, Репнин почувствовал, как земля уходит у него из-под ног.

Император принял его с вежливостью и внешним примирением, поблагодарив за верную службу и преданность царской фамилии, а потом сообщил, что желает наградить его за хорошую службу.

— До меня дошли сведения, что вы глубоко переживаете невозможность в полной мере проявить свои военные таланты и мечтаете попасть в самый центр боевых действий, — весьма доброжелательным тоном сказал Николай. — Мне сообщили, что вы хотели бы отправиться на Кавказ, и я рад содействовать вам в этом.

— Благодарю вас, Ваше Величество, за оказанную мне честь, — невольно дрогнувшим голосом произнес Репнин. — Однако не будет ли с моей стороны слишком бесцеремонным узнать у Вас, откуда Вашему Величеству стали известны мои, по-видимому, не слишком глубоко скрытые намерения?

— Да ваш давний и добрый знакомый, сосед Корфа, господин Забалуев рискнул передать мне ваше пожелание, князь, — как ни в чем не бывало, признался Император. — А так как я собирался восстановить вас в чине, то даже не представляю себе лучшего места, где бы человек вашего круга и способностей мог подтвердить свое право не только на ношение формы, но и на соответствие высокому званию русского офицера.

— Так вот оно что! — не удержался от негодующего возгласа Репнин.

Все стало ясно в тот же миг: Забалуев, отчасти — по собственной инициативе, и, разумеется, не без приказа шефа жандармов, нашел-таки способ устранить его со своего пути. Репнин чувствовал, что его расследование по делу предводителя уездного дворянства вступило в свою завершающую фазу, и понимал, что на этом этапе сопротивление Забалуева может оказаться более активным, но все же не ожидал, что тому удастся нанести ответный удар так быстро и с такой точностью.

— Вы, кажется, не готовы принять мой дар? — нахмурился Николай, видя, что Репнин растерян.

— Простите, Ваше Величество! — спохватился Репнин. — Я искренне признателен Вам за оказанную мне высокую честь и немедленно проследую в полк, где буду ждать дальнейших распоряжений.

— Вы можете не торопиться, — кивнул Николай. — Уверен, вы хотели бы собраться и попрощаться с родными.

— Благодарю Вас, Ваше Величество, — поклонился Репнин и нетвердыми шагами вышел из кабинета Императора.

Не то, чтобы Репнин испугался, — он не отрицал страх, как таковой, ибо полагал, что не боятся только дураки и сумасшедшие. Но командировка в действующую армию на Кавказ всегда означала наказание, а не поощрение. И почти неизбежно была равносильна смертному приговору с отсрочкой исполнения, и срок этой передышки каждому назначался свой: кому-то везло больше, кому-то — меньше.

До знакомства с Корфом Репнин знал Кавказ лишь с одной его стороны. Однажды ему выпало сопровождать матушку на воды в Пятигорск. Городок приятно поразил его живописной природой и животворным воздухом. Склонный к поэтическому, Репнин мгновенно ощутил в себе прилив творческих сил — здесь рифмы слагались на удивление быстро и рождались, точно сами собой.

Общественная жизнь, правда, мало чем отличалась от уже знакомой ему по Баден-Бадену. Она была сосредоточена вокруг бювета с минеральной водой и плавно текла по центральной аллее взад-вперед, туда и обратно. Единственным отличием от чопорной и бюргерской Европы были кутежи лечившихся на водах купцов, днем чинно принимавших водные процедуры, а вечером спускавшими едва наладившееся здоровье в местных ресторанах — с девицами и под громкую музыку. Светское же общество соблюдало приверженность столичному образу жизни, и, если бы не мимолетные и вполне невинные флирты с молоденькими княжнами и юными провинциальными дворянками, здоровому, полному жизненных сил и жажды новых впечатлений юноше грозил ужасный сплин и мелодраматическое настроение.

Корф рассказал ему о другом Кавказе. О хитрых и отчаянных горцах, которые отличались невероятной жестокостью и одержимостью в бою. Они не гнушались обманом и подлостью, ибо, обманывая инородца, действовали по имя и славу своего бога. И в то же время могли быть радушными хозяевами и умели принимать гостей — широко и с почетом. Вот только, подчеркивал Корф, никогда при этом не выпускали кинжала из рук.

Эта война высасывала из России все соки, и немало достойных офицеров и храбрых солдат сложили головы в тех горах. В этих райских, благословенных местах, где все, казалось, создано природой для того, чтобы жить и процветать благополучно и счастливо. И Репнин, в который раз слушая Владимира и вспоминая при этом свои собственные впечатления, удивлялся, как причудливо распределяет Господь дары и кару.

И вот он сам стал прямым подтверждением этому — благодарность Императора могла стать его концом. Он никогда не позволил бы запятнать себя отказом от этого назначения, но сейчас, когда жизнь обрела для него новый смысл, который вдохнула в него встреча с Лизой, Репнин не желал ни острых ощущений, ни великих подвигов. Он любил и был любим, мечтал соединиться с Лизой, не отягощая их отношения внебрачными встречами. Но судьба распорядилась иначе, и в первые мгновения Репнин даже не смог найти в себе сил для того, чтобы сдержаться от переживаний.

Он гнал коня, и все просил: «Не подводи меня, Парис, миленький, не подводи! Я должен успеть повидаться с Лизой, должен в последний раз увидеть ее, обнять и почувствовать, как земная благодать наполняет меня, прежде чем опустится небесная...» Парис мчал его вперед, беспрекословно и сосредоточенно, словно понимая серьезность и важность момента, и Репнин был благодарен свою любимцу за понимание и чуткость.

Слезы текли у него из глаз, но Репнин говорил себе: это только холодный ветер, от него режет под веками, и ресницы, обледенев, колют глаза. Это всего лишь зима, мороз и встречная снежная пурга, вздымающаяся копытами Париса...

— Как же так? — Лиза беспомощно оглянулась на Наташу, но та ответила ей полным растерянности взглядом. — Но как же мы... как же свадьба вашей сестры, князь?

225

— Боюсь, мне не придется сопровождать Натали в церковь, — развел руками Репнин.

— Все это так нелепо! — воскликнула Наташа. — Неужели ничего нельзя сделать, чтобы исправить положение?

— Ты собираешься убедить Императора, что честь, оказанная им одному из его верноподданных, слишком для него высока, и поэтому он не в силах ее принять? — горестно усмехнулся Репнин.

— Нет-нет, — поспешила объясниться Наташа, — не Его Величество, а его высочество!

— Даже не думай об этом, — строгим тоном запретил Репнин. — Я не намерен втягивать наследника в свои проблемы. Довольно и того, что все мы оказались теперь на виду и под пристальным вниманием шефа жандармов. Что же касается свадьбы — я поздравляю тебя сейчас. Хочешь, поцелую и обниму тебя? Мой подарок вам с Андреем на свадьбу я распоряжусь передать Владимиру, надеюсь, он не откажется выполнить это приятное поручение и вручить его. А я приеду навестить вас в первый же отпуск, и ты расскажешь мне, хорошо ли тебе замужем. Да?

— А что делать мне? — прошептала Лиза.

— Елизавета Петровна, — серьезно и оттого торжественно произнес Репнин, — я не имею права требовать от вас запереть себя в этом доме и ждать моего возвращения. Война — это игра случая. Я бы хотел убедиться, что он благоволит ко мне. Но... кто может знать свое будущее?

— Вы прогоняете меня, князь? — сухо спросила Лиза. — Отказываетесь от своих слов?

— Я не могу отказаться от самого лучшего, что было... что есть в моей жизни, — с горячностью промолвил Репнин. — Но я не хочу, чтобы вы лишали себя возможности начать новую жизнь.

— Моя новая жизнь — это вы, — просто сказала Лиза. — И я не уйду от вас. Я поеду вместе с вами на Кавказ или на край света. Мне все равно — куда, лишь бы не разлучаться с тобой!

— Да что же такое происходит?! — слезы навернулись Наташе на глаза. — Я не хочу выходить замуж и выхожу, вы мечтаете соединиться — и расстаетесь! Это несправедливо, невыносимо!..

— И когда ты должен уезжать? — тихо спросила Лиза.

— Я хотел засвидетельствовать свое почтение твоим родителям, потом заехать в имение Корфа и собраться, а дальше... дальше в путь, — пояснил Репнин.

— Не желаю, чтобы ты тратил свое... нет, наше время на политесы и реверансы, — решительно произнесла Лиза. — Я хочу, чтобы этот день мы провели вместе, как муж и жена...

— Лиза... — смутился Репнин.

— Я поклялась перед Богом, — остановила его Лиза, — и я имею право быть с тобой. Мы вместе поедем сейчас к Корфу и проведем там оставшееся у тебя до отъезда время.

— Лиза права, — неожиданно поддержала ее Наташа. — Если бы человеку, которого я любила, грозила опасность, и он уезжал на войну, я бы поступила точно так же.

— Ох, уж эта мне женская солидарность! — улыбнулся Репнин. — Но что скажут твои родители, Лиза?

— Отцу до меня, впрочем, как и ни до кого из нашей семьи, нет сейчас никакого дела. Он полностью поглощен общением со своей новоявленной дочерью, — презрительно скривилась Лиза.

— Эта нахалка, — кивнула Наташа, — буквально не отходит от князя Петра и отчаянно набивается нам в компанию. И что еще удумала: обещала прийти на свадьбу в качестве сестры Андрея и второй день убеждает князя Петра купить для нее новое платье и подарок для нас от ее имени. Это просто *моветон* какой-то!

228

— Она сует свой нос во все дела, — добавила Лиза, — и даже заняла любимый маменькин диванчик. Давеча они едва в волосы друг другу не вцепились, отвоевывая место под солнцем. Так что, подозреваю, что и *maman* до меня нет совершенного никакого дела — она занята войной с этой ужасной Полиной.

— В таком случае, — рассмеялся Репнин, — нам стоит поблагодарить ее за оказанную нам помощь. Она отвлекла на себя всеобщее внимание, и, значит, мы действительно сможем провести это время вместе без опасения быть раскрытыми или застигнутыми врасплох.

— Тогда — едем?! — счастливо воскликнула Лиза.

— Поезжайте, — Наташа подошла к ней и обняла. — Я буду молиться за вас и постараюсь сделать так, чтобы твое отсутствие никто не заметил. Да хранит вас Господь!

— Спасибо тебе, — растрогалась Лиза и обернулась к Репнину. — Решено — мы едем и немедленно!

Корф встретил Репнина в своем кабинете. Он сидел за столом в полумраке — небритый и изрядно пьяный.

После отъезда Анны в нем что-то сломалось — точно хрустнула тончайшая шестеренка, отвечавшая за ход его жизненных часов. Все вокруг стало ему неинтересно и противно. Корф даже не вышел проводить Анну. Тотчас после их последнего объяснения ушел к себе и заперся в кабинете, вооружившись фужером и графинчиком с бренди. Потом он перешел на коньяк и, опустошив раритетные запасы в памятном шкафу библиотеки, принялся за шампанское, нарушая неписаный пивной закон о восходящих и нисходящих напитках.

Владимир понимал, что опускается, но остановиться не желал — он думал только о себе, а ему было так плохо, что он махнул на все рукой. *Отец* сделал попытку явиться перед ним — Владимир заметил его укоризненный и грустный взгляд в дальнем углу кабинета, но потом, по-видимому, понял безуспешность любого разговора. Сейчас сын не услышал бы его, а, услышав, не стал обращать внимания на родительские предупреждения, ибо не готов был внимать ни самому себе, ни кому-нибудь другому.

И поэтому Владимир продолжал пить и злился, но никак не мог решить — на кого сильнее. Он ненавидел себя за собственное упрямство и излишнее благородство, так не-

230

кстати проснувшееся в нем под влиянием чувства к Анне. Прежде он уже давно поставил бы зарвавшегося князя Долгорукого на место и силой увез Анну с собой. Но теперь... теперь он стал мелодраматичным и слабовольным. А Анна не только не помогала ему — наоборот, усиливала растущую пропасть между ним вчерашним и нынешним.

Анна... Она отняла у него независимость и гордость, превратила его в сентиментальное и романтичное существо. Владимир чувствовал, как становился мягче и покладистее. Видано ли это — гуляка и бретер барон Владимир Корф бежал от пришедшей к нему в спальную женщины — от красавицы Калиновской! — и отвергал ее, опасаясь, что строгая Анна неправильно его поймет, и точно школьник извинялся за уже состоявшееся проявление подобной слабости в прошлом — в истории с Лизой. Еще немного, и он объявил бы себя пуританином, не признающим плотских утех и подвергающим себя воздержанию ото всех удовольствий нормальной жизни.

Бред какой-то!.. Владимир застонал. Он знал, что преувеличивает. Анна всего лишь хотела нормальной жизни, а он оказался неспособным дать этой чудесной девушке то, что она заслуживает. И винить в случившемся-ся можно было только себя...

— Миша, — слегка заплетающимся языком пробормотал Корф, — я думал, ты у Долгоруких, с другими, готовишься к свадьбе сестры... Или — только не говори мне, что я не ошибся! — неужели свадьбы не будет?

— Свадьба будет, — устало кивнул Репнин, — но я не смогу присутствовать на венчании Наташи и Андрея.

— Ты нашел себе занятие повеселее, чем слушать клятвы верности у алтаря? — удивился Корф.

— Не я — Император. Его Величество отправляет меня на Кавказ, — объяснил Репнин.

— Ты наказан?

— Мне сказано — награжден. Меня восстановили в звании и командируют в действующую армию.

— Узнаю руку дающую... — недобро усмехнулся Корф.

— К сожалению, эта тайна шита белыми нитками, — пожал плечами Репнин.

— И что же — ты едешь?

— Таков приказ. Но прежде, чем покинуть Двугорское, я хотел бы просить тебя об одолжении.

— Слушаю.

— Я должен признаться тебе — я люблю Елизавету Петровну Долгорукую...

— Тоже мне новость! — махнул рукой Корф, невольно прерывая его. — Лиза сама призналась мне в этом. И я искренне поздравил ее — я рад за вас обоих.

— Вот как... — вздрогнул Репнин. — Впрочем, сейчас это уже не имеет никакого значения. Ведь мы с Лизой дали друг другу клятву любви и верности, тайно, конечно. И я прошу тебя позволить нам провести день до отъезда здесь, в твоем имении. Если это не смущает тебя и твоих домашних.

— Побойся Бога, Миша! — воскликнул Корф. — Я бываю груб и неприятен, но никто не смог бы обвинить меня в лицемерии. Оставайтесь — дом в полном вашем распоряжении. А беспокоить некого — я один.

— Но Анна...

— Анна уехала, — сухо сказал Корф.

— Я могу спросить, как это случилось? — растерялся Репнин.

— Можешь, но отвечать я не стану. Просто случилось — и все, — отрезал Корф.

— Я лишь хотел знать — нет ли в том и моей вины? — смутился Репнин.

— Чья угодно, — махнул рукой Корф, — но точно — не твоя. Поверь, причина не в тебе и не ваших с Анной прежних отношениях. Это все — между нами. И больше не будем об этом. Договорились, друг?..

Владимир, пошатываясь, встал из-за стола — разговор с Репниным слегка отрезвил его — и подошел к нему пожать руку. Михаил ответил крепким рукопожатием, и на прощанье приятели обнялись. Потом Корф вызвал к себе Варвару и дал ей указание во всем исполнять пожелания князя и его гостьи. Благодарный Репнин предложил встретиться с Лизой, ожидавшей в гостиной его решения, но Владимир отказался — вид чужого счастья был ему сейчас в тягость.

Оставшись один, он задумался: как все-таки несправедлива жизнь! Когда-то именно он разрушил счастье своего друга, отняв у него надежду на брак с Анной. Но Миша не только не держал на него зла — Репнин сумел пережить это горе и встретить новую любовь. И Лиза — он разбил ей сердце и стал виновником многих ее бед, отдав на растерзание подлецу Забалуеву, а потом окончательно и безжалостно растоптал остатки ее самоуважения и последние проблески симпатии к нему самому. И вот эти двое — отвергнутая любовница и несостоявшаяся невеста и лучший друг, у которого он увел девушку и с которым стрелялся на дуэли, соединились. Они нашли покой и утешение друг в друге и счастливы, а он сидит у разбитого корыта, жалкий и одинокий... Так какого же черта он сидит?!..

Владимир вдруг понял, что судьба дает ему шанс сохранить достоинство и проявить свою дружбу. Нельзя, чтобы Репнин и Лиза потеряли друг друга, едва успев обрести любовь. Он, Владимир Корф, не позволит подобной несправедливости по отношению к двум близким ему людям. Он может и должен помочь им и спасти их прекрасное чувство. Пора уже перестать разрушать жизни и разбивать сердца — в его силах даровать им надежду на счастье.

Он немедленно прошел к себе, умылся и сбрил щетину. Потом оделся — так же торжественно и элегантно, когда готовился сделать Анне предложение руки и сердца. Правда, теперь его дорогой и торжественный костюм напоминал ему убранство человека, приготовленного к своему последнему земному пути. Но вполне возможно, именно так и случится, если он осуществит задуманное.

Владимир вызвал колокольчиком Григория и велел ему заложить вторую карету, и, когда все подготовили, приказал кучеру: «В Гатчину! В загородную резиденцию Императора! И побыстрее!»

Корф решил добиваться аудиенции у Николая — он приносил себя в жертву. Жизнь без Анны была ему постыла и бессмысленна, она же ушла навсегда — Владимир знал твердость ее характера. Так пусть его несчастье послужит во славу любви его друзей! И кто-нибудь там, наверху, зачтет ему этот посту-пок...

— Да вы в своем уме, барон?! — вскричал Николай, когда Корф изложил ему суть сво-его прошения. — Вы что, Репнину — сват, брат? И потом, с чего вы взяли, что я согла-шусь на ваше предложение?

— Я умоляю вас об этом! — воскликнул Корф.

Он застал Императора на выходе из Гат-чинского дворца — Николай собрался на про-гулку с женой и детьми. Владимир выждал удобный момент и преклонил колено перед Его Величеством, вызвав удивление царской семьи и явную досаду Николая. Дворянин, смиренно просивший о помощи в такой не-подходящий момент, по всем правилам дол-жен быть услышан и помилован.

Младшие дети Императора с интересом разглядывали коленопреклоненного Корфа, а девочки восторженно перешептывались — му-жественный и благородный барон производил впечатление достойного, хотя и отчаяв-шегося человека. Ее Величество, узнав Кор-фа, нахмурилась, но, услышав, о чем идет речь, просительно взглянула на мужа. И Ни-колай закусил губу — среди тех, кто окружал его в этот миг, не было ни одного, кто бы мог поддержать его или одобрить отказ, который уже крутился у Императора на языке.

— Но я не наказывал Репнина! — с раздражением произнес Николай. — Князю оказана честь вернуться в строй!

— Я не прошу вас нарушать этот строй, — убежденно произнес Корф. — Ваше величество, я нижайше умоляю вас позволить мне занять его место в действующей армии.

— Вам так недорога жизнь? — пожал плечами Николай.

— Мне дорого счастье друга и его любимой. Князь Репнин намерен жениться, и новое назначение лишает их возможности создать семью, — с почтением склонил голову барон.

— И я должен верить в искренность ваших слов? — с недоверием посмотрел на него Николай. — Вы, ничтоже сумняшеся, рисковали жизнью наследника престола, позволив какому-то цыгану ранить его, а сейчас пытаетесь убедить меня, что вас заботят здоровье и счастье князя Репнина! Лучше признайтесь честно: каковы истинные мотивы вашего поведения?

— Я движим только состраданием к судьбам близких мне людей, — гордо ответил Владимир. — И я не подвергал опасности

Александра Николаевича, ибо в противном случае, он вряд ли остался жив и в прекрасном здравии. Единственное, что я не смог сделать — найти и наказать того, кто покушался на жизнь престолонаследника.

— Что ж, — миролюбиво кивнул Николай, — вы сами определили цену выкупа.

Арестуйте этого мерзавца, а я, так и быть, соглашусь заменить на вас князя Репнина.

— Я сделаю все, что в моих силах! — пообещал барон.

— Сделайте больше! — усмехнулся Николай и знаком велел ему встать.

Поклонившись Императору, садящемуся в карету, Корф отошел в сторону, дожидаясь, пока императорская чета с детьми уедет, а потом бросился к своему экипажу и — в путь!

Вернувшись в имение, он переоделся и, не давая себе ни минуты расслабления, отправился на поиски цыган. Как оказалось, табор все еще стоял в лесу близ границы его имения с забалуевским. Но стоянка эта была скорее вынужденной — табор находился под арестом на время разбирательства по поводу нападения на члена императорской фамилии. И Корфу пришлось дать взятку исправнику, осуществлявшему надзор за цыганами, чтобы получить разрешение на проезд.

Цыганский барон принял его с недовольством и поначалу разговаривал сухо.

— И даже не проси, барин, мы своих не выдаем, — покачал головой цыган в ответ на просьбу Владимира позволить ему увезти Червонного.

— Он подверг опасности табор и покушался на жизнь наследника престола! — убеждал его Корф.

— Никто не совершенен, — грустно улыбнулся барон.

— Но ты же должен понимать, — настаивал Владимир, — что жандармы не дадут тебе жизни. Я не уверен, что однажды за вами не приедут и не отправят по этапу в Сибирь. И тогда уж точно — прощай воля и забудь о свободе!

— Каждому — свое, — пожал плечами барон. — Противиться судьбе — все равно, что прыгать в бурную реку со связанными руками и ногами. Все равно потонешь.

— А как же справедливость? — не уступал Корф. — Ведь ты и сам знаешь, что Червонный виновен!

— И ты хочешь убедить меня в том, что предательством одного из нас я куплю себе и своим людям свободу, и мы сможем жить долго и счастливо, не оглядываясь в прошлое и честно глядя своим детям в глаза? Разве этому учит вас ваш Бог?

— Наш Бог говорит нам о том, что один человек может ответить за всех, если тем самым он спасет их жизни!

— У нас все решает честный поединок, — усмехнулся цыган.

— Дуэль? — Владимир вздрогнул. Кажется, он догадался, как убедить барона принять его предложение. — Отлично! Я предлагаю тебе заключить соглашение.

Если вы не способны выдать Червонного, то убедите его принять мой вызов.

— Что это значит? — непонимающе нахмурился барон.

— Я вызываю Червонного на честный бой, — объяснил Корф. — Мы станем драться. Если победит он — ваша взяла, если победа останется за мной — вы не станете мешать мне арестовать его и препроводить в тюрьму.

— Однако... — протянул барон, с интересом взглянув на Корфа. — Я должен подумать. И понять, в чем тут подвох.

— Что еще я должен сделать, чтобы ты думал быстрее? — разгорячился Корф. — Посуди сам — все выгоды налицо, и нет никакого подвоха! Я обещаю, что полиция прекратит преследовать вас, едва виновный окажется за решеткой.

— Вы, господа, даете много обещаний, но редко выполняете их.

— О чем ты?

— Твой друг поклялся Раде, что накажет виновного в смерти ее брата, Седого.

— Увы, — развел руками Корф, — выполнение этого обещания целиком и полностью зависит от того, смогу ли я освободить князя Репнина от солдатчины. И не смотри на меня так — я говорю правду! Помоги мне, и князь поможет тебе и Раде!

— Хорошо, — после паузы, которая показалась Корфу вечностью, решил барон. — Вы будете драться. Но с условием — никаких пистолетов, только нож.

— Я согласен, — Владимир встал с примитивного сидения — узкого ковра, свернутого валиком и брошенного при входе в шатер напротив места, где на подушках возлежал куривший трубку барон.

По лицу Червонного, которого цыгане привели вскоре в круг, образованный кибитками, Корф понял: эта схватка — не на жизнь, а на смерть. Червонный метал в него взгляды, не предвещавшие ничего хорошего, и страшно скрежетал зубами. Оттолкнув плечом брата, одноглазого цыгана, удерживавшего его от преждевременного нападения на противника, Червонный заходил кругами у костра, по-звериному настороженно наблюдая, как Корф сбрасывает с себя шубу и сюртук и скатывает свободные рукава блузы. В руках Червонного холодно сверкал нож — кривой, с зазубринами у самой рукояти.

Корфу тоже дали нож, и Владимир несколько раз провел им резко в воздухе, очертив крест — нож оказался острым и рассек воздух со свистом. Убедившись, что противники готовы, цыгане отошли от горевшего в центре круга костра, но стена, которую они образовали, была плотной и живой. Она, казалось, дышала, и волнение толпы начало постепенно передаваться и горячему Червонному, который завибрировал и пошел на Корфа, выставив нож вперед.

Владимир вздохнул и помолился про себя, испросив у Господа прощения за все свои прегрешения и заранее — извинения у Михаила, если поединок закончится не в его пользу. И потом решительно двинулся навстречу Червонному...

— Похоже, вы сдержали обещание, — произнес Николай, читая переданное ему Корфом донесение от уездного Двугорского судьи о задержании опасного преступника цыгана по прозванию Червонный, коего заметили нападавшим несколько дней назад в трактире на дворянина, представившегося именем «князь

Муранов», и нанесший ему незначительное телесное повреждение.

Николай с интересом взглянул на Владимира: тот был бледен, и лицо его носило следы отчаянной борьбы — волосы растрепаны, опасная ссадина на виске, подсыхающий кровью порез на щеке.

— Хорошо, — наконец, нарушил напряженное молчание Николай.

Он принимал Корфа в своем кабинете в Гатчине, куда прошел сразу после прогулки.

Император любил детей, но все же быстро утомлялся их неугомонным и часто надоедливым обществом и поэтому пользовался любой возможностью уединения, даже под видом государственных дел. Известию о приезде барона Владимира Корфа, настаивавшего на аудиенции, Николай не обрадовался — честно говоря, их утренний разговор он отнес на счет эскапад барона, известного своей невоздержанностью и эксцентричным нравом. Он думал: в лучшем случае, Корф действительно бросится выполнять обещанное и пропадет с концами. В худшем — станет жертвой цыган, и все решится само собой.

Триумфальное возвращение Корфа стало для Императора полной неожиданностью, и он впервые пожалел, что столь деятельный молодой человек и отличный воин вынудил его в свое время отказать ему в службе и чине. Наверное, ему стоило подумать о том, как привлечь барона к более важным делам, но сейчас это уже было невозможно — Корф настаивал на том, чтобы занять место князя Репнина в полку, отправлявшемся на Кавказ.

— Воля ваша, — кивнул Николай, отложив в сторону письмо судьи и еще раз пристально взглянув на Корфа, — вы отправитесь на Кавказ вместо Репнина. Я велю сейчас же издать об этом особое распоряжение. И мне, право, жаль, что вы, обладая такими военными навыками, не стремитесь к большему, чем сложить голову на поле боя. Мне представляется, что вы умеете правильно оценить противника и рассчитать свои силы, чтобы добиться победы. Вы могли быть полезны нам и здесь.

— Я — солдат, — покачал головой Корф. — И к мирным битвам не приспособлен. Я должен видеть и знать неприятеля в лицо, там, на поле боя, я способен искать обходные маневры, но применять свои навыки в дворцовых условиях — увольте, Ваше Величество. И доверьте мне укреплять славу русского оружия в честном бою.

— Вы сами это сказали, барон, — согласился Николай, отпуская его.

В приемной Корф, ожидавший распоряжения относительно Репнина — он лично хотел его тотчас привезти и вручить Михаилу, столкнулся с Александром. Наследник удивился, увидев его, и Владимир вынужден был рассказать ему обо всем.

— Но как же Анна? — растерялся Александр. — Мне показалось, вы решили соединить свои судьбы.

— Мне тоже так показалось, — отрешенно улыбнулся Корф. — Однако при ближайшем рассмотрении выяснились обстоятельства, воспрепятствовавшие нам... И мне остановиться на этом решении, как окончательном. Дальнейшее вам известно.

— Не понимаю! — горячо воскликнул Александр. — Мне думается, вы поторопились с выводами, барон.

— Вывод сделал не я, — признался Корф.

— Никогда не поверю, что вы не смогли победить... то есть убедить Анну, — покачал головой Александр.

— Я боец лишь на войне, а в домашних условиях атаковать неприятеля не обучен, — развел руками Корф.

— Полагаю, вы что-то не договариваете, — Александр с сомнением посмотрел на него, но барон не успел ответить — вышедший из кабинета Императора адъютант передал ему только что подписанный Николаем приказ об изменении места службы для князя Михаила Репнина.

— Благодарю вас, — Корф кивнул офицеру, потом — наследнику и попрощался.

Он стремительно прошел по коридорам и, надев верхнюю одежду в вестибюле, поспешил на улицу.

Его конь, почувствовав настроение хозяина, мчал своего седока легко и целеустремленно. На повороте с главной аллеи дворца на дорогу, ведущую к тракту, рысак Владимира едва не пересекся с каретой, направлявшейся ко дворцу. На мгновение барону почудилось, что там, за стеклом в глубине кареты он увидел — нет, почувствовал — присутствие Анны, но тотчас отогнал от себя эту нелепую мысль и пришпорил коня.

До имения он добрался засветло, благо, что день уже набирал силу, оживляясь после долгой зимы, и бросился в столовую, откуда слышались голоса Лизы и Михаила. Они говорили о чем-то счастливом — непринужденно и спокойно, и от их мирной беседы у Владимира зашлось сердце. Он никогда не видел себя со стороны, а, вполне возможно, именно так выглядели их с Анной ужины в семейном духе. Но это было так давно — необратимо давно — и потому — нереально и болезненно.

Торжественно вручив Репнину послание Императора, Корф без объяснений удалился, ссылаясь на усталость. Репнин же, в радости не заподозривший ничего, предположил в перемене решения Николая участие наследника, что подтверждало и означенное в письме новое место назначения его службы — Репнину предписывалось снова вступить в должность адъютанта Александра. Лиза была всему этому несказанно счастлива, и влюбленные заторопились поехать в имение Долгоруких, чтобы обрадовать и Наташу...

В Петербурге первым делом Анна навестила Оболенского. Однако, едва войдя в кабинет князя в дирекции Императорских театров, она поняла — что-то случилось. Сергей Степанович принял ее вежливо, но сдержанно, как будто прежде они не были знакомы. Оболенский сухо осведомился о ее здоровье и самочувствии Владимира и с несвойственным ему прежде равнодушием задал стандартный вопрос о ее планах на будущее.

— Я вернулась, — растерянно напомнила ему Анна, — и готова приступить к репетициям, как мы и оговаривали.

— Не помню, чтобы с вами, мадемуазель Платонова, был подписан контракт, который составляется с особами изрядно в актерском деле одаренными, — Оболенский отвел взгляд в сторону и добавил, — впрочем, если вы согласитесь немного обождать в приемной, я попрошу моего помощника проверить все бумаги. Возможно, я что-то и перепутал.

— Не стоит, — тихо сказала Анна. — Полагаю, мне более не на что рассчитывать.

Она встала и, стараясь держаться с достоинством, направилась к двери, все-таки надеясь, что еще мгновение — и Сергей Степанович остановит ее и скажет, что все это шутка, игра. И он по-прежнему восхищается ее талантом и мечтает в память о своем лучшем друге Иване Ивановиче, бароне Корфе, увидеть ее блистающей в первых ролях на императорской театральной сцене. Анна медленно шла к выходу, но ничего не изменилось — Оболенский прятал лицо, пристально и, похоже, без всякого смысла разглядывая лежавшие перед ним на столе документы. Он не окликнул и не позвал ее.

В карете Анна дала волю своим эмоциям и разрыдалась, испытанное ею унижение оказалось неожиданным и ужасным. Она чувствовала себя в роли мелкой просительницы, до которой, в сущности, никому нет никакого дела и от которой отмахивались, точно от назойливой мухи. Тон Оболенского был оскорбительным, и Анна уловила в словах и интонациях князя вынужденность лжи, что делало его поступок еще более безнравственным.

Когда они вернулись в особняк Корфов, и Никита, помогая Анне выйти из кареты и подавая руку, увидел ее разом осунувшееся лицо, в котором, казалось, не осталось ни кровинки, страшно перепугался и побежал налить ей коньяку — а то как бы голова не лопнула от напряжения. Анна хотела от напитка отказаться — от миндально-острого запаха все поплыло у нее перед глазами, но Никита убедил-таки ее сделать глоток, и вскоре ей действительно полегчало.

— А теперь рассказывай, что там у вас с его сиятельством произошло, — велел Никита.

— Сергей Степанович прогнал меня, — прошептала Анна. — Он сделал вид, что не существовало никаких договоренностей прежде, и обращался со мной, как с чужой, — без церемоний.

— Что ж ты теперь — одна и без средств к существованию? — вздрогнул Никита.

— Не беспокойся, — сквозь слезы улыбнулась Анна. — Я не пропаду.

— Послушай, — смутился Никита, — ты только скажи — я останусь с тобой, и мы начнем новую жизнь. Хочешь — здесь, хочешь — уедем в Москву.

— Если ты куда-то и поедешь, — прервала его Анна, — то назад в имение. И как можно скорее. Или ты забыл, что тебя там ждет Татьяна? Неужели ты сможешь ее обмануть, как когда-то сделал князь Андрей? Если так — то такого Никиту я знать не желаю.

— Значит, крепко тебя барон приворожил? — нахмурился тот. — Все из-за него сохнешь? А он — вон что, даже проводить тебя не захотел! И сейчас, поди, с кем-то там утешается!

— Уезжай, Никита, — прошептала Анна, — уезжай, пока не наговорил того, что и сам себе не простишь, и я не забуду.

— У князей научилась? Прогоняешь, чтобы глаза тебе не колол? — обиделся Никита. — Только тогда тебе и в зеркала-то смотреться не стоит. Все равно, как ни бросишь взгляд, все одно видеть будешь — немой укор и свою глухоту!

— Да не терзай ты меня! — взмолилась Анна. — Почему вы не оставите меня все? Каждый на свою сторону тянет, про свое песни поет, а обо мне вы хотя бы раз подумали? Меня спросили — чего я хочу, о чем плачу, для чего живу? Нет, вам невдомек! Вам бы меня побыстрее окрутить и командовать!

— Зря ты так, Аня, — махнул рукой Никита. — Я для тебя как лучше желал, помощь предлагал.

— Не надобна мне твоя помощь! Сама справлюсь! Уходи! Уходи!..

Анна отвернулась к окну и долго стояла так, дожидаясь, когда Никита уйдет. Но едва она успокоилась, в коридоре снова послышались шаги, и Анна опять повернулась спиной к вошедшему, полагая, что это Никита.

— Чего тебе еще? — неласково спросила она через плечо.

— Письмо у меня к вам, барышня, — раздался от двери незнакомый голос.

Анна почувствовала, что краснеет, и медленно оглянулась.

— Вы ко мне? — она с удивлением разглядывала пожилого мужчину — по виду камердинера в богатом доме.

— Если вы сударыня Анна Платонова, актриса, — кивнул посыльный, — то к вам.

— Актриса? — горестно улыбнулась Анна. — Собиралась да не стала, но имя — мое. Что вы имеете мне передать?

— Его сиятельство князь Сергей Степанович Оболенский просил лично вручить вам это послание, — мужчина с поклоном передал Анне конверт.

— Отчего же с такой тайной? — удивилась Анна.

— Не могу знать, сударыня, — пожал плечами посыльный. — Позвольте мне удалиться. Счастливо оставаться...

Анна молча кивнула загадочному гонцу от Оболенского и, набравшись смелости, разрезала конверт ножичком.

«Милая Аннушка!

Понимаю, с каким тяжелым сердцем вы ушли сегодня от меня. Но, поверьте, мне, старику, было еще невыносимее подвергать вас обструкции, к коей меня принудили однозначно и весьма жестоко. Думаю, нет смысла объяснять вам, какие силы вмешались в вашу судьбу, но противостоять им ни я, ни вы не в силах. Не знаю, да и не хочу знать, чем не угодили вы сильным мира сего, но для меня, человека на государственной службе, словесные рекомендации персон, которые вам, наверное, известны не хуже меня, равносильны приказам, даже если они и не переданы на бумаге. Смею надеяться, что вы не приняли всерьез мои слова о недостаточности у вас сценического таланта. Вы по-прежнему являетесь для меня, равно как были и для Ивана Ивановича, бриллиантом, звездой, которую мне более всего хотелось бы видеть в созвездии Императорской сцены, но обстоятельства побуждают меня скрывать ото всех правду о вашем таланте. Поймите и простите меня — человек слаб, а я — тем более. Письмо это передаст вам надежный человек, который служит у меня всю жизнь и предан мне бесконечно. Я же не осмелился лично извиниться перед вами за устроенное в Дирекции представление, ибо, как известно, и стены имеют уши. Я отпускаю вас в никуда, но — с надеждой, что вы найдете себе временное пристанище, ибо временно все на этой Земле — и мы, и слуги царевы. Заклинаю, если вы столь же сердечно относитесь ко мне, насколько и я расположен к вам, — сожгите это письмо немедленно по прочтении. И подумайте о том, чтобы обрести не только высокопоставленных врагов, но и важных покровителей...»

Анна вздохнула — теперь все стало на свои места. Бедный, бедный Сергей Степанович! Да, ей дорого стоила эта встреча в Дирекции, но она-то пребывала в неведении, а каково было ему, доброму и искренне любящему театр человеку, убеждать свое лучшее приобретение в полной непригодности к сцене. Анна догадалась, что за всей этой историей стоит граф Бенкендорф. Девушка понимала, что главной мишенью все же являлась не она сама, этот удар предназначался для Корфа.

Выполнив просьбу Оболенского и уничтожив письмо, Анна на минуту задумалась — что дальше? И вдруг вспомнила последние строчки догоравшего в камине послания князя — обрести важного покровителя... Конечно, как она сразу не подумала!.. Уезжая, Александр Николаевич обещал ей поддержку — к нему она и должна отправиться. Упасть в ноги — умолять за Владимира, чтобы прекратили преследовать его, и потом просить о помощи. Как друга, как умного и доброго человека, волею обстоятельств наделенного властью казнить или миловать...

— Уверен, вы преувеличиваете, — убежденно сказал Александр, выслушав Анну. Она, наняв экипаж, приехала в Гатчинский дворец и добилась разрешения встретиться с наследником. — Если кто-то и угрожает Владимиру, так это именно он сам. Удивляюсь, как вы разминулись с ним в дороге, — он только что уехал после аудиенции у государя. И знаете, зачем он приезжал? Барон убедил отца отправить его на Кавказ, заменив в полку князя Репнина.

— Боже! — побледнев, воскликнула Анна.

Значит, всадник, едва не подсекший их на повороте к дворцовой аллее, был Владимир, и он приезжал проситься на фронт.

— Увы! — развел руками Александр. — Владимир, в силу своей горячности, как всегда поторопился. Ему лучше бы всего-навсего прийти ко мне, и я бы сумел убедить Его Величество отозвать Репнина из действующей армии без столь красивой, но совершенно бесполезной жертвы.

— Но вы можете все изменить? — воскликнула Анна, и ее глаза наполнились слезами.

— А для чего? — Александр пристально посмотрел ей в лицо. — Прощаясь с бароном, я понял, что жизнь ему более не интересна. Он потерял вас, вы утратили к нему уважение и любовь... Разве я вправе обрекать человека на медленную смерть в забытьи и одиночестве, вместо того, чтобы с честью храбро сражаться и пасть смертью героя?

— Он так сказал? — прошептала Анна.

— Совершенно верно, — кивнул наследник. — И я не в силах приказать ему жить. Вот если только он ошибается...

— Он ошибается, — вздохнула Анна. — Я люблю его.

— Тогда совсем другое дело! — улыбнулся Александр. — Обещаю, что тотчас отправлюсь к отцу и приложу все усилия, дабы вызволить нашего Чайльд-Гарольда из плена его меланхолии.

— Благодарю вас, ваше высочество, — Анна попыталась опуститься перед наследни-

255

ком на колени и поцеловать его руку, но Александр этому воспрепятствовал.

— Анна, что вы делаете? Неужели оттого, что сейчас мы не в вашем милом и уютном имении, мы оба изменились? — он лукаво подмигнул ей. — Поверьте, я все тот же князь Муранов и хочу чувствовать себя равным в обществе своих друзей. Да, кстати, а чем вы намерены заняться?

— К сожалению, я пока не определилась... — смутилась Анна.

— Отлично! Я договорюсь с матушкой — вас назначат учительницей пения к моим младшим сестрам и брату. Приступите к занятиям через денек-другой, а пока послушайтесь моего совета, возвращайтесь к барону и удержите его от авантюр.

Анна с благодарностью поклонилась Александру и поспешила уехать. Она велела нанятому кучеру везти ее срочно в Двугорское. Тот слегка и для фасона покрутился, но Анна пообещала ему приличное вознаграждение, и мужик от души махнул рукой — поехали!

Но при съезде на тракт карету занесло — кучер вынужден был уклониться от встречной кареты и заехал в сугроб на обочине. Едва не сбившая их карета тоже остановилась, и из нее вышел низенький, плотного сложения господин дабы осведомиться о пострадавшем экипаже и его пассажирах.

— Андрей Платонович? — растерялась Анна, разглядев в господине Забалуева.

— Анна? Какими судьбами? — расплылся он в елейной улыбке. — Торопились домой? Ах, какая жалость! Впрочем, это моя вина. Позвольте я все исправлю.

— Что вы хотите этим сказать? — не поняла Анна.

— Я, конечно, ехал по весьма важным делам. И все же, чувствуя некоторую свою причастность к произошедшему, готов их временно отложить и доставить вас к барону. Ведь карета ваша, насколько я могу судить, нуждается в ремонте? — Забалуев направился к нанятому Анной кучеру и под предлогом осмотра повреждения прошелся с ним вокруг кареты и сунул в руку несколько крупных ассигнаций.

— Да уж, барышня, — кучер показался перед Анной, смущенно почесывая в затылке, — поломка-то посерьезней будет, чем я думал.

— Так что даже не рассуждайте, Аннушка, прошу вас ко мне! Домчим вмиг и по назначению! — Забалуев протянул ей руку, помогая сойти и пересесть в его карету.

И пока она устраивалась на сиденье, он незаметно достал из ящичка, стоявшего у окна на сиденье с его стороны, какую-то бутылочку и, вылив толику ее содержимого на платок, стремительным движением накрыл им лицо Анны.

Она ничего не успела понять — сладкий запах мгновенно заполнил пазухи носа, проник в горло, и сразу закружилась голова. Анна потеряла сознание и упала на сиденье. Забалуев тут же выбросил пропахший эфиром платок за окно, устроил Анну поудобнее, точно куклу прислонив к стене в углу салона кареты, и требовательно постучал несколько раз по крыше тростью:

— Двигай, черт, двигай!..

Глава 2
Роковой выстрел

— Как мне вас понимать, уважаемый Александр Юрьевич? — побледнел князь Петр, выслушав витиеватую речь князя Репнина-старшего.

Родители Наташи и Михаила приехали вчера из-за границы, где Зинаида Гавриловна лечилась от легочной недостаточности, по обыкновению проводя зиму на теплом средиземноморском побережье. Репнины-старшие сразу привнесли в загородный дом Долгоруких атмосферу респектабельного салона, и Мария Алексеевна с удовольствием предалась приятной светской беседе — занятию подзабытому, но такому тонизирующему. Зинаида Гавриловна со свойственной ее происхождению и воспитанию непринужденностью оживила скучный сельский быт занимательными рассказами о курортной жизни. Долгорукая уже давно никуда не выезжала и с особым чувством, замешанным на ностальгии и зависти, понимающе кивала и поддакивала Репниной. Петр Михайлович тоже не остался в стороне и обижен не был — их беседа с князем Репниным вечером в гостиной за чаем напомнила ему прежние дни общения с верным другом и соседом бароном Корфом.

Репнина-старшая осталась весьма довольна участием Марии Алексеевны в судьбе дочери — горячо одобрила и платье, и выбранные украшения. Женщины немного посудачили о своих детях, мягко укоряя их за в основном несуществующие или несущественные недостатки и нахваливая очевидные достоинства будущих жениха и невесты. Зинаида Гавриловна внесла свои предложения по части маршрута свадебного путешествия, а князь Александр Юрьевич высказал пожелание увидеть Андрея на государственной службе, соответствующей его дипломатическим талантам и предрасположенности.

Андрей был несказанно рад такому быстрому единению родителей, а Наташа весь вечер казалась слишком озабоченной и даже грустной. Зинаида Гавриловна остановила Долгорукую, все порывавшуюся растормошить ее, и убедила отнести меланхоличное настроение дочери на счет предстоящей завтра свадьбы. Андрей же, наоборот, чувствовал себя если не главой семьи, то, по крайней мере, равным двум отцам — светским львам и мужам, умудренным в делах государственных и военных.

Ночью Наташа заперлась у себя и даже с матерью не хотела говорить. Утром в доме началась суматоха — слуги бегали туда-сюда, украшая столовую, из кухни во все уголки проникали дразнящие и аппетитные ароматы. Сборы были долгими, с оттяжкой — Андрей для виду капризничал, добиваясь совершенного силуэта своего фрака. Ему так не хватало мудрого совета Наташи, обладавшей изысканным вкусом и абсолютным чутьем идеального. Но Андрея к ней не пускали, говорили — примета плохая видеть невесту до свадьбы.

Наташе собираться помогала взятая вместо Татьяны Аксинья да рядом крутились неугомонная Соня и радостно светившаяся Лиза. Избавление Михаила от кавказской ссылки сделало ее надежды на счастье вполне реальными и недалекими. Наташа позволяла помогать себе, но при этом одевалась с непривычной для нее меланхолией и равнодушием. Правда, она пару раз прикрикнула на Аксинью, слишком затянувшую шнуровку лифа, и обидела Соню, бросившуюся расправлять оборки на ее платье. Но сорваться Наташе все же не удалось — девушки сочли ее душевное состояние обычным и вполне объяснимым и даже посочувствовали.

Когда одевание закончилось, и Наташа впервые увидела свое отражение в большом напольном зеркале, специально принесенным по такому случаю в ее комнату, ей подурнело. Роскошное белое платье, фата и флердоранж уподобляли ее ангелу, и возвышенность момента испугала Наташу. Между ней и Андреем уже давно не существовало того романтического чувства, которое превращает венчание в событие, способное перевернуть всю твою жизнь. Прозаичность быта и преждевременное познание далеко не лучших сторон семейных отношений самым серьезным образом повлияли на ее желание этого брака.

На подъезде к церкви она попросила отца остановить карету и решительно сказала родителям, что свадьбы не будет. Князь Александр Юрьевич, который должен был вести ее к алтарю, немедленно схватился за сердце, но Зинаида Гавриловна незаметно ущипнула его за ухо, сердито велев не устраивать здесь представления, ибо подобные заявления — дело для невесты даже обязательное. Какая же свадьба без слез и сомнений в правильности сделанного шага?..

— Да-да, — кивнул Репнин-старший, — я помню, ты все время вырывала свою руку и не позволяла надеть тебе на палец обручальное кольцо.

— Это не каприз, *papa*, — спокойно сказала Наташа. — Я не собираюсь выходить замуж, только и всего.

— Натали! — воскликнула Репнина, и на

262

ее лице появилось выражение, дающее понять, что она только что догадалась об истинной причине неожиданного решения дочери. — Неужели ты влюблена не в Андрея?

— Мама! — Наташа укоряюще посмотрела на нее. — Разве прежде вы могли обвинить меня в ветрености? То-то и оно. Нет, я люблю Андрея, но... не так, чтобы позволить ему стать моим мужем.

— Это еще что за новости? — растерялся Репнин-старший. — Объяснись!

— Я уже не хочу жить с ним одним домом, одной семьей, — начала объяснять Наташа, но мать прервала ее.

— Тебя в этом доме обижали?

— О чем ты говоришь, *maman?*! — рассердилась Наташа. — Долгорукие — чудесная семья, и мне было легко сойтись здесь со всеми. Я говорю не о них — я пытаюсь рассказать вам о себе и о своих чувствах!

— Вероятно, ты просто путаешь чувства, что владели тобой вчера, и те, что заполняют тебя сегодня, — предположила княгиня Репнина. — Уверена, завтра ты будешь с улыбкой вспоминать свои нынешние опасения и, предаваясь любви, позабудешь о сомнениях.

— Действительно, дочка, — ободряюще улыбнулся Репнин-старший, — надо всего лишь сделать этот шаг, и завтра вся жизнь пойдет совершенно по-другому. И если ты боишься, я готов крепко-крепко взять тебя за руку — поддержать и успокоить тебя.

— Мама, папа! — умоляюще сказала Наташа. — Поверьте, я спокойна, как никогда, и я ничего не боюсь. И говорю вам без тени сомнения — я не желаю этой свадьбы! Прошу вас — едем сейчас же в Петербург! Я не пойду под венец — ни с Андреем, ни с кем-либо другим. По крайней мере, какое-то время. Я хочу побыть одна и всерьез подумать над своим будущим.

— И нам не переубедить тебя? — грустно спросила княгиня.

Наташа отрицательно покачала головой и отвернулась к окну, а княгиня взглянула на мужа.

— Александр, думаю, нам не стоит выходить из кареты! А тебя, друг мой, прошу взять на себя эту неприятную миссию и объясниться с князем Петром и Марией Алексеевной.

Репнин-старший вздохнул и вышел из кареты.

В церкви уже было все готово, расфранченные уездные гости собрались по левую и правую стороны от прохода, вполголоса обсуждая причину задержки церемонии. Андрей немного нервничал и постоянно поддергивал из-под рукава фрака манжеты своей рубашки в стиле а-паж. Лиза изредка, успокаивающим жестом прикасалась к его плечу, а Репнин, стоявший подле Лизы, бросал на Андрея ободряющие взгляды. Князь Петр понимающе кивал сыну и все поглядывал встревоженно в сторону входа, и лишь Долгорукая пребывала в прекрасном расположении духа, улыбаясь почтительно и заискивающе взиравшим на нее уездным дамам и время от времени беседуя с взволнованной и оттого раскрасневшейся Соней.

Князь Репнин не решился пройти в церковь и попросил служку вызвать в притвор князя Петра, а, когда тот появился, изложил ему суть из только что состоявшегося разговора с Наташей, правда, умудрившись облечь все нелицеприятности в весьма солидную и ни для кого не оскорбительную форму. Слушая его, князь Петр то багровел, то бледнел и по завершению извинительной речи Репнина-старшего, выдержав незначительную паузу, задал ему тот самый вопрос:

— Как мне вас понимать, уважаемый Александр Юрьевич?

— Петр Михайлович, — развел руками Репнин-старший, — вы же понимаете: времена меняются, нынешняя молодежь ведет себя сегодня совсем не так, как иначе воспитанные мы и наши родители. Я не могу приказать Наташе выйти из кареты и предстать перед батюшкой и своим женихом. Она приняла решение, причины которого мне неизвестны, непонятны, но я уважаю выбор дочери и не намерен заставлять ее идти замуж против собственной воли.

— Это не воля, сударь! — вскипел Долгорукий. — Это... позор! Когда такое было, чтобы невесты бросали своих женихов прямо у алтаря?! Это недопустимое падение нравов!

— Вы, кажется, собираетесь оскорбить мою дочь? — нахмурился Репнин-старший.

— Я всего лишь называю вещи своими именами! — настаивал князь Петр. — Ибо оскорбление нанесено моему сыну — принародно и безжалостно! И я требую от вас и вашей семьи внятных объяснений по этому поводу.

— Боюсь, что любые слова сейчас будут приняты вами в штыки и истолкованы вольно и необъективно, — сухо сказал Репнин-старший. — Впрочем, если вы желаете как-то успокоить ситуацию, то советую вам предложить Андрею Петровичу самому поговорить сейчас с Натали, и все выяснить между собой. Поверьте мне, решение дочери оказалось для нас с супругой столь же неожиданным и необъяснимым, но мы не в силах заставить ее изменить свое решение, и это — не в правилах нашей семьи.

— А в правилах нашей семьи — не прощать оскорблений! — воскликнул Долгорукий, но вышедший к ним Андрей остановил его.

— Отец, тебе опять мерещится неуважение к своей персоне?

— Все далеко не так весело, как ты себе представляешь, — трагическим тоном промолвил Долгорукий.

— Андрей Петрович, — мягко сказал Репнин-старший и отвел жениха в сторону, — простите, что принес вам не радостную весть, но, полагаю, свадьбы не будет.

— Что с Наташей? — вздрогнул Андрей.

— Ничего особенного, если не считать внезапной перемены в ее настроении, вследствие чего она не хочет выходить за вас замуж, — развел руками Репнин-старший.

— Господи! — прошептал Андрей. — Кто мог настроить ее против меня? Я должен тотчас с нею переговорить.

·— Да-да, я тоже так считаю, — обрадовался его благоразумию Репнин-старший. — Пожалуйста, пойдемте со мною к карете! Надеюсь, вы встретитесь, и, если и были какие-то недоразумения, то они рассеются, и мы сможем, наконец, приступить к венчанию.

Бросив осуждающий взгляд на отца, Андрей строго попросил его не вмешиваться впредь и вышел вместе с князем Репниным из церкви.

Зинаида Гавриловна с готовностью предоставила молодым людям возможность еще раз поговорить. Завидев приближающихся Андрея и мужа, она вышла из кареты и ободряюще кивнула незадачливому жениху ее строптивой дочери. И, пока Наташа и Андрей объяснялись, она молилась Богу, чтобы он надоумил ее Натали и наставил ее на путь истинный.

Время от времени Репнины переглядывались, но, чем дольше длилось ожидание, тем очевидней становилась бессмысленность затянувшихся переговоров. Репнины знали характер Наташи — она принимала решения быстро и никогда не отказывалась от них. И, судя по всему, у Андрея не осталось никаких шансов что-либо изменить — уговорами он только отдалял миг неизбежной разлуки.

Когда Андрей вышел из кареты, он был смертельно бледен, и его молчание свидетельствовало о том, что сердце его разбито. Князь Репнин отвел взгляд в сторону, княгиня тихо ахнула и приложила руку в перчатке к губам, точно боялась разрыдаться. Но Андрей не услышал и словно и не заметил их — он медленно направился к церкви нетвердым шагом и, дойдя до крыльца, опустился без сил на ступеньки.

Репнины переглянулись и заторопились с отъездом. Михаил и появившаяся вслед за ним на крыльце Лиза с удивлением смотрели на поникшего и расстроенного Андрея и уезжавшую, как будто поспешно бежавшую, со двора карету невесты, увозившую Наташу и ее родителей прочь — навсегда от Андрея и из этих мест. Лиза разволновалась и склонилась к брату, безучастно сидевшему на ступеньках — не замечавшему ни мороза, ни любопытных взглядов прицерковных зевак.

— Что случилось, Андрюша? — ласково спросила Лиза.

— Ничего особенного... — повторил слова князя Репнина Андрей. — Просто Наташа бросила меня.

— Не может быть! — воскликнул Михаил.

— Тебе лучше знать, что может или не может быть с твоей сестрой, — горько усмехнулся Андрей. — Это, наверное, у вас семейная черта — бросать тех, кто вас любит.

— Ты несправедлив, Андрей, — смутился Репнин.

— Но почему? — растерялась Лиза. — Наташа как-то объяснила тебе причину своего решения уехать?

— Она объясняла, — кивнул Андрей, — но я не сумел ее понять, и потому сделал еще хуже. Теперь она уже никогда не вернется. Спасибо вам за подарки и поддержку, но мы с Наташей расстались.

— О чем ты говоришь? — на крыльце появилась взволнованная, с безумным взглядом Долгорукая. — Как расстались?! Почему ты позволил ей уйти? Ты... ты — тряпка, такой же, как и твой папенька!

— Маменька! — вскричал Андрей, вставая со ступенек. — Умоляю вас — держите свои домыслы при себе! Вы же ничего не знаете!

— Домыслы? Это я ничего не знаю?! — взвилась Долгорукая. — Боже, а я-то размечталась, что хотя бы твоя жизнь пойдет совершенно иначе! Но нет — ты прямой дорожкой побежал по кривому пути, проложенному твоим драгоценным папенькой! Ты завел интрижку с дворовой девкой, ты оскорбил свою невесту! И еще удивляешься, что она, в конце концов, не решилась связать с тобой свою судьбу! Да княжна — просто ангел, что всего лишь уехала, а не стала мстить тебе!

— Замолчите, маменька! — закричал Андрей. — Оставьте меня в покое! Оставьте меня все! Мне не нужны ваши соболезнования и сочувствие, я справлюсь с этим сам!

Андрей бросился к саням, на которых приехали любопытствующие слуги из имения, и велел немедленно везти его домой. Мужики переглянулись и приказали бабам из саней — вон! А один, встав за возницу, повез барина обратно.

Андрей не видел, как расходились гости, но чувствовал изрядную дурноту, представляя, как все эти кумушки с мужьями судили и рядили произошедшее. Он ощущал на себе их изучающие взгляды — притворно соболезнующие, но азартные и плотоядные, буквально по живому сдирающие кожу со всего его семейства. Андрей думал, и у него кружилась голова, когда в его воображении возникала картина позорного выхода его родных из церкви, как они шли, словно сквозь строй, под осуждающие усмешки соседей, как садились в карету, пытаясь сохранить остатки их принародно униженного достоинства.

Приехав домой, он сразу прошел к себе и заперся в своей комнате. Скинув уже ненужный свадебный фрак, он швырнул его в угол и бросился на постель. Ему хотелось плакать, но Андрей боялся быть услышанным. Он ощущал себя маленьким мальчиком, который набедокурил и потом получил от взрослых нагоняй — обидный оттого, что прилюдный, и теперь боялся, что все поймут, как ему больно и тягостно на душе.

Решение Наташи отменить свадьбу потрясло его. Андрей ждал этого дня, он стремился соединиться с Наташей, ибо искал в этом браке спасение от разъедавшей его язвы — вины перед Татьяной и их еще не рожденным ребенком. Отчасти Андрей не снимал с себя вины и перед Лизой и ее исковерканной судьбой. Свадьба должна была искупить и его предательство любви к Наташе. Андрей думал, что, отвечая: «Согласен», он разом перечеркнет все прошлые прегрешения и начнет новую жизнь, в которой все будет по-другому. Но Наташа почему-то не дала ему подобного шанса...

Господи, вздрогнул Андрей, неужели он так жестоко заблуждался в ней и ее чувствах к нему?! Неужели она так же коварна, как и его маменька? И все ее слова о том, что ей необходимо время на раздумье, — только игра, подлая, крапленая? Что, если Наташа лишь прикидывалась любящей и тянула его под венец, чтобы отомстить ему за роман с Татьяной? Она хотела их разлучить, сделать им обоим больно и довершить свою месть, в самый последний миг отказавшись стать его женой... Наташа — это собака на сене, и она играла с ним, используя свадьбу, как способ унизить и растоптать его...

Таня бы себе такого не позволила! Андрей сжал кулаки и перевернулся на спину. Конечно, тихая, милая, кроткая Татьяна, верная ему до гроба — как он мог бросить ее?! Как решился отдать это любящее сердце и свое, кровное дитя в чужие руки? Никита — малый добрый, но он не любит Таню, а спасает ее от всеобщего порицания. И почему Никита, когда он сам вполне годится для этой роли? В его силах поддержать Татьяну, признать ребенка и официально усыновить его. В конце концов, теперь Татьяна свободна, и никто не может помешать ему жениться на ней.

Ведь дал же отец вольную Марфе! Да он бы и жил с ней, если бы Лиза, истинная дочь своей матери, не вмешалась и не разрушила их покой и уединение. О, как он понимает отца — только сейчас Андрею открылась истинная причина ухода князя Петра из семьи. Андрей и сам не отказался бы ныне от этого. Да и впрямь — забрать сейчас Татьяну и уехать с нею, куда глаза глядят! Пусть она не благородного происхождения, и светским манерам не обучена, но она чиста перед ним и чтит его, как мужа. Татьяна не предаст — это он предал ее, но у него еще есть время все исправить.

Андрей немедленно встал и после минутного раздумья решился нарушить свое затворничество. Он осторожно открыл дверь и выглянул в коридор — в доме стояла невыносимая тишина, как будто имение настиг мор. Впрочем, это было ему на руку — сейчас он никого не желал видеть, никто не должен был помешать ему. Андрей крадучись прошел по коридору и направился в кабинет отца. Там он сел за стол и принялся за письмо.

«Единственная моя, чуткое и преданное мне существо — Танечка, Танюша... Ты и только ты способна дать мне блаженство Рая, и лишь с тобою позволено мне испытать удивительное счастье и любовь... Умоляю — прости меня, хотя грех мой велик, ибо нет ничего страшнее, чем отринуть жену свою перед Богом и дитя свое единокровное. Теплится ли еще в душе твоей пусть малая толика того чувства, что приносило нам радость в прежние дни? И, если жива надежда на наше общее будущее в твоем сердце, то готова ли ты позволить ей осуществиться? Я знаю, что обидел тебя, что обошелся с тобой подло и низко, и потому так же низко склоняю сейчас перед тобой и нашим будущим ребенком голову и на коленях прошу о снисхождении и прощении для меня. Вернись ко мне — приди в мои объятия, и я уже никогда больше не разомкну их по своей воле и не отпущу тебя от себя. Теперь-то мне ведома сила твоего чувства, и я собираюсь излить на тебя и нашего малыша столько же страсти и нежности, ибо виноват перед вами и мечтаю искупить

свою вину. Я жду тебя — дай знак или про-
сто подумай обо мне, я все равно услышу
твой зов. Люблю... Всегда твой Андрей».

Написав, Андрей почувствовал облегчение
и, запечатав конверт, бросился разыскивать
Дмитрия. На конюшне того не оказалось, и
Андрей заглянул во флигель, где жили слуги. На его расспросы девки как-то смущенно
отводили глаза в сторону, и только после
того, как он страшным тоном пригрозил, что
накажет их за обман, молоденькая Аксинья
смущенно выдавила из себя признание —
мол, барыня звала к себе Дмитрия по особо-
му делу. Андрей недовольно покачал головой
и направился к матушке.

Долгорукая подошла к двери не сразу, а,
отперев, держала ее полуоткрытой, оберегая
от взгляда Андрея то, что происходило в ее
комнате. Выглядела она странно — была на-
веселе, глаза диковато блестели, и пеньюар
был глубоко расстегнут. Андрей впервые видел маменьку в столь неприглядном состоянии и, не желая более усугублять свое и без
того дурное настроение, решил не замечать
всех этих сомнительных подробностей и
спросил о Дмитрии.

— Ты что-то задумал, Андрюша? — Долгорукая с подозрением посмотрела на сына, пытаясь протрезветь.

— Я хочу, чтобы он выполнил одно мое поручение, — сухо ответил Андрей. — Послушай, мне некогда объясняться, да и незачем. Просто скажи, где Дмитрий, мне объяснили — ты звала его.

— А твое дело не может подождать? — недовольно спросила Долгорукая.

— Нет, — категорично покачал головой Андрей.

— Что ж, я не могу отказывать свому сыну, с тебя сегодня уже довольно отказов, — заплетающимся языком произнесла княгиня и велела куда-то в глубь комнаты: — Митька, ты иди, помоги барину, чем скажет. А потом все-таки возвращайся, возвращайся, голубчик...

Вскоре в дверном проеме показался и сам Дмитрий — молодой, красивый, холеный. И Андрей почувствовал, что краснеет, — он вдруг понял, что это было за особое поручение.

— Как вы можете, маменька? — укорил он Долгорукую. — Вы же совсем не такая...

— А какая? — с вызовом вскинулась она. — Брошенная при живом муже? Опозоренная невесткой? Оболганная детьми? Невинно обвиненная в убийстве?

— Но это же грех, маменька, — прошептал Андрей.

— Я и так давно грешница, хуже мне не станет, — Долгорукая махнула рукой и посто-

276

ронилась, пропуская выходящего из ее комнаты Дмитрия. — И ты меня не суди — мал еще!..

Андрей не стал с нею спорить. Едва княгиня закрыла дверь, он отдал Дмитрию письмо и, стараясь не смотреть ему в глаза, велел срочно везти Татьяне в имение Корфов. Дмитрий равнодушно кивнул и степенно пошел исполнять. Андрей хотел вернуться к себе, но, проходя через вестибюль, увидел появившегося на пороге Корфа.

— Владимир? Что тебе? — неласково поинтересовался Андрей.

Менее всего он желал сейчас выслушивать чьи-то соболезнования по поводу несостоявшейся свадьбы с Наташей.

Но, как оказалось, Корф о случившимся еще ничего не знал и приехал говорить о дуэли, давеча затеянной князем Петром.

— Хорошо, — кивнул Андрей, — я буду рад обсудить с тобою это. Прошу.

Они направились в кабинет отца. Андрей сел за стол, Владимир — в кресло напротив.

— Я умоляю тебя убедить отца не требовать боле сатисфакции, — сказал Корф, — ибо дуэль теперь уже не имеет смысла. Завтра я отправляюсь на Кавказ по личному распоряжению Его Императорского Величества. Думаю, князь Петр должен быть доволен —

моя личная жизнь разрушена, моя собственная жизнь не стоит теперь и ломаного гроша.

— Ты собираешься погибнуть в первом же бою? — без особой доброжелательности спросил Андрей.

— Если повезет — да, — без тени улыбки кивнул Корф. — Я не держусь за жизнь, поверь мне.

— Я знаю, ты всегда умел рисковать, — грустно сказал Андрей, — но все же я полагал, что это — всего лишь игра, и что в последний миг ты обязательно одумаешься и увернешься от пули или остановишь вражеский клинок, скрестив его со своим.

— Возможно, так оно и было, — признал Корф, — но это было давно, в той, другой, жизни и с другим Владимиром Корфом, которому нравилось будоражить кровь опасностью. Сейчас я вижу в этом всего-навсего избавление от мук, которые изводят меня, вынимают всю душу и опустошают сердце.

— Значит, ты не станешь уклоняться от смерти? — тихо уточнил Андрей.

— Я готов к встрече с ней, — прошептал Корф. — Впрочем, прости, что я утомляю тебя подобными разговорами. Тебе и без того нелегко.

— Напротив, — улыбнулся Андрей. — Я собираюсь начать новую жизнь. Я уже предпринял некоторые шаги в этом направлении и надеюсь, что вскоре приятно и неожиданно удивлю всех моих родных и друзей.

— Мне бы твою уверенность, — Корф безнадежно махнул рукой. — Но я искренне желаю тебе счастья.

— Благодарю, — Андрей поднялся из-за стола и протянул Корфу руку. — Обещаю, что не позволю отцу продолжать это бессмысленное противостояние наших семейств. Конечно, сделать это будет непросто — он не желает слушать никого из нас. Отец упоен своей находкой и носится с Полиной — кто бы мог такое представить! — балует ее, и боюсь, как бы вконец, не испортил эту наглговатую девицу, у которой и без того несносный характер.

— Думаю, что хуже, чем она есть, Полина стать не может — слишком глупа, но крови вам попортит, — со знанием дела сказал Корф. — Я отчасти понимаю настроение княгини, которая всячески хотела избежать ее появления в вашем доме, но, поверь, я не мог поступить с Петром Михайловичем столь бесчеловечным образом, лишив его найденной дочери, даже если она и не умна, и не порядочна.

— Благодарю тебя, — кивнул Андрей.

Друзья пожали друг другу руки, и Корф направился к выходу.

— Странно, — вдруг услышал он и оглянулся.

Андрей открыл стоявшую на столе коробку с дуэльными пистолетами, которые подготовил князь Петр, и достал один из них.

— Я читал, что это называется дежавю, — задумчиво произнес Андрей, рассматривая пистолет, — я словно уже видел однажды эту картину: ты, я, коробка с пистолетами...

— Как давно это было! — улыбнулся Корф. — После той памятной дуэли с наследником, кажется, утекло столько рек, безвозвратно пропало столько надежд и желаний...

Владимир не договорил — Андрей, вертевший в руках пистолет, вдруг чем-то заинтересовался в нем и повернул к себе дулом. Его палец заскользил по бойку, и внезапно раздался характерный щелчок затвора, а потом прозвучал выстрел. Быстрый и резкий, оглушивший и буквально взорвавший тишину дома Долгоруких.

Еще мгновение Владимир, ничего не понимая, наблюдал, как Андрей удивленно рассматривает кровь, выступившую на жилете справа, и проводит по ткани рукой, словно желая удостовериться, что это не сон, что выстрел действительно был сделан. А потом, подняв на Корфа совершенно детский, близорукий взгляд, стал медленно оседать на пол, выронив пистолет и цепляясь пальцами сначала за крышку стола, затем хватаясь за ножку кресла...

— Не-е-ет! — страшно закричал Владимир и бросился к нему.

Дальнейшее он воспринимал сквозь сетку наваждения. На звук выстрела в кабинет стали сбегаться Долгорукие, но Владимир не видел их лиц, не слышал голосов — он стоял на коленях на ковре перед рабочим столом князя Петра и прижимал к себе Андрея. Иногда он кричал что-то нечленораздельное и все не хотел отпускать его руку, когда Андрея стали оттаскивать от него. Корф не видел и не помнил, как истошно выла Долгорукая, а Соня подняла с пола пистолет и бездумно разглядывала его, пока князь Петр не выхватил оружие у нее из рук, а Лиза бросилась к открытой коробке и схватила второй пистолет, чтобы стрелять в Корфа, но Полина отняла его.

Прибежавшие на шум слуги как-то ловко принялись разводить хозяев — огромный Гаврила, стиснув Долгорукую в охапку, немедленно поволок сопротивлявшуюся княгиню в ее комнату и всем телом припер дверь, впихнув туда хозяйку. Долгорукая еще какое-то время стучала кулаками в дверь, но потом выдохлась и сползла вниз — Гаврила слышал, как она царапалась, точно мышка, у самого пола. Аксинья расторопно увела Соню, а влетевший с улицы Дмитрий с силой встряхнул Лизу за плечи, приводя ее в чувство.

Опомнившись, Лиза велела нести Андрея в гостиную. Князь Петр шел рядом со слугами и поддерживал голову сына. Владимир потерянно плелся последним, пытаясь разглядеть из-за спин слуг, как там Андрей. Он не видел и не понял, когда приехал доктор Штерн — сонный и недовольный поздним скорым вызовом. В руках служанок замелькали полотенца, из которых доктор велел рвать корпию, кто-то побежал за водой — несли ключевую и еще грели для кипячения медицинских инструментов.

Владимир ходил между всеми, как неприкаянный, — иногда его оттесняли от дивана, на котором лежал Андрей, и Корф удивился: от чего так странно запотели его очки. Иногда Владимиру удавалось приблизиться к другу, но вскоре он понимал, что Андрей не узнает его. Наконец, доктор Штерн приказал Корфу сесть на стул у двери и перестать мешаться под ногами. Владимир покорно кивнул и тихо сидел в углу, пока Штерн колдовал над раной Андрея.

Корф не знал, сколько времени прошло с того момента, как прозвучал тот роковой выстрел, — мир словно замедлил свое движение, стали размытыми границы между предметами и людьми, и голоса звучали одним общим гулом. Но вдруг все изменилось — в гостиной воцарилась страшная тишина, и все головы разом обернулись к Корфу. Владимир поднял голову и обвел глазами всех, собравшихся в гостиной, — он понял, что произошло.

— Я не убивал Андрея, — прохрипел он. — Я не убивал его! Это ошибка!..

— Как это могло случиться? — тихо спросил Репнин, садясь рядом с Корфом на деревянное ложе широкой тюремной скамьи.

Владимира привез в уездную тюрьму исправник, которого вызвал князь Петр. И, хотя Корф все время пытался объяснить, что это недоразумение, его обвинили в убийстве молодого князя Долгорукого.

— Надеюсь, ты не веришь, что я стрелял в Андрея? — хмуро поинтересовался Корф, откидываясь на холодную и слегка заиндевевшую стену.

— Я ни минуты не сомневаюсь, что ты невиновен, — кивнул Репнин. — Но почему пистолет выстрелил?

— Коробка стояла на столе, — просто сказал Корф. — Я уже уходил, когда Андрей взял ее в руки и увидел, что она открыта.

И тогда он решил проверить оружие — что-то привлекло его внимание.

— Вот как? — задумчиво произнес Репнин. — А он не успел сказать, что именно его заинтересовало?

— Увы, — вздохнул Корф. — Тишина... Точнее — сначала выстрел, а потом — гробовое молчание.

— А что вообще ты делал поздно вечером у Долгоруких? — продолжал спрашивать Репнин.

— Ты решил выступить моим адвокатом? — не очень весело улыбнулся Корф.

— Я — твой друг, и хочу помочь тебе, — Репнин осуждающе взглянул на него. — И еще я намерен очистить твое доброе имя — и перед Богом, и перед людьми.

— Бог свидетель, я чист, — покачал головой Корф, — но Всевышнего нельзя вызвать в суд в качестве свидетеля.

— Не богохульствуй! — нахмурился Репнин. — Но ты все-таки не ответил на мой вопрос — зачем ты приходил к Андрею? Это как-то связано с Лизой? Вы ссорились?

— Это связано со мной, — отрезал Корф. — И я приходил к нему попрощаться. Сегодня я намерен был выехать в Петербург. А потом — в полк, который отправляется днями на Кавказ.

— Ты едешь на Кавказ? — растерялся Репнин. — Но я думал, что ты отправляешься искать Анну, чтобы вернуть ее и объясниться с ней.

— Нельзя искать того, что нет, и говорить о том, что ушло, — покачал головой Корф. — Между мной и Анной все кончено, и Кавказ — самое лучшее место пребывания для такого неудачника, как я.

— И что тебе сказал Андрей? — после паузы вернулся к расспросам Репнин.

— Обещал уговорить отца оставить эту бредовую мысль женить меня на Лизе, — вздохнул Корф. — А еще он сказал, что собирается начать новую жизнь. И знаешь, какая странность — я говорил Анне те же слова перед тем, как мы расстались...

— Уверен, это всего лишь совпадение, и оно никоим образом не предвещает твоего будущего, — поспешил успокоить его Репнин.

— Андрей тоже утешал меня, — кивнул Корф, — но, как видишь, слова недорого стоят.

— Перестань паниковать! — вдруг разозлился Репнин. — Я разберусь с этим загадочным делом и помогу тебе. Только не пытайся ничего предпринимать.

— О чем ты? — удивился Корф.

— Никаких побегов, нападений на тюремную охрану и судейских, — сурово сказал Репнин.

— Насколько я помню, это ты у нас мастер вызволять заключенных из-под стражи, — Корф впервые за все время их разговора улыбнулся, и за его измученной улыбкой Репнину привиделся прежний Владимир — остроумный собеседник и неунывающий оптимист.

— Только никому не рассказывай об этом, — заговорщически подмигнул Корфу Репнин, — иначе я окажусь здесь же по соседству, а из тюрьмы, как ты догадываешься, мне вряд ли удастся доказать твою невиновность еще кому-нибудь, кроме меня.

На прощанье друзья обнялись, и Репнин отправился к Долгоруким.

Произошедшее никак не укладывалось в его голове — Андрея больше нет с ними. Еще вчера он пытался убедить его не отчаиваться и верить, что Наташа все обдумает и вернется. Боже, возможно ли такое? Репнин настолько был поражен пришедшей ему в голову мыслью, что даже придержал поводья, невольно затормозив Париса, который вздыбился и обиженно прохрипел что-то, сворачивая шею на бок.

— Прости, приятель! — Репнин ослабил поводья, позволяя коню вернуться к прежнему аллюру, и ласково потрепал его шею под гривою.

Неужели это не случайный выстрел, и Андрей инсценировал свою смерть? Почему никто не заметил, что Андрей утратил веру в себя и в Бога и решил покуситься на святое — на самое себя? И что будет с Наташей, если его ужасное предположение подтвердится? Она не сумеет простить себе, что оттолкнула Андрея, и тем самым подвела его к самому краю пропасти.

Репнин боялся даже в мыслях произнести слово, которое подразумевал, думая о том, по какой причине мог всегда осторожный Андрей взяться за пистолет. И тогда его фраза о новой жизни, в которой все будет иначе, приобретала совершенно иное значение. До какого же отчаяния он должен был дойти, чтобы решиться на такое?..

В имении Репнин сразу направился к Лизе. Она лежала в своей комнате на постели и безучастно смотрела в потолок. Михаил приподнял ее казавшееся безжизненным тело и слегка встряхнул. Лиза медленно повернула голову к нему, и слеза побежала по ее щеке.

— Родная моя, — растрогался Репнин, — ты не должна так изводить себя. Изменить случившееся мы не в силах, но силы необходимы нам, чтобы жить дальше.

— Андрея больше нет... — прошептала Лиза. — Корф убил его.

— Владимир не делал этого, — начал Репнин, но Лиза тотчас очнулась от своей дремоты и резко вырвалась из его объятий.

— Да как ты смеешь! Ты — предатель! Ты... ты...

— Лиза, успокойся, — после некоторого сопротивления Репнину удалось схватить ее за руки и притянуть к себе, — очнись и постарайся выслушать меня. Я никого не предаю. Память об Андрее для меня священна, но и ты не имеешь права выносить приговор, не разобравшись во всех обстоятельствах дела.

— Разобраться? — Лиза буквально сверлила его взглядом. — Или ты думаешь, я ослепла? Я видела своими глазами...

— Что ты видела? — прервал ее Репнин. — Только будь предельно точной и честной. Освободи свою память от горя и боли и расскажи то, что было на самом деле.

— На самом деле?! — завелась Лиза, но потом сникла и прошептала: — Когда мы вбежали в кабинет, Корф стоял на коленях перед Андреем и держал его за руку.

— А пистолет? Где находился пистолет? — разволновался Репнин.

— Он лежал у стены, за столом, — припомнила Лиза. — И что это доказывает?

— То, что, если бы Корф стрелял в Андрея оттуда, где он стоял, то, наверняка, отбросил бы его в сторону. А то, как ты описала сейчас положение пистолета в комнате, говорит о том, что он выпал из рук самого Андрея! — воскликнул Репнин.

— Уж не хочешь ли ты сказать, что мой брат стрелял в себя?! Да как ты смеешь?! — вскричала Лиза. — Видеть тебя не могу, не желаю! Уходи, немедленно уходи!

— Лиза! — Репнин снова прижал ее к себе и крепко держал так, пока она опять не затихла и не заплакала. — Плачь, родная, плачь! Слезы очищают не только душу, но и голову. И тогда ты поймешь, что в этой истории не все так просто. К тому же Владимир сказал мне, что Андрей специально рассматривал пистолет. Что-то его в нем насторожило, но проверить все он не успел — пистолет выстрелил.

— И что это значит? — прошептала Лиза.

— Мы должны сами увидеть этот пистолет, — сказал Репнин, — а ты должна помочь мне попасть в кабинет князя Петра, чтобы немедленно осмотреть оружие.

— Хорошо, — едва слышно промолвила Лиза.

Она мягко высвободилась из сильных рук Репнина и утерла слезы платочком, который

289

он подал ей. Потом Лиза поднялась и кивнула Репнину, зовя его за собой.

В кабинете Долгорукого, по счастью, никого не было. Репнин попросил Лизу постоять на страже и подошел к столу. Коробка с пистолетами по-прежнему находилась на своем месте. Репнин открыл ее, заметив про себя, что она, похоже, была и прежде открыта. Корф не упоминал, чтобы Андрей доставал ключ и отпирал ее. Потом он взял один из пистолетов и, поднеся его к лицу, сильно втянул носом воздух. Нет, из этого не стреляли. Второй отдавал характерным запахом гари, и Репнин принялся внимательно рассматривать его.

— Господи! — вдруг вскричал он — Лиза тотчас обернулась на его возглас и подбежала к столу. — Пистолет неисправен! У него поврежден боек, и сделано это умышленно.

— Ты уверен? — растерялась Лиза, пытаясь увидеть то, о чем говорил Репнин.

— Поверь мне, я разбираюсь в оружии, — кивнул тот. — Пистолет был намеренно испорчен с тем, чтобы или взорваться в руках и покалечить, или чтобы выстрелить и убить того, кто стрелял из него.

— Но кто мог сделать это? — побледнела Лиза. — Кто мог желать Андрею смерти? О, кажется, я поняла! Только один человек в последние дни постоянно крутился возле отца в его кабинете. Наша новоявленная сестра! Конечно, отец обещал включить ее в завещание, и она вознамерилась устранить всех нас по одному. И начала с Андрея! Дрянь, я убью ее!

— Остынь, Лиза! — Репнин покачал головой. — Пока все это лишь догадки, мало отличающиеся от вашего предыдущего обвинения Владимира в смерти Андрея.

— О чем ты говоришь? — не поняла Лиза.

— Любая вина должна быть доказана, — вздохнул Репнин. — Вряд ли нам удастся, исследовав пистолет, точно установить, кто повредил его.

— Но как же тогда наказать убийцу? — воскликнула Лиза.

— Тише! — Репнин приложил указательный палец к губам, призывая ее быть осторожной. — Если мы не можем предъявить следствию улик, абсолютно изобличающих преступника, мы можем заставить его сделать признание в том, что он совершил. Да-да, убийца сам расскажет, как и почему он это сделал. Только мне будет необходима твоя помощь...

Полину на свадьбу Андрея и Наташи не допустили — Долгорукая грудью легла, защищая предстоящую церемонию от ее присутствия. Князь Петр, стремившийся восстановить справедливость, выдержал тяжелейший натиск со стороны жены и, в конце концов, вынужденно уступил ее доводам. Официально Полина не была еще признана дочерью князя, а, значит, ее присутствие для соседей и родителей Наташи стало бы изрядным *моветоном*. Да и сам князь Петр не хотел подвергать *свою Настю* еще большей обструкции, а потому в его глазах решение оставить нового члена семьи дома оправдывалось благородным желанием избавить Полину от любопытных и далеко не всегда лояльных посторонних взглядов.

Внешне Полина смирилась со своим затворничеством, но в глубине души возненавидела Долгорукую еще больше. Судя по всему, именно она заправляла всем в доме, решала судьбы детей и вела хозяйство. Князь Петр, конечно, — барин, но только по названию, и к тому же — невыносимый подкаблучник. Княгиня вертела им, как хотела, и Полина подумала, что неплохо бы изучить ее тактику.

Собственная же позиция Полины была совсем нехороша. Кроме князя, который в ней души не чаял, других сочувствующих ей в имении не нашлось. Полина, правда, пыталась найти общий язык с членами вновь об-

292

ретенного семейства, но это ей так и не удалось. Она пробовала подружиться с Соней, но после того, как сморозила несусветную глупость про ее карандашные портреты, назвав их по простоте душевной черканием, младшая Долгорукая совершенно утратила к ней еще не устоявшийся интерес и снисходительность.

С Лизой у Полины не заладилось с первого взгляда, ибо Лиза так и не смирилась с тем, что именно Полина оказалась потерянной дочерью князя Петра. Не такой представляла себе Лиза Анастасию и другую принять не смогла. Лиза все время заставляла Полину пересказывать историю ее жизни, словно искала несоответствия деталей, которые могли бы уличить ту в обмане. И не верила, что эта примитивная и похотливая девица и есть то самое бедное дитя отца, которое нарисовало ей ее богатое воображение.

И более всего Лизу настораживало поразительное равнодушие Полины к судьбе своей матери. Лиза неоднократно — то намеками, то прямым советом — пыталась заставить Полину навестить мать, ожидавшую в тюрьме разбирательства по ее делу. Но та под разными предлогами каждый раз .отказывалась встречаться с Марфой. Что-то здесь не так, думала Лиза, я бы первым делом кинулась к матери, а эта — присосалась к богатому папеньке и шагу из дома не ступит, все вкруг него кольцами ходит и по-собачьи преданно смотрит в глаза.

А Полине эти переживания действительно были невдомек — появление князя-отца и впрямь невероятно возвысило ее в собственных глазах и сделало, по ее мнению, недосягаемой для других. Мать? Кто такая эта мать? Бывшая крепостная, что родила ребенка от барина? Но ей никогда не стать княгиней, в то время, как Полина, будучи официально признанной, обретет все права не только называться дворянкой, но и стать таковой.

Конечно, у Долгоруких детей много, да еще вот Андрей Петрович так некстати надумал жениться — еще чего доброго, быстро дети пойдут, внуки-наследнички. Но Полина надеялась, что молодые жить в Двугорском не станут — уедут себе в столицу да в заграницы, а уж ей того и надо! Лизку, если что, Андрей Платонович Забалуев к ногтю прижмет — все-таки муженек, никуда от него не денется, пару раз кулаком стукнет — да не просто по столу — и станет, как шелковая. И хорошо, что про княгиню-то судачат, что на голову заболела — надо будет князя убедить сплавить ее подальше! — на воды там, а чтобы не скучала: Соньку-художницу ей в компанию, и пусть разъезжают по курортам в свое удовольствие.

А уж она своего времени не упустит — окружит папеньку заботой да лаской, да так к себе привяжет, что не разольешь! Все говорят, мол, что Полина — актриса никудышная, ничего-ничего, я им такой театр покажу, мечтала Полина, что вы все у меня, князья да княгинюшки, как миленькие по струночке ходить станете да в глаза заглядывать: что тебе, свет Настенька, надобно, чем тебе помочь-подсобить, улестить-угодить?..

Одно плохо: слышала Полина, Лиза как-то говорила Соне, что ждет не дождется, пока Сычиха поправится, что она, дескать, точно скажет — Анастасия Полина или нет. Не то, чтобы Полина в своем счастье сомневалась, но все же скребли у нее на душе кошки — мелко так да противненько. А вдруг и в самом деле — очнется лесная ведьма да не признает в ней Настю, что тогда? Куда ей деваться с таким позором?

Мысль об этом натолкнула вдруг Полину на действия, и, пока семья по церквам разъезжала, она к Забалуеву подалась и все ему про себя новую рассказала. Глаза у Андрея Платоновича мигом загорелись, и он немедленно велел ей написать заявление на его имя, как предводителя уездного дворянства, чтобы взял на себя заботу о признании ее дочерью князя. Писать, правда, пришлось под диктовку да пару раз переписывать, ибо с грамотностью у Полины всегда были сложности, но, в конце концов, проблему эту осилили, и Забалуев обещал ей завтра же заехать к Долгоруким и проверить, как ей живется в имении — не обижают ли девушку почем зря...

Вернувшись от Забалуева, Полина застала Долгоруких в трауре — княжна Репнина отказалась венчаться с Андреем. Хваткая Полина тотчас поняла, что ставки ее пошли вверх. Княжна-то, рассказал Полине Дмитрий, как оказалось, приревновала Андрея Петровича к Таньке, что служанкой жила у них сызмальства, и еще ребеночка от молодого Долгорукого, кажись, прижила. Только Полину-то не обманешь — она эту правду давно знала. Что Танька за Никиту собралась — так грех свой скрывала, потому что для Никитки всегда один свет в окошке был — Анька, проклятая разлучница и интриганка.

Полина сразу к князю в кабинет побежала, и Долгорукий, встретив в ее взгляде готовность слушать, отводил душу, сетуя на обиду, нанесенную Репниной. Полина молча кивала, иногда неопределенно поддакивала, но про себя отмечала, что князь по-настоящему потрясен случившимся. Видать, что-то за этой свадьбой еще стояло. Никак, князь себя со стороны рассмотрел, свое в сыновнем горе увидел.

Потом князь Петр попросил отвести его в столовую, но ужин, проходивший в растерянности и при отсутствии Лизы и Андрея, внезапно прерван был выстрелом, долетевшим из кабинета. Полина вздрогнула: ведь они только что оттуда ушли, не напали ли грабители. Сидевшие за столом переглянулись, словно спрашивая друг друга — не ослышались? А потом все разом бросились в кабинет.

Вид окровавленного Андрея испугал Полину — не то, чтобы она смерти боялась, но как-то стало не по себе, неуютно, что ли. Хотя из события этого ей-то уж точно выгода была прямая и очевидная: одним Долгоруким меньше, ее наследство больше. Полина долго и выразительно ахала и стонала, заламывая руки и по-простонародному хватаясь за голову. И, пока другие занимались обезумевшей от ужаса княгиней и раненым Андреем, Полина никого не допускала к «папеньке» — сама ему воду ко рту подносила, платочком обмахивала, чтобы легче дышал, гладила по плечам, снимая напряжение.

Князь Петр ее заботой был тронут и все время, пока приехавший вскоре доктор Штерн не констатировал смерть Андрея, держал ее за руку — крепко-крепко, как будто не просто искал поддержки, а молил ее — помоги, помоги!.. И на какой-то миг Полина даже растерялась — она не Бог, и уж если медик ученый ничего путного сделать не смог, то она и подавно. И потом ей за здоровье князева сыночка молиться не резон: оживет, поправится и опять по новой жениться надумает, а ей — опять же проблема, что с ним, непоседливым, делать.

Однако неожиданно для себя Полина в какой-то момент заметила, что случившееся не просто потрясло Долгоруких — разрознило и сделало беспомощными. И, осознав это, она немедленно взяла власть в доме в свои руки и принялась командовать слугами, а те, видя абсолютную невразумительность поведения хозяев, и сами невозможно потрясенные смертью Андрея Петровича, сделались покорными ей и беспрекословно выполняли ее четкие распоряжения.

Умершего Андрея обрядили и снесли в домашнюю церковку, свечей поназажигали... Долгорукую заперли в ее комнате, и доктор Штерн дал ей сильного успокоительного, князя Петра увели в спальную, а Соня с Лизой и сами ушли, обнявшись, точно искали друг в дружке сил противостоять своему страшному горю. Полине никто не мешал управлять, и она почувствовала всю полноту власти, которую чужая беда часто дает в руки посторонним и случайным людям.

Когда она убедилась, что все в доме стихло — хотя тишина эта была пугающей, как бывает затишье перед грозой — и сама наведалась в церковку.

— Варвара? — удивилась Полина, застав выходящую в притвор кухарку Корфов. — А тебя чего нелегкая принесла? Я думала, ты должна подле своего барина-убийцы крутиться.

— Какая же ты, Полина, бессердечная! — шепотом сказала Варвара. — Такое горе — Андрей Петрович погиб! Он ведь не чужой мне, почитай, с младенчества они с Владимиром Ивановичем как братья.

— Хорош братец! — криво усмехнулась Полина. — Пристрелил князя, и все!

— Что — все?! Что — все?! — осерчала Варвара. — Ты-то что знаешь? Как смеешь Владимира Ивановича обвинять? Никогда он на друга руки бы не поднял, ошибка это, не стрелял он, не мог стрелять!

— Это уж пусть суд разбирается, — пожала плечами Полина. — Не нашего ума такие дела судить-рядить, да только я своими глазами и пистолет видела, и Андрея Петровича в крови.

— А тебя это как касается? — тихо спросила Варвара. — Ты-то здесь кто? Отчего распоряжаешься да свое мнение выставляешь?

— Да ты и не в курсе, Варя? — догадалась Полина. — Я ведь теперь здесь, в имении, не последний человек. Я — дочь князя Петра, нареченная Анастасия.

— Что это тебе в голову взбрело, Полька? — замахала на нее руками Варвара. — Что мелешь? Какая ты Анастасия? Аполлинария ты, да и то лишь потому, что я так тебя назвала, когда безродную в корзинке на ступеньках дома обнаружила.

— Это ты — глупая, — нахмурилась Полина, — а я свою родословную знаю. Ты меня в одеяле нашла с буквой *А* вензелечком, а одеяльце принадлежало полюбовнице князя Петра, что приходится мне матерью. Она ребенка родила да сберечь не сумела, похитили у нее младенца-то.

— Младенца у Марфы действительно похитили, — покачала головой Варвара, — да только тот младенец — не ты.

— То есть как это не я?! — побелела Полина. — Ты ври, ври да не заговаривайся!

— А мне врать ни к чему! — перекрестилась Варвара. — Я по любому присягну, что одеяльце с буквой *А* я прежде нашла, да выбрасывать пожалела — больно красивое. А как тебя нашла, то в него и завернула, а имя — точно по букве этой дала, потому как первое, что в голову пришло.

— Врешь! — зашипела Полина и закачалась. Земля словно поплыла у нее из-под ног. — Врешь, подлая! Это ты, чтобы мне досадить! Тебя злоба съедает, что не твоя Анька, а я княжной буду — в шелках да в почете ходить.

— Аннушке твои радости не нужны, у нее своих забот хватает, — Варвара укоряюще посмотрела на Полину. — А вот тебе про все это лучше Сычиху расспросить. Она все здешние тайны знает, точно правду скажет.

— Сдвинулась твоя Сычиха! — озлобилась Полина. — От ранения умом помешалась.

— От ранения? — кивнула Варвара. — Значит, как поправится, так разум и просветлеет. Вот очнется и все по местам расставит — вспомнит, милая. Все вспомнит.

— Убиралась бы отсюда, Варя, подобру-поздорову, — страшным голосом сказала Полина.

— Видать, и впрямь не в себе ты, девка, — испуганно вымолвила Варвара. — Лицо — белое, саму трясет. Неужто так тебе барские денежки голову закружили, что себя не помнишь и честь-совесть пропали совсем?

— Уходи! — зарычала Полина, сжимая кулаки.

Варвара поспешно принялась осенять себя крестом и заторопилась к выходу, а Полина, проводив ее на прощанье уничтожающим взглядом, застонала вдруг по-звериному.

Это что же — понапрасну она понадеялась? Зря картины себе светлые нарисовала, о богатой жизни размечталась? Нет, врешь, никому не отдам ни новое имя свое, ни звание благородное! Сычиха, говоришь, все доподлинно знает? Так пусть же то, что она знает, не откроется никому! Убивать ненормальную, конечно, рука не поднимется, лучше пусть сгинет на чужбине неведомой. Пусть исчезнет с глаз — ушла, мол, блаженная, и пропала с концами. А концы те — ищи-свищи, как ветра в поле...

Глава 3
Леди Макбет Двугорского уезда

— Таня, ты куда собралась? — растерянно спросил Никита, входя в отведенную им Корфом комнату во флигеле.

— Крестную навестить, — пряча глаза, быстро сказала Татьяна, суетливо собирая свои вещи в узелок, приспособленный из большого посадского платка. Все самое необходимое, что называется, — на первое время. — Она давно меня в гости зазывала, да я все откладывала. И вот, думаю, пора мне откликнуться и наведаться к ней.

— Так зачем идти? — удивился Никита. — Я сейчас тебя мигом на санях довезу.

— Не стоит, по хорошей погодке, по легкому снежку сама доберусь, — отмахнулась Татьяна.

Словно, между делом отмахнулась, но Никита почувствовал — что-то здесь не так.

— И надолго останешься там? — настороженно спросил Никита, подходя к ней и забирая из рук ее узелок. — Когда обратно тебя везти?

— А чего торопиться? — смутилась Татьяна. — Так же вот сама и вернусь. Когда вернусь. Ты узел-то отдай, Никитушка...

— Что же я — изверг какой, и невесте на сносях вещи не поднесу? — нахмурился Никита. — Темнишь ты, Татьяна! Нехорошо это.

— Да нечего мне скрывать, — стала оправдываться она, — просто соскучилась я здесь по родным, в имении барона я мало кого знаю.

— А меня тебе недостаточно? — спросил Никита, незаметно растягивая узел на платке. Узел развязался, и вещи посыпались из него.

Татьяна ахнула и бросилась поднимать, но потянуло в пояснице, и она остановилась, переводя дыхание. Никита положил узел на пол и принялся перебирать Татьяны пожитки.

— Ты что же это, Таня? — тихо сказал он. — Говоришь — крестную навестить, а сама как будто навсегда собралась, и даже заготовочки для дитя новорожденного с собой сунула. А это, кажется, вольная? И письмо еще какое-то...

— Отдай! — Татьяна метнулась к нему, пытаясь вырвать конверт из рук Никиты, но он не отдал, а посмотрел на нее так строго, что она затравленно сникла и, поискав глазами, куда бы присесть, со стоном опустилась на стул у двери.

— Значит, так ты со мной? — только и смог вымолвить Никита, наскоро пробежав глазами письмо Андрея. — Барин опять поманил, а ты сразу и побежала? Врать начала, а, если бы я из Петербурга задержался, так и ушла бы, ничего не сказав, не попрощавшись? Так ты меня отблагодарить решила за то, что помог тебе в трудную минуту, что поддержал тебя, когда Андрей Петрович от тебя отступился?

— Не отступался он от меня! — воскликнула Татьяна. — Его заставили! А любит он меня! Он и прежде мне замуж предлагал, да невеста его словно почуяла что-то, на крыльях принеслась, разметала нас, рассорила.

— Но ведь венчался он сегодня, — Никита с недоумением посмотрел на нее. — А ты, что, в наложницы подалась?

— Не женился Андрей Петрович! — с вызовом бросила ему Татьяна. — Видать, у невесты его совесть проснулась, отказалась она от свадьбы. Прямо в платье подвенечном, из кареты не выходя, в столицу уехала с маменькой и папенькой.

— Кто же такое сочинил? — вздрогнул Никита.

— Сорока на хвосте принесла, — буркнула Татьяна и потом пояснила: — Дмитрий Варваре на кухне рассказывал. Говорят, Андрей Петрович не в себе сделался — в комнате заперся, ни с кем разговаривать не желает.

— А с тобой, решила, станет поприветливей? — зло спросил Никита.

— Он меня ждет, — глаза Татьяны засветились торжеством и радостью. — Вот письмо красивое прислал, прощения просит, хочет, чтобы мы вместе жили и ребеночек наш в незаконных не ходил.

— Спасибо тебе на добром слове, — с обидой поклонился ей Никита. — Как нужен был, так обещала, что родным отцом дитя звать будет, а как снова барин поманил — не родной стал и немилый?

— Господи, Никита! — Татьяна встала и с покаянным видом приблизилась к нему, заглянула в глаза. — Прости ты меня, грешную! Виновата я перед тобой, но сделать ничего над собою не в силах. Люблю я его, пуще жизни люблю. Нет мне без него ни покоя, ни счастья. Андрей Петрович для меня единственный и родной, и ребеночек наш — по любви, Богом данный. Это свадьба его супротив чувства была, ведь любит он меня, как и я, почитай, с самого детства.

— Неужели ты думаешь, что княгиня Долгорукая позволит сыну на бывшей крепостной жениться? — Никита с сомнением покачал головой. — Да и князь не больно прыток на такие подвиги, свою-то он Марфу бросил, слышали мы эту историю.

— А мы с Андрюшей уедем, — смело вскинула голову Татьяна. — Сами жить станем, где нас и не знают совсем. Заживем ладно, будем маленького растить.

— Какая же ты наивная, — вздохнул Никита. — Да разве так бывает, чтобы все, как пописаному? Только в сказках, да и среди них со счастливым концом больно мало найдешь.

— Послушай, — взмолилась Татьяна, — вот, скажем, если бы тебе вдруг Анна сейчас написала да за собой позвала, не бросился бы ты к ней, позабыв обо всем?

— Твоя правда, — грустно кивнул Никита. — Но она меня не позовет.

— Ты же сам сказал, что они с бароном расстались, — удивилась Татьяна.

— Может, и расстались, — пожал плечами Никита. — Да если что в их отношениях изменилось, то меня не касается. Потому что Анна ко мне никогда не изменится. Я ей всегдашний друг, по театру приятель, а любит она другого...

— Вот и я Андрея люблю, — просительно прошептала Татьяна. — Я ведь тебя не обманывала, Никитушка. Я за тебя по большому горю собиралась, чтобы ребенку позором глаза не кололи, да с глаз Андреевой невесты подальше уехать, и себе сердце не рвать.

— И то правда... — устало произнес Никита.

— Вот и рассуди, что мне теперь, когда Андрей один остался, гордость свою перед ним выпячивать? — Татьяна покачала головой. — Да и нет у меня той гордости! Все бы отдала, чтобы рядом с ним быть.

— А, была ни была! — Никита махнул рукой. — Давай соберем твои вещички, и отвезу я тебя назад. Пусть хотя бы ты будешь счастлива!

Никита решительно собрал с пола оставшиеся вещи, накрепко затянул узел и протянул Татьяне руку. Она с благодарностью приняла его помощь, и они вместе вышли из комнаты. Никита деловито снарядил сани, устроил в кошеве Татьяну с узлом и потеплее. И взнуздал лошадку, чтобы шла побойчей.

Всю дорогу до имения Долгоруких Татьяна дремала в санях, представляя себе картины их будущей жизни с Андреем. Вот войдет она в дом, Андрюша прижмет ее к груди и обнимет нежно, потом поцелует, прикоснется к округлившемуся животу и ласково поздоровается с малышом. А ее назовет женою при всех и защитит от недоброго взгляда Марии Алексеевны.

Татьяна была уверена, что и Лиза, и Соня встретят эту новость с сочувствием, в их доброжелательности она и не сомневалась. Да и князь Петр — неужели он восстанет против родного внука? Татьяна медленно покрутилась с боку на бок в огромной дохе, в которую ее завернул Никита, — в последнее время она стала чувствовать: внутри нее что-то происходит. Жизнь, которая зародилась в ней, начала пробуждаться и все чаще давала знать о себе. И осознание этого делало ее гордой и ответственной за судьбу нового человечка.

Татьяна вздохнула. Ничего, маленький, теперь нам уже не будет страшно, мы все окажемся вместе — я, ты и наш папа, любимый мой Андрей, свет мой в окошке, душа моя!

Уже въехав во двор, Никита заподозрил неладное — огней в доме почти не было, и кругом стояла неправдоподобная тишина. Татьяна, очнувшаяся от своих сладких грез, тоже заволновалась, и дите в унисон сердечным скачкам принялось потихоньку бузить в животе. Никита поддержал ее при сходе из саней, поднял узел с вещами и стал поддерживать на ступеньках, кабы чего доброго не поскользнулась.

Первыми навстречу им попались Аксинья да Дмитрий — тихие и удрученные. Татьяна кинулась к ним, но Аксюша вдруг заслезилась и убежала куда-то, а Дмитрий кивнул Никите хмуро и неодобрительно, словно говоря: не до тебя, мол, парень, не до разговоров нам.

Татьяна его остановила.

— Если мы некстати, так и скажи, не чужие, поди. А чтобы не мешались, отведи меня скорей к Андрею Петровичу, он ждет меня, ты же сам мне письмо его давеча привозил.

— Опоздало то письмо, — с ходу брякнул Дмитрий. — А к барину пока чего ходить — вот обрядят его, в церковку вынесут, тогда и прощайся!

— Ты что мелешь?! — воскликнул Никита, едва успевая поддержать покачнувшуюся Татьяну. — Беременная она, ей волноваться нельзя, забыл?

— И то, чего это я — так сразу, без подходу, — виноватым тоном произнес Дмитрий. — Простите вы меня, да только все сейчас в доме, как помешанные. Горе у нас — Андрея Петровича убили...

— Не-ет... — простонала Татьяна. — Врешь, живой он, он звал меня, он ждет!

— Давай-ка ее отведем туда, — почесал в затылке Дмитрий, обращаясь к Никите. — И не шучу я — барин твой, барон, с Андреем Петровичем повздорили, говорят, да Владимир Иванович в гневе нашего-то и застрелил. Не сразу, правда, умер — мучался еще, доктор Штерн приезжал, да все напрасно. Помер Андрей Петрович, как есть крест, помер!

— А-а-а... — Татьяна, казалось слушавшая его вполуха, завыла тихонько и вцепилась в Никиту.

— Нет, не может быть, не верю я, жив он! Андрюша, сердце мое!..

— Танечка, милая, успокойся, — Никита обнял ее и стал гладить по голове. — Коли так случилось, ничего не попишешь. Может, вернемся домой, а?

— Никуда я с тобой не пойду! — Татьяна зло и с силой оттолкнула его. — Я здесь останусь. Место мое — подле него, и, если Андрей умер, то и я умру. Сяду рядом и умру.

— Совсем баба сдвинулась, — покачал головой Дмитрий, — как бы кричать не начала, скандалу не оберешься. Прошли бы вы куда, да куда? Комната ее теперь под Сычихой. Давай я за Лизаветой Петровной схожу, пусть она решит.

— А ты чего приперлась? — раздался противный и резкий голос Полины. — Ступай вместе с женишком своим обратно, к хозяину-убивцу.

— Совести у тебя, Полина, нет, — рассердился Никита. — Видишь, плохо женщине, а ты свирепствуешь. И потом, с каких это пор твой барин тебе не хозяин?

— Не будешь с Анькой по столицам разъезжать! — усмехнулась Полина. — А то бы знал, что я нашла своих родителей, и отец мой — князь Петр Михайлович Долгорукий! Так что я нынче вольная и в доме этом, как дочь, принята. А барон твой теперь — убийца и посажен в тюрьму за то, что Андрея Петровича загубил.

— Не мог он, — недобро покосился на Полину Никита. — Барин не из таких, он против друга ни в жизнь не пойдет.

— Это он пусть на суде объясняет, — хмыкнула Полина, — а мне он больше не указ. Я сама здесь хозяйка...

— Не рановато ли обрадовалась, девушка? — в коридор вышла Лиза. Полина зыркнула на нее острым глазом и удалилась восвояси. — Здравствуй, Танечка, здравствуй, Никита... Вот такая у нас приключилась беда.

— Как же это? — Татьяна заплакала: по глазам и лицу Лизы она поняла, что надежды больше нет, как нет в живых и Андрея.

— Что случилось, того не вернешь, — прошептала Лиза, подойдя к Татьяне и взяв ее за руку. — Потерю эту не измеришь, и не изменишь ничего. Мне тоже страшно, и пусто на душе. Но мы должны жить и думать, что Андрей теперь в лучшем мире, и покой окружает его.

— Пусть он возьмет меня с собой, — прошептала Татьяна.

— Не смей так говорить! — нахмурилась Лиза. — Ты не одна, ты обязана думать о ребенке. Андрей бы тебе иного не простил.

Лучше идем со мной, я отведу тебя в комнату Сони, Никита отнесет твои вещи, а потом я попрошу кого-нибудь покормить тебя.

— Я не хочу есть, — устало произнесла Татьяна, — я хочу увидеть его.

— Лучше попозже, когда мы станем прощаться, — кивнула Лиза. — Но я опасаюсь, что это будет слишком тяжелое зрелище для тебя. А вдруг что случится с ребенком?

— Ты запрещаешь мне увидеться с ним? — вздрогнула Татьяна, но под укоряющим взглядом Лизы сникла и покорно пошла следом за ней.

Никита тяжело вздохнул и поднял узел с ее вещами, Дмитрий сердобольно покачал головой — что-то все же с этим домом неладно. Как будто проклятье лежит на роду Долгоруких, даже и не упомнить, были хотя бы когда спокойные дни?

— *Тсс!* — *Андрей подошел к постели, на которой спала Татьяна, и заговорщически приложил указательный палец к губам.*

— *Андрюша, родной, это ты?!* — *не веря своим глазам, воскликнула Татьяна, но Андрей осуждающе покачал головой, призывая ее к молчанию.* — *Ты живой? Я знала, что ты не убит! Я не верила, что с тобою что-либо могло произойти!*

— *С каждым бывает,* — *улыбнулся Анд-*

рей, — но ты права, я действительно не умер. Любящее сердце не обманешь!

— Но как же весь этот траур? — растроганно спросила Татьяна, когда Андрей осторожно присел на край кровати и привычно провел ладонью по завиткам ее пышных, пшеничных прядей, разметавшихся по подушке. Рука его была прохладной. — Ты что-то скрываешь? Это какой-то умысел? Что за тайны от меня?

— Нет никакой тайны, — успокоил ее Андрей. — Ты, наверное, слышала — папа не хотел простить Владимиру его прошлые отношения с Лизой, и все заставлял его жениться на ней. Но ведь это несправедливо! Владимир уже давно безнадежно влюблен в Анну, а она так же сильно любит его. Они должны быть вместе, должны быть счастливы. Все влюбленные должны быть счастливы, ты согласна со мной?

— Конечно! — согласилась Татьяна. — Взять хотя бы нас с тобой — твоя невеста поняла свою ошибку и ушла, чтобы мы могли, наконец, соединиться.

— Вот видишь, — тихо сказал Андрей, — я тоже не мог позволить отцу разрушить счастье друга. Ты не думай ничего плохого — я только притворился мертвым, чтобы отвлечь папеньку от дуэли, которую он затеял, пробуя заставить Владимира поступить так, как он хочет.

314

— Ты притворился ради счастья Анны и Корфа? — понимающе протянула Татьяна, но потом все же засомневалась. — Стоило ли подвергать себя и своих родных такому риску? Ты видел, как все переживают? А я? Ты не подумал о нас с маленьким? Я думала, что земля из-под ног убежит, сердце оборвется, когда заслышала про твою смерть. Господи, да я ведь чуть с ума не сошла!

— Не говори так, — Андрей укоряюще посмотрел на нее, — смерти нет. Даже когда мы уходим — мы остаемся с теми, кто нам дорог. Уверяю тебя, все будет хорошо, и я никогда не покину вас. Я буду заботиться о тебе и нашем ребенке.

— Ты пугаешь меня, Андрей, — побледнела Татьяна, — ты словно здесь и не здесь. Ты говоришь, что любишь меня, но отчего-то мне так морозно и маетно... Ты не договариваешь чего-то, боишься сказать мне всю правду. Я это чувствую, я это слышу. Андрей!..

— Да-да, я тоже слышу, — кивнул Андрей, — извини, мне надо торопиться. Мне пора...

Татьяна протянула руки к Андрею, но он, как будто чего-то испугавшись, быстро встал и с таинственным видом скрылся в стене у окна. Татьяна вскрикнула и открыла глаза.

— Ой, кто это?! — стоявшая у ее изголовья Долгорукая перекрестилась и с удивлением уставилась на нее. — Татьяна? А ты что здесь делаешь? Почему разлеглась в постели Сони, точно барыня какая?

— Простите, Мария Алексеевна, — Татьяна стыдливо натянула одеяло до подбородка, — мне Лиза сказала, что я могу пока отдохнуть в комнате Софьи Петровны.

— А чего тебе отдыхать? — Долгорукая недоуменно принялась рассматривать ее. — С каких это пор такие послабления служанкам? Это все Андрей тебя избаловал! Вот вернется из Петербурга, я ему попеняю.

— Значит, вы тоже знаете, что он жив? — обрадовалась Татьяна, поднимаясь на постели.

— А с чего ему живу не быть? — пожала плечами Долгорукая. — Они еще вчера с Наташей в столицу уехали украшения к свадьбе покупать.

— К свадьбе? — растерялась Татьяна. — Так свадьба же расстроилась, Мария Алексеевна...

— Типун тебе на язык! — вскричала Долгорукая. — Ишь, размечталась! Ничего подобного — завтра они поженятся, станут жить-поживать да добра наживать. Потом и внучата пойдут мне на радость.

— Мария Алексеевна! — Татьяне вдруг стало страшно. Вчера Дмитрий говорил, что княгиня умом тронулась, узнав о смерти Андрея,

316

значит, все правда? Андрей погиб? Или ей самой все приснилось — вольная, отъезд с Никитой, письмо Андрея, возвращение и ужасная весть? — Матушка, княгиня, Мария Алексеевна, что же вы делаете со мной?! Давеча только все вокруг меня уверяли, что Андрей Петрович погиб, а потом он сам ко мне пришел и рассказал, что не умер. И вот вы еще теперь — и того хуже! Как же это может так быть, чтобы одновременно человек был и жив, и мертв, писал мне письмо, что расстался со своей невестой, и уезжал вместе с нею в столицу за подарками к свадьбе?

— Ты что путаешь меня? — рассердилась Долгорукая и принялась водить глазами по потолку. — Нет сейчас у Андрюши другой заботы, кроме как о свадьбе с княжной Репниной. А я уж на них и не нарадуюсь — они так подходят друг другу, просто как голубок с голубкой.

Татьяна тихо всхлипнула и только приготовилась зареветь, как дверь в комнату открылась, и на пороге появился Никита.

— Вот, зашел проведать и попрощаться, — кивнул он Татьяне, а потом вежливо с поклоном — княгине. — Наше вам, Мария Алексеевна...

Долгорукая холодно посмотрела на него, перевела взгляд на Татьяну, и вдруг на лице

317

ее отразилась какая-то тревожная мысль. Долгорукая стала в секунду бела, как полотно, и со стоном опустилась на постель рядом с Татьяной.

— Где это я? — прошептала она, будто сама с собою разговаривала.

— Вы в своем доме, Мария Алексеевна, — жалеющим тоном сказала Татьяна, вставая и подходя к ней.

— Видать, прав, Дмитрий — совсем плоха, барыня, — покачал головой Никита. — Может, сказать, чтобы врача ей позвали?

— Врач? — вдруг зашлась страшным смехом княгиня. — Да что он может? Мертвого и я от живого отличу. А вот лучше пусть признается, где Андрея прячет. Показали мне вчера куклу восковую — руки ледяные, глаза пустые. Нет, мой Андрюшенька — мальчик добрый и веселый. Он всегда к маменьке подбежит, головку приклонит, обнимет ручками — ангелочек просто.

— Андрей Петрович и есть ангел, — принялась утешать ее Татьяна. — Точно знаю — на Небе он! Зла Андрюша никому в своей жизни не сделал.

— Это так, — поддержал ее Никита, — во всем белом перед Господом представился.

— Представился? Почему представился? — опять заволновалась Долгорукая. —

Что такое вы все время говорите да сказать не можете?

— Мария Алексеевна, — ласково прошептала Татьяна, — нет больше нашего Андрюшеньки... Ушел он от нас.

— Умер он, — просто сказал Никита и осекся — Татьяна метнула на него такой сердитый взгляд, что ему стало неловко за свое случайное бессердечие.

— Умер? — Долгорукая болезненно поморщилась. — Не мог мой сыночек умереть, не может того быть, никак не может...

— Так и есть, Мария Алексеевна, — кивнула Татьяна, — уж поверьте мне — не ушел Андрей Петрович. Здесь он, во мне.

— Ты о чем это, глупая? — нахмурилась Долгорукая.

— Здесь, под сердцем, — для вящей убедительности показала Татьяна. — Это он, это его ребеночек у меня.

— Дитя? От Андрея? — Долгорукая с интересом посмотрела на нее и взгляд ее отчасти прояснился. — Тогда береги его, никому не говори! А то, как прослышат, накинутся на тебя и отнимут Андрюшу. Как у меня отняли.

— Боже, да что это с нею? — Татьяна расстроилась и умоляюще посмотрела на Никиту — тот понимающе покачал головой и, подойдя к Долгорукой, взял ее под руки и поднял с постели.

— Пойдемте, Мария Алексеевна, я вас к семье отведу, вместе всегда легче горе переживать.

— Да нет у меня никакого горя, — улыбнулась она. — Вот только тайна есть. И у тебя, Татьяна, тоже тайна есть. Ты береги ее, никому правды не открывай, а не то разверзнется земля под ногами, расступится пучина морская, и откроется картина ада ужасная.

— Как скажете, — по-доброму промолвил Никита и, точно маленькую, повел княгиню из комнаты.

Едва они ушли, Татьяна откинулась на подушки и тихонько заплакала. Больше всего на свете ей хотелось сейчас зарыдать по-дикому, упасть на пол, биться головой, растрепав повдовьему волосы. Сколько раз она видела в деревне, как истошно вопили бабы по сгинувшим на поле боя рекрутам, и лишь и просила Господа, чтобы уберег ее от такой судьбы. Но разве уйдешь от нее, от судьбы-то?

А она ведь глупость заподозрила — вообразила, что Сычиха про кровосмешение говорит, когда в бреду на нее да на Андрея смотрела. Знала, колдунья, его конец, потому и предупреждала. Но они не поняли, не догадались. Впрочем, может ли когда человек в гордыне своей поверить в неизбежное?

Татьяна вздохнула — нельзя ей волноваться, ей о маленьком беспокоиться надо, чтобы рос счастливым и здоровым. Татьяна вдруг испытала такой прилив нежности к еще не рожденному ребенку, что захотелось сказать и сделать для него что-то приятное. Она стала гладить себя по животу и напевать что-то протяжное и убаюкивающее.

Голос у нее был низкий, бархатный, и песня выходила величавая, теплая. Мелодия текла, как река в погожий день, — плавно и свободно, как будто сама по себе несла свои воды в необозримую даль. Даль светлую и прекрасную, в которой нет ни боли, ни горя, где цветут волшебные сады, и птицы щебечут подголоском ее песни. Там дышится легко и шагается без усилий, точно летишь по воздуху, не задевая земли, не касаясь предметов и деревьев. Там люди такие же добрые — их сердца горячи, а мысли — прозрачны. И время не имеет там никакого значения, потому что — нет всему этому благолепию конца. Смерти нет... смерти нет... смерти нет...

В вечер, предшествующий похоронам Андрея, семья впервые за эти дни собралась в гостиной. Все двигались как-то тихо и сосредоточенно — входили по одному и садились на привычные места: Долгорукая — на свой любимый диванчик, Лиза и Соня — на полукруглый диван у окна, Татьяна — на стул при входе. Князь Петр появился на пороге гостиной под руку с Полиной и, отечески похлопав ее по запястью руки, вежливо пропустил вперед. Полина быстро огляделась и, увидев свободное место, немедленно подалась к нему.

— Нет! — вскричала, смертельно побледнев, Долгорукая, и ее бледность в неярком освещении настенных канделябров казалась попросту мистической.

Полина вздрогнула — на нее со всех сторон смотрели озлобленные женщины. Полина надулась и тотчас бросилась за помощью к папеньке.

— Да чем же я провинилась, отец? — она припала к груди князя Петра и как будто заплакала.

— Ничего, ничего, милая, — Долгорукий успокаивающе притянул ее голову к себе и поцеловал в лоб. — Ты, верно, не знала — это место Андрея. Он всегда сидел в кресле после ужина, когда мы все встречались в гостиной выпить чаю.

— Господи Боже! — прошептала Полина и истово перекрестилась. — Да разве я на покойничье место уселась бы? Сказали бы прежде, я бы и не пошла.

— Это еще почему — покойничье? — обиделась Долгорукая. — Андрюша скоро придет, и мы сможем приступить к чаепитию.

— Маша, — князь Петр укоризненно покачал головой, — держи себя в руках, не одной тебе плохо.

— О чем ты, Петя? — Долгорукая с невинным видом обернулась к нему.

Ее шея двигалась, как у совы, словно была на механических бесшумных шарнирах.

— Маменька, — Соня встала и подошла к ней, — не терзайте себя, этим горю не поможешь. Андрей мертв, и мы должны принять это.

— Андрей жив, — убежденно сказала Долгорукая, непонимающим взглядом обвела всех находившихся в гостиной, и, остановившись на Татьяне, понимающе подмигнула ей. — Мы-то с тобою, милочка, знаем, что он жив. Не правда ли?

— Что это значит? — князь Петр с суровым выражением на лице посмотрел на Татьяну.

— Мария Алексеевна знает, что я ношу под сердцем ребенка Андрея Петровича, — смущаясь, объяснила Татьяна. — Вот и говорит так... А я не спорю — мне самой кажется, что Андрей Петрович не умер, раз во мне растет его дитя. Мне даже кажется, я видела его — вошел в дверь и... Ах!

— Что с тобой, Таня? — удивился князь Петр и, проследив за ее рукой, побелел. — Андрюша, ты?

Ужас охватил всех — в дверях, раскрыв их, но, не приближаясь, стоял Андрей. Он был, каким его запомнили в последний раз — во фраке и рубашке с манжетами, с гладко причесанными волосами и быстрым взглядом из-под тонкой золотой оправы.

Андрей стоял молча и пристально смотрел каждому в глаза, медленно поворачивая голову от одного родного лица к другому.

— Свят, свят! — зашептала суеверная Полина.

— Ты чего это, приблудная? — насмешливо спросила Долгорукая и встала, направляясь к Андрею. — Я же говорила вам — он жив! Не мог он умереть. Я этого не хотела. Он не должен был попасться в эту мышеловку. Я ее для муженька своего развратного готовила — стал бы с безумным бароном стреляться, вот тебе и награда за все хорошее. А еще лучше, если бы тот пистолет к Корфу попал, — радость моя не знала бы меры.

— Маша... — с ужасом воззрившись на жену, прошептал князь Петр.

— Маменька, — всхлипнула Соня, — что вы такое говорите? Как же вы могли?

— А чего здесь такого сложного? — спокойно пожала плечами Долгорукая, подходя к Андрею и обнимая его. — Милый ты мой, как я счастлива, что ты вернулся! Ты на меня не гневайся, Бога ради, я боек подпилила, чтобы он как будто случайно сработал. И зачем ты только ту коробку в руки брал? Но ничего, теперь все позади, мы опять вместе. Все вместе...

— Тане плохо! — вдруг вскричала Лиза, обращаясь к Андрею. — Довольно уже, хватит, слышишь, хватит!

— Простите меня, — заговорил Андрей голосом Репнина и снял с головы черный парик.

Долгорукая безумным взглядом следила за тем, как Михаил снимает очки и отклеивает бачки. Сомнений не осталось — в костюме Андрея перед ними стоял князь Репнин.

— Это жестоко, князь! — вскричала Соня и зарыдала.

— Не приставай к Мише, — бросила ей Лиза, поднося флакон с нашатырем к лицу Татьяны. — Это с моего согласия он решился на маскарад.

— Ты безумна, как и твоя матушка, — глухим голосом заговорил князь Петр, схватившийся за руку Полины, чтобы не упасть от пережитого потрясения.

— Не лучше ее, но и тебя не хуже, — огрызнулась Лиза, помогая Татьяне прийти в себя. — Танечка, милая, ты нас извини, но другого способа узнать правду не нашлось.

— Правду?! — зарычал князь Петр. — Какую правду?!

— Умоляю, простите нас, Петр Михайлович, и вы, дамы, — Репнин повинно склонил голову перед собравшимися. — Но я не мог поверить в то, что барон Корф решился убить друга. И тогда я внимательнейшим образом осмотрел пистолеты. Тот, что стрелял, оказался поврежденным. Он был заряжен и сработал бы в любом случае, выстрелив в первого, кто прикоснулся бы к нему. По страшной, невероятной случайности, этим первым оказался Андрей.

— Когда мы догадались, что пистолет поврежден, — продолжила его рассказ Лиза, — мы захотели узнать правду: кто убийца. И тогда возник этот план. Мы были уверены: убийца не сумеет не выдать себя, увидев воскреснувшего Андрея. Только я и представить себе не могла, что это — маменька...

— Вообще-то, честно говоря, лично я подозревал Полину, — признался Репнин. — За ней подобное водилось, однажды она из ревности чуть не сожгла Анну, заперев ее на конюшне.

— Вот еще! — вскинулась Полина. — Нашли изверга!

— Да как вы смели подозревать мою девочку? — рассердился князь Петр. — Пожалуй, мне стоит поторопиться с тем, чтобы раз и навсегда избавить тебя от прошлого, дав твое настоящее имя и новую жизнь, которой у тебя до сих пор не было.

— Благодарю вас, папенька, — расцвела Полина, еще крепче прижимаясь к князю.

— Я готов извиниться перед Полиной, — смиренно склонил голову Репнин. — Я думал о ней хуже, чем она есть. Будем считать, что я ошибался.

— Оставь реверансы, Миша! — презрительно сказала Лиза. — Мне нет дела до этой самозванки. Отец, вы действительно настолько увлечены этой деревенщиной, что даже не понимаете, что произошло в вашем доме? Вы не поняли, что ваша жена, мать ваших детей, хотела убить вас, а убила собственного сына, моего брата?!

— Лиза, прошу тебя, пусть эта страшная правда останется между нами, — тихо сказал князь Петр, глядя на неподвижно сидевшую на диванчике Долгорукую.

После того, как Репнин открылся, она, точно слепая, добрела до своего любимого места в гостиной и замерла там, подобно египетскому сфинксу — величественная и холодная.

Соня и Татьяна переглянулись между собой и согласно кивнули князю Петру.

Лиза растерянно взглянула на Репнина.

— Однако, Петр Михайлович, — твердо сказал он, — вы, кажется, забыли, что по вашему обвинению в тюрьме сидит невиновный человек. Призывая нас всех скрыть правду, вы обрекаете Владимира на каторгу, а, быть может, и на смерть.

— Мне сейчас не до Корфа, — с раздражением ответил князь Петр и попытался подойти к жене, чтобы увести ее из гостиной, но Репнин преградил ему дорогу.

— Я не позволю вам наказывать Корфа за то, чего он не совершал, — тихо, но с угрозой произнес Репнин.

— А я не питаю никакого сочувствия к барону, чтобы прощать ему все его предыдущие прегрешения!, — воскликнул князь Петр.

— Так вы решили воспользоваться случаем, чтобы избежать дуэли? — понимающе усмехнулся Репнин. — Вы прекрасно знаете, что Владимир стреляет лучше вас, и хотите избавиться от более сильного соперника?

— Вы обвиняете меня в трусости? — вскипел князь Петр.

— Я обвиняю вас в подлоге и заведомо ложном обвинении! — торжественно сказал Репнин.

— Вы ничего не докажете, — недобро улыбнулся князь Петр.

— Докажу, еще как докажу, — в тон ему ответил Репнин. — Я забрал из вашего кабинета коробку с пистолетами. Это, во-первых, а во-вторых, — у меня есть свидетель — Елизавета Петровна.

— Лиза?! — Долгорукий с возмущением обернулся к дочери. — Ты пойдешь против отца своего?

— Ты не оставил мне иного выхода, папа, — кивнула Лиза. — Ты пытаешься насильно выдать меня замуж за Корфа, которого я не люблю. Ты глух к моим мольбам, почему я должна слышать твои просьбы?

— Но как же честь семьи? — побледнел князь Петр.

— Вы могли бы избежать всех расспросов и разбирательств, — предложил рассудительный Репнин, — если немедленно отправились со мною к судье.

— И что мы скажем ему? — недоверчиво покосился на него князь Петр.

— Что еще раз проверили пистолеты и обнаружили, что боек одного из них оказался неисправен, и поэтому смерть Андрея — несчастный случай. И у вас нет претензий к барону Корфу. А что касается княгини, то я настоятельно рекомендую вам как можно скорее увезти ее отсюда и показать хорошему врачу. Впрочем, судьба княгини — в ваших руках. Делайте с ней, что хотите. Я жду от вас только одного — мы едем с вами к судье или нет?

— Шантаж? — надменно спросил князь Петр и еще раз обвел взглядом гостиную. Дочери смотрели на него настороженно, и лишь Полина — преданно, с беспрекословной готовностью подчиняться. — Похоже, в этом доме лишь одна Настя поддерживает меня. Хорошо, я подчиняюсь чуждой мне силе. Так и быть, едем к судье...

Оставшись в гостиной одна — Долгорукую под присмотром Сони и Лизы заперли в ее комнате, а князь Петр в сопровождении Репнина уехал высвобождать Корфа — Полина с торжеством огляделась по сторонам. Решимость настроения старшего Долгорукого была для нее очевидна: папенька хотел сделать ее наследницей всего этого, и скоро дом и все в нем — мебель, картины — станут ее собственностью. Она будет владеть имением безраздельно!

Полине даже и в голову не пришло, что Долгорукий поступает несправедливо, — ведь она так пострадала во младенчестве, по воле злого рока оказавшись рабыней, лишенной всех радостей жизни, не похить ее вороги из колыбели. Сказка, грезившаяся в девичьих снах, стала явью, и Полина ощущала себя героиней одного из тех женских романчиков, один из которых успела просмотреть давеча, потихоньку вытащив книжку у Сони.

Книжка, хотя чтение и давалось ей с трудом, произвела на Полину неизгладимое впечатление, и она то и дело представляла себя прекрасной юной графиней, отнятой от груди матери кровожадными пиратами и проданной на невольничьем рынке Константинополя. «Потерянная и обретенная» — это была она, Полина, — нет, Анастасия Долгорукая, княжна и богатая наследница.

Полина уже представляла себе, как будет принята в высшем свете, как появится на балу, где кавалеры — один другого краше и знатнее — бросятся наперебой приглашать ее на танец. Она не станет отказывать никому, но и обещать ничего не станет. Приглядится, присмотрится, кто покажется идеалом: чтобы и собой хорош, и молод, и в чине, и при деньгах. Теперь у нее есть повод быть разборчивой — она и сама нынче имеет все... ну, будет иметь! Осталась всего малость — Полина нутром чувствовала, что князь Петр не шутит. Сказал, что все завещает ей — так и сделает.

Все, хватит, прошли те времена, когда она, чтобы от тяжелой работы оторваться, к хозяину ластилась, а ради того, чтобы актрисой на Императорской сцене представиться, тому противному плешивому старику глазки строила. А еще и с Забалуевым пришлось поближе сойтись — впрочем, этот ей пока еще нужен, как никак предводитель уездного дворянства. Пусть свое дело сначала сделает, документ закрепит о ее происхождении, а потом — ищи себе новую утеху, волосатый коротышка!

А вот бы сейчас перед Модестовичем похвастаться, подумалось Полине. Все говорил, что в Курляндию возьмет, баронессой сделает, ан нет — она теперь сама княжеского роду и на Модестовича даже не взглянет. Ему, конечно, это в обиду, но, однако, полезно. Враль Вральич золотые горы обещал, сантименты разводил. Попользовался и сбежал, где он теперь-то, рыжий черт?

Полина ахнула и застыла на месте, как вкопанная, — словно отвечая на ее немой вопрос, в дверях показался Карл Модестович. Появился бочком, протискиваясь между створками, и опасливо косился по сторонам. Потом, убедившись, что кроме Полины в гостиной никого, крадучись подбежал к ней.

— Где князь, Полька? — быстро спросил он. — И чего ты здесь, как барышня разнаряженная? Продал тебя, что ли, барин за грехи твои?

— А ты мне, Карл Модестович, не тыкай! — высокомерно сказала Полина. — И нечего меня за задницу щупать, а то, неровен час, вернется Петр Михайлович, застанет тебя и так за рукоблудие отметелит, что долго не забудешь.

— Ой, ой, ой! — с притворным испугом взглянул на нее Модестович. — А с какой это надобности князь Петр за крепостную девку заступаться будет? Или ты уже и его на грудь приняла?

— Петр Михайлович — не любовник мне, а отец, — с вызовом объявила Полина.

— Отец? — Модестович хотел рассмеяться, но поперхнулся. — Ты чего мелешь, дура?!

— И не дура вовсе, — с достоинством пожала плечами Полина. — Я — недавно найденная пропавшая в детстве дочь князя, и имя мне настоящее — Анастасия. Так что ты и руки не распускай, и язык попридержи, а не то велю слугам — тебя живо захомутают и на конюшню отведут.

— Больно строга ты, матушка, — ехидно произнес Модестович, но все же задумался. И впрямь, ведет себя Полька в доме слишком свободно, и одета не по рангу, не то, что она у Корфов в служанках ходила. — И когда же такое чудо открылось? Почему не знаю? Не та ли ты дочь, которую Марфа, бывшая князя наложница, недавно разыскивала? Значит, князь Петр — тебе отец, а она — тебе мать?

— Мне мать убийца не нужна, — нахмурилась Полина. — Князь Петр меня удочерит и в семью впишет.

— Может, он тебе еще и наследство даст? — недоверчиво улыбнулся Модестович.

— Да, — подтвердила Полина. — Папенька мне все по завещанию передаст. Так что знай свое место, Карлуша! Я скоро стану здесь хозяйкой, буду всем владеть и заправлять.

— Шутить изволите? — растерялся Модестович.

— А вот и нет! — хмыкнула Полина. — Завтра, как сыночка их похоронят, князь собрался объявить всем о своем решении. И буду я здесь полновластной царицей, и поеду с ним потом в Петербург жениха себе выбирать.

— Царицей, говоришь? — сладко заулыбался Модестович и с объятиями развернулся к ней. — А царице без любовника никак нельзя...

— Ладно, ладно, Модестович, — Полина слишком явно отбиваться не стала, но от поцелуя увернулась. — Ты свои нежности побереги пока, чтобы при людях не выставлять.

— Да где здесь люди? — не унимался Модестович, пытаясь накрепко поцеловать ее в губы.

334

— А вдруг войдет кто? — Полина поднапряглась и отпихнула его. — Мне сейчас честь свою девичью позорить перед папенькой не резон. Он на меня молится, вот пусть так и будет.

— И что же мне для тебя совершить, чтобы ты к старому другу поласковей сделалась? — зашептал Модестович.

— Есть, есть у меня для тебя задание, — вдруг просияла Полина. — Выполнишь — заплачу, останешься доволен.

— Хорошо, однако, что мать твоя — не княгиня Долгорукая, — покачал головой Модестович. — Та тоже много чего обещала, да выполнила — на грош.

— Э, вспомнил кого! — рассмеялась Полина. — Княгиня вообще головой повредилась окончательно, какой с нее спрос? А я за верность не обижу, только сделай все складно.

— И что за работа? — кивнул Модестович. — Ты сама ненароком не задумала кого порешить?

— Порешить — не порешить, а с дороги убрать кое-кого все же надобно, — Полина вдруг стала совершенно серьезной и понизила голос. — Требуется от одной безумной особы тихо и быстро избавиться. Навсегда!

— Ты что про Марью Алексеевну плохое задумала? — испугался Модестович.

— Вот еще! — махнула рукой Полина. — Она и так плоха, без меня кончится. Тут у нас еще одна невменяемая по постелям вылеживается. Надо бы ее куда подальше пристроить. А потому хочу, чтобы ты мне подсобил...

Полина замолчала и прислушалась — не идет ли кто. Модестович тоже головой завертел — нет ли свидетелей нежелательных, или другой опасности какой. Потом Полина поманила его к себе пальчиком — мол, придвинься поближе, я тебе на ушко важное расскажу. Модестович угодливо поспешил к ней прижаться, и Полина зашептала ему в самое ухо:

— Завтра, когда все на похороны пойдут, приезжай сюда да сделай вот что...

— Владимир Иванович, милый вы наш! — Варвара со слезами бросилась к Корфу, едва он вошел в прихожую. — А я уж и не чаяла свидеться! Думала — все, загиб наш соколик без вины и без времени!

— Что ты, Варя, — растрогался Корф, застывая в ее объятиях. Давно уже он не чувствовал материнского тепла и подобной душевности. — Все в порядке, я жив, свободен, оправдан по всем статьям.

— Слава тебе, Господи! — Варвара, наконец, отпустила его и перекрестилась. — У нас никто не верил, что вы виноваты, барин. Промеж слугами решали — досудились до того, что без барыни Долгорукой тут не обошлось, никак она, коварная, западню устроила.

— Ты о людях плохое в голове не держи, — остановил ее Корф, памятуя о своем обещании, данном князю Петру и Мише — не разглашать истинную причину смерти Андрея. — Мария Алексеевна серьезно больна, а о больных дурного слова не говорят. Пожалей ее и прости по-христиански.

— Да мне до нее и дела нет, — кивнула Варвара, хотя и поняла чутьем: недоговаривает барин, видать, правда или слишком ужасна, или присягой запечатана. — Для нас всех главное — вы вернулись, целый и невредимый, да еще и подчистую. Что теперь делать станете? Может — в баньку и поесть вкусненького? Через пар — все дурное сойдет, а как поедите, — жизнь светлее покажется.

— Хорошо, Варя, — улыбнулся Корф — ему было приятно, что кухарка вдруг обратилась нянькою, и, как в детстве, принялась баловать его. — Бери надо мной руководство, сделаю, как велишь. Может, и правда, все плохое уйдет, а хорошее объявится?..

Когда посвежевший и словно обновленный, в чистой белой рубашке навыпуск Корф появился в столовой, Варвара уже накрыла ему обед — под водочку, чтобы кровь ожила. Кухарка заботливо сама подливала ему супчику куриного да подкладывала кусочек мясной понежней. Служанок спать прогнала, а Никите велела, чтобы в оба смотрел, дабы никто к барину беспокоить не сунулся.

Отобедав, Корф разом почувствовал такую усталость, что Варваре пришлось прислонить его к себе и помочь добраться до спальной. Варвара уложила Владимира, взбив для него подушки повыше и подоткнув одеяло, точно маленькому. А потом села на край постели рядом с ним и запела тихонько что-то протяжное и доброе, как будто убаюкивала, и Владимир быстро и незаметно погрузился в спокойный, ровный сон. Он дышал глубоко и время от времени улыбался. Знать, что-то хорошее увидел, поняла Варвара. Она наклонилась, поцеловала его в лоб и на цыпочках вышла из спальной, осторожно притворив за собой дверь.

Утром Владимир проснулся непривычно бодрым, как будто заново родился. Пережитый сон словно вернул его в детство — Владимир увидел себя маленьким, он играл с мамой в саду на лужайке. Мама качала его на качелях, а он уносился в небесную даль и смеялся, радостно и счастливо, как умеют смеяться лишь дети...

Корф вздохнул — время, проведенное в тюрьме, побудило его к размышлениям о своей жизни. И Владимир вдруг открыл для себя, что неправильно жил — не прощал обид, был высокомерен и циничен, не ценил тех, кто любил его, и боялся любить сам. Он гордился своим одиночеством, но, лишь действительно оставшись один, осознал, как тяжела эта ноша. Корф впервые подумал о том, что, если бы судьба дала ему возможность все начать сначала, он непременно воспользовался данным ему шансом.

— А вы что здесь делаете? — негодующим тоном вскричал Корф, входя после завтрака в библиотеку.

На диванчике рядом с винным столиком, развалясь, с наглой физиономией, сидел Забалуев и, причмокивая от слишком демонстративно показываемого удовольствия, попивал любимый баронов коньяк.

— С возвращением, Владимир Иванович, — вполне миролюбиво произнес Забалуев. — Я, разумеется, не верил в вашу вину, но все же было приятно убедиться, что не ошибся в вас.

— Не могу сказать, чтобы меня особо беспокоило ваше мнение, — Корф сдержал себя от желания немедленно вышвырнуть из дома этого подонка. — Но все равно благодарю. Так что вы хотели?

— Немного, совсем немного, барон, — недобро улыбнулся Забалуев. — Я хочу, чтобы вы возместили мне убытки, что нанесли моему положению и благосостоянию ваши собственные поступки и действия ваших друзей.

— Вы тоже требуете сатисфакции? — рассмеялся Корф. — Это князь Петр посоветовал вам? Что ж, извольте, я готов хоть сейчас стреляться с вами.

— Нет уж, — покачал головой Забалуев, — чтобы вы сразу меня убили? Нет-нет! Я хочу компенсации, настоящей, весомой, которая позволила бы мне безбедно вести тот образ жизни, к которому я привык за последние годы.

— Деньги? — удивился Корф. — С какой стати и за что я должен вам платить, сударь?

— А вам и невдомек? — Забалуев даже в ладоши похлопал — так ему стало весело. — Посудите сами, вы стрелялись с наследником, и поэтому в Двугорское вслед за вами отправился князь Репнин, который сделал мою жизнь невыносимой. Из-за вас разрушились мои отношения с цыганами, из-за вас с вашим дружком князем я на грани развода с Елизаветой Петровной, вы обвиняли меня в убийстве вашего батюшки и подставили в деле Калиновской.

— Лучшая защита — нападение? — криво усмехнулся Корф. — Понимая, что все ваши грязные замыслы рухнули, вы собираетесь обвинить в этом меня и князя Репнина? Ловко, удобно... Только я не стану раскаиваться в том, что — пусть даже невольно — содействовал разоблачению такого негодяя, как вы.

— Значит, если я вас правильно понял, платить по счетам вы отказываетесь? — Забалуев встал с диванчика и вызывающе посмотрел на Корфа.

— С подлецами не торгуюсь! — воскликнул барон. — А станете перечить — позову слуг и попрошу их оказать вам те почести, которых вы заслуживаете.

— Хорошо, — с тихой угрозой произнес Забалуев, — тогда даже не мечтайте снова увидеться с Анной...

— Что ты сказал?! — Корф бросился к Забалуеву и схватил его за грудки, чуть приподнимая над полом. — Повтори, что ты сказал? Что ты сделал с ней, бандит?!

— Желаете узнать, где Анна, — прохрипел Забалуев, размахивая руками и дергая ногами, точно повешенный, — отпустите, иначе никто не будет в силах ей помочь.

— Негодяй! — вскричал Владимир, вынужденный оставить его. Забалуев едва не упал, у него закружилась голова, не хватало воздуха. — Где Анна, говори! Что с ней?

— И чего это вы так разволновались? — Забалуев откашлялся и изобразил на лице лучшую из своих умилительных улыбок. — С госпожой Платоновой все в порядке, вот только свободу она получит лишь после того, как вы заплатите мне за все, что я потерял. А хочу я немного — перепишите на мое имя ваш петербургский особняк.

— Наглец! — зарычал Корф.

— Поберегите силы и эмоции, — как ни в чем не бывало, продолжал Забалуев. — И дважды я повторять свои условия не стану. Хотите убить меня — сделайте это немедленно, я все равно унесу тайну местонахождения Анны в могилу. И тогда вы можете искать ее хоть до скончания века. Надумаете договориться — завтра я сам навещу вас в вашем доме в Петербурге. И не пытайтесь меня обмануть — только я знаю, где сейчас Анна, и от вас зависит ее жизнь. Не будьте жадным, барон, поделитесь с обездоленным и несчастным человеком. Я никому не желаю зла. Я просто хочу вернуть то, что у меня отняли. Я ухожу, но не прощаюсь, — до встречи в столице. Время и место нашей встречи назначено — буду рад видеть вас там...

Глава 4
Потерянная и обретенная

— Вы чем-то расстроены, Натали? — участливо спросил Александр.

Вот уже несколько дней, как княжна Репнина вернулась к своим обязанностям при дворе. Александр несказанно обрадовался, увидев ее в свите государыни, и с большим трудом сдержал радость при встрече с нею. Наташа была связана с самыми светлыми воспоминаниями в его жизни, и Александр боялся нарушить равновесие, установившееся между ними в их последнюю по времени встречу, и бросить даже самую малую тень на прекрасные моменты их прошлого.

Поначалу Наташа сторонилась его — была сдержанна и корректна, но потом все же оттаяла и однажды согласилась сыграть с ним партию в шахматы. Александр с непривычной для него самого нежностью взрослого, умудренного годами и жизнью мужчины, наблюдал за тем, как она перебирает завитки волос и чуть близоруко морщит носик, по привычке, распространенной между светских барышень, редко признававшихся в недостаточности своего зрения.

Все было мило, а сама Наташа — просто очаровательна, и Александр вынужден был признаться себе, что испытал огромное облегчение, узнав о ее разрыве с князем Андреем Долгоруким. И впервые позволил себе назвать чувство, что разъедало его, когда речь заходила о княжне Репниной, — Александра душила ревность. И хотя он по-прежнему не желал себе другой супруги, кроме принцессы Марии, Натали была нужна ему, как воздух, как обязательная составляющая. Александр плохо представлял в такой роли Ольгу, которая стремилась доминировать и обладать им полностью и безгранично. Но Наташа стала другом, оказавшимся важнее и ближе всех — даже самых близких, потому что каким-то необъяснимым образом была неразрывной частью его «я», необходимостью, данной от рождения.

Александр чувствовал — Натали и сама вздохнула свободно, когда вырвалась из Двугорского. Он понимал — она бежала... от чего, от кого? Не только от Андрея, в отношении к которому никак не могла разобраться, — скорее всего, от самой себя, неуверенной в неизбежности этого брака. А еще — от замужества, грозившего стать обязательством — перед семьей, своей собственной и своего жениха, перед ним самим.

Александр догадывался, что Репнина — вольная птица — оказалась не готова к самопожертвованию, и никоим образом не осуждал ее эгоизм, потому что именно эта ее независимость и стремление к переменам, эта восхитительная воздушность и легкомысленность характера делали Наташу особенно привлекательной и желанной. Ибо ничто так не держит мужчину подле женщины, как угроза ее потерять.

И вот она опять предстала перед ним — в слезах и удрученная. И Александр немедленно принялся перебирать в памяти слова или поступки, которые могли быть сказаны или сделаны им и по неосторожности подвергли княжну осуждению со стороны императрицы.

— Признайтесь, что не я причина ваших слез? — с надеждой в голосе спросил Александр, подходя к Наташе, одиноко сидевшей на мраморной скамье в дальнем углу коридора, ведущего в покои государыни.

Наташа не ответила и лишь протянула ему письмо, которое читала до его прихода. Александр, тронутый таким доверием, осторожно взял листок из ее рук и принялся читать. После первых же строк он в изумлении сдержанно ахнул и соболезнующе взглянул на Наташу.

— Простите, Натали, я не знал, — тихо сказал Александр, пробежав глазами послание Репнина. — Это так неожиданно! И нелепо! Какая бессмысленная смерть!

— Это я убила его, — прошептала Наташа. — Я разбила его сердце, я разрушила его жизнь... Ради меня Андрей отказался от своей любви к той женщине и заставил ее выйти за другого, ради меня Андрей отдал чужому человеку право называться отцом его ребенка, а я... я не приняла его жертвы, пренебрегла ею, и он не смог вынести этого удара.

— Неужели вы всерьез полагаете, что князь Андрей застрелился? — растерялся Александр. — Ничто в письме не подтверждает вашего предположения.

— Вы думаете, Михаил открыл бы мне правду? — Наташа грустно покачала головой. — Думаю, он решил пощадить меня, он брат — он меня защищает. Но я знаю, что была жестока с Андреем, и поэтому виновна в его гибели.

— Но Натали, — убежденно произнес Александр, — разве было бы меньшей жестокостью принять его жертвоприношение и самой сделаться жертвой его благородства? И потом, кто может сказать, какой мукой обернулась бы для вас эта так называемая семейная жизнь, если бы князь Андрей продолжал разрываться между вами и той, другой, и ее ребенком, а вы терпеливо сносили бы все и с каждым годом становились все более одинокой и несчастной?

— Увы, — кивнула Наташа, — именно это предположение и остановило меня, а еще пример матушки Андрея, княгини Марии Алексеевны. Бедная женщина сошла с ума, оказавшись в столь же нелепом и безвыходном положении, и сотворила столько страшных вещей, что ей уже никогда нельзя будет рассчитывать на место в Раю. Ее судьба ужасна, и, узнав подробности ее истории от ее дочерей, я была искренне потрясена и напугана — я не хотела повторения такой судьбы.

— Вы поступили правильно, Натали, — мягко сказал Александр, взяв ее за руку. — И, поверьте, нет вашей вины в случившемся с князем Андреем. Я чувствую это сердцем и умоляю вас не корить себя за то, к чему вы не были причастны.

— Вы утешаете меня или действительно так думаете? — попыталась улыбнуться Наташа.

— И то, и другое, — чистосердечно признался Александр. — Мне искренне жаль князя Андрея, но у каждого человека своя дорога. Его уже закончилась, и мы ничего не можем в этом изменить. Отдадим дань его памяти и отправимся продолжать свой путь, нам предначертанный.

— Возможно, вы и правы, ваше высочество, — кивнула Наташа и утерла слезы платочком.

— Кстати, — Александр обрадовался, что она приходит в себя, — почему вы не приглашаете меня на музыкальные уроки, которые дает моим сестрам наша милая Анна? Или она боится, что мы станем слишком строго судить ее юных учениц?

— Анна? — удивилась Наташа. — Я слышала, что к принцессам будет приставлена по вашей рекомендации новая учительница музыки, но не знала, кто она. И потом ее до сих пор никто не видел во дворце.

— Как это не видел? — нахмурился Александр. — Она уехала несколько дней назад в имение барона и уже давно должна была вернуться и приступить к занятиям.

— Мало ли что могло задержать влюбленных, — пожала плечами Наташа, и ее голос звучал вполне доброжелательно и с легким оттенком зависти.

— Разве что они помирились, — задумчиво сказал Александр. — Барон недавно тоже был здесь и просился на Кавказ, ввиду своей размолвки с Анной. И я знаю, что император согласился вернуть ему звание и командировал в часть, ведущую там боевые действия. Но я умолил его отменить свое решение и как раз собирался сообщить ему новость через Анну в надежде, что это станет поводом для их сближения.

— Вам кажется — что-то случилось? — Наташа испытующе посмотрела на него.

— Кажется, мне следует самому сообщить о милости Его Величества и навестить барона, — покачал головой Александр.

— Вы собираетесь ехать в Двугорское? — вздрогнула Наташа.

— Судя по всему, если барон намерен прибыть в часть, то он уже должен вернуться в Петербург, а значит — его можно застать в его особняке, — кивнул Александр. — А вы не составите мне приятную компанию в этой поездке, Натали?

— Я? — смутилась Наташа. — Но как это воспримут в окружении Ее Величества?

— А мы никому не скажем о том, куда вы ездили, — подмигнул ей Александр. — Вы якобы отправитесь навестить родителей, что в свете произошедших событий выглядит вполне естественно, а я буду безымянной и молчаливой фигурой, которая таинственным образом окажется вашим соседом в карете.

— Это заговор? — улыбнулась Наташа.

— Обожаю заговоры, — в тон ей ответил Александр...

Корф встретил их с удивлением и досадой, и отсутствие радости на его лице насторожило Александра и обидело Наташу.

— Похоже, мы не вовремя, ваше высочество, — не очень любезно сказала она, глядя, как Корф напряженно посматривает на часы.

— Не думал, что окажусь незваным гостем, — не церемонясь с бароном, поддакнул ей Александр, тоже отметивший про себя нервозность Владимира.

Корф даже не отреагировал должным образом на известие об отмене его командировки на Кавказ — принял это сообщение, как само собой разумеющееся, сухо поблагодарил и снова замкнулся в себе.

Александр и Наташа переглянулись — Корф, конечно, славился мизантропией, но быть настолько неблагодарным по отношению к царской особе, оказавшей для него не просто милость — фактически спасшей ему жизнь?

— Вы сегодня как никогда любезны и отзывчивы, барон, — бросила Наташа, давая понять, что намерена тотчас уйти.

— Нам что — даже не предложат присесть? — поддержал ее Александр.

— Ваше высочество, княжна, — развел руками Владимир, — я действительно ждал совершенно другого гостя. И, поверьте, именно эта встреча должна оказаться для меня весьма неприятной. Но я не расположен сейчас к дружескому общению, ибо принужден к действиям, которые могут повлечь за собой последствия, способные оказаться роковыми для одного очень близкого мне человека.

— Надеюсь, вы говорите не об Анне? — встревоженно спросил Александр.

Что-то в голосе Корфа подсказало ему: переживания барона связаны с делами любовными.

— К сожалению, — после тягостной, почти трагической паузы, признался Корф.

— Объяснитесь, — строгим тоном велел Александр.

— Прошу вас, садитесь, — усталым голосом сказал Корф, жестом приглашая их пройти в гостиную. — Еще раз умоляю вас простить мою невежливость, но я не спал ночь, гнал лошадей, чтобы засветло приехать в Петербург и попытаться найти Анну.

— Значит, она все-таки пропала? — воскликнула Наташа.

— Пропала? — не понял Корф.

— Анна поехала к вам, в Двугорское, несколько дней назад, — пояснил Александр. — Я сам провожал ее до кареты. Но с тех пор о ней нет никаких известий, и я решил, что с нею что-то случилось.

— Теперь все ясно! — воскликнул Владимир. — Она возвращалась ко мне! Милая моя... А я был в тюрьме, и этот подонок увез ее!

— О чем вы, барон? — не понял Александр, и Наташа удивленно приподняла брови.

— Это ужасная, нелепая ошибка, недоразумение, — начал Корф. — Миша взял с меня слово о молчании, но вам я могу довериться. Князь Андрей Долгорукий погиб в моем присутствии, он сам смертельно ранил себя. Я думал — по неосторожности, но князь Петр и княгиня обвинили меня в убийстве Андрея. Михаилу удалось доказать, что пистолет был специально испорчен, и сделала это сама Мария Алексеевна. Она хотела, чтобы князь Петр «случайно» убил себя, проверяя пистолеты.

— Какой ужас! — вскричала побледневшая Наташа.

— Когда меня оправдали, и я вернулся домой, то ко мне явился некто Забалуев...

— О, понимаю, — кивнула Наташа.

— Кажется, это имя мне знакомо, — нахмурился Александр.

— Думаю, вы догадываетесь, что ничего хорошего из этой встречи случиться не могло, — кивнул Корф. — Он объявил мне, что похитил Анну, и потребовал выкупа за ее жизнь. Завтра он обещался прийти сюда в полдень, вместе с нотариусом, чтобы заключить сделку — этот особняк за свободу Анны. И поэтому я спешил сюда, чтобы попытаться найти его прежде, чем он явится предъявлять мне ультиматум. Я искал его, зная пристрастие господина Забалуева к картам и женщинам низкого поведения, но — ничего, он как сквозь землю провалился.

— Жаль, что вы не приехали ко мне за помощью, — мягко укорил Корфа Александр, — но в вашем положении подобная нерасчетливость вполне объяснима. Узнав об опасности, поджидающей Анну, вы сразу сами ринулись в бой. Странно, если бы мужчина первым делом бросился за помощью к сильным мира сего, а не попробовал ринуться на поиски. Но, похоже, в этом случае вам следовало поступить именно так, ибо я знаю, как найти упомянутого вами негодяя.

— Откуда? — в голос удивились Владимир и Наташа.

— А я знаю того, кто знает, — усмехнулся Александр. — Едемте, мы кое-кого сейчас же навестим...

— Ваше высочество? — растерянно произнес Бенкендорф. Наследник сам приехал к нему домой, решительный и весьма суровый. — Прошу извинить меня за домашний вид, но я сегодня не в присутствии — болен.

— Ничего, ничего, — покровительственным тоном махнул рукой Александр, — болейте спокойно, меня интересуете не вы, а один из ваших верных вассалов, действия которого перешли всякие границы. Если, конечно, он не выполняет ваше поручение, граф.

— Я не понимаю, о чем идет речь, ваше высочество, — осторожно сказал Бенкендорф, посильнее запахивая теплый халат, надетый поверх домашнего костюма.

— Ой ли? — засомневался Александр. — Не вы ли устроили всю эту интригу с отправкой князя Репнина на Кавказ, сославшись на сведения, полученные вами от вашего цепного пса в Двугорском? И не вы ли, узнав, что замысел ваш провалился, велели тому же человеку похитить актрису Анну

Платонову, дабы еще больше досадить моему другу барону Корфу?

— Анну Платонову? Зачем мне похищать какую-то актрису? — вздрогнул Бенкендорф. — Поверьте, ваше высочество, у моего ведомства и у меня лично слишком много забот государственного масштаба, которые требуют оперативного вмешательства и постоянного контроля. Но то, в чем вы меня обвиняете, унижает мое достоинство и умаляет заслуги и деяния подчиненного мне ведомства.

— Вот как? — недобро усмехнулся Александр. — Значит, вы утверждаете, что мое сообщение для вас — новость, и вы не имеете к случившемуся никакого отношения?

— Именно так, ваше высочество, — поклонился Бенкендорф. — Моя задача — стоять на страже интересов моего монарха и всего государства. Мадемуазель Платонова, если я правильно произношу ее имя, представляется мне слишком мизерной целью для того, чтобы использовать арсенал и личный состав жандармского корпуса.

— А почему же такая честь была оказана мадемуазель Калиновской? — поддел Бенкендорфа Александр.

— Ее поступки угрожали спокойствию монаршей семьи и вам, в частности, — сухо ска-

355

зал Бенкендорф. — Что же касается госпожи Платоновой, то она не имеет чести состоять вашей любовницей, а, значит, не представляет никакого государственного интереса.

— Жестоко, но похоже на правду, — Александр не смог сдержать улыбки. — В таком случае, уверен, вы не откажете мне в любезности сообщить, где может в Петербурге скрываться человек, похитивший мадемуазель Платонову.

— Я не понимаю, о ком речь, — Бенкендорф отвел взгляд в сторону.

— Понимаете, еще как понимаете, сударь, — безжалостно воскликнул Александр. — Имейте в виду, Александр Христофорович, после вашей неприглядной неудачи в деле Калиновской, ваша репутация в глазах Его Величества изрядно пошатнулась. Неужели вы хотите усугубить свое положение? Мне ничего не стоит тотчас поехать в Гатчину и рассказать матушке, что учительница пения, которая уже несколько дней, как должна была приступить к занятиям с моими сестрами, похищена человеком из вашего ведомства. И я не уверен, что никто не заподозрит в том и ваше личное участие, граф.

— Почему же вы сразу не сказали, что госпожа Платонова принята учительницей пения к императорским детям? — побледнел Бенкендорф.

— Я думал, что для вас нет тайн в нашем государстве, — усмехнулся Александр.

— Последние дни я болел... — принялся оправдываться Бенкендорф, но Александр остановил его.

— Вот и продолжайте болеть, милейший Александр Христофорович, ваше нездоровье вредно для здоровья нации. Итак, где нам найти некоего господина Забалуева?

Бенкендорф закашлялся, потом принялся глубоко дышать, останавливая спазм. Наконец, ему полегчало, и, недобро покосившись на Александра, он тихо назвал адрес — словно прошелестел. Александр кивнул — это был один из особняков графа Суворова, проданных в свое время в доход для того, чтобы выплатить содержание его бывшей супруге, графине Варваре, установленное ей по суду при разводе.

Александр не без иронии и не очень вежливо пожелал шефу жандармов скорейшего выздоровления и вернулся к Наташе и Корфу, ожидавшим его в карете на улице.

— Вы узнали, где она? — нетерпеливо воскликнул Корф.

— Я узнал, где скрывается ее похититель, — сказал Александр. — Думаю, Анна должна находиться где-то рядом с ним.

— Надеюсь, наша помощь не опоздает? — встревоженно спросила Наташа.

— Мы не промедлим и минуты, — кивнул Александр, легко впрыгивая в карету. — Разве что заедем взять конвой...

— Сейчас я могу сражаться за четверых, — глухим голосом сказал барон. — Так что в лишних действиях нет необходимости, я этого мерзавца голыми руками скручу! Только бы он мне попался!

Но Забалуев и не думал сопротивляться — он был потрясен, увидев на пороге арендованного им дома наследника престола и грозно сверкавшего глазами Корфа, который немедленно и исполнил свое обещание, пребольно заломив Забалуеву руки за спину и потом перевязав их шнуром для гардин.

Однако праздновать победу было рано — Забалуев молчал, готовый унести тайну местонахождения Анны даже в могилу, если таковое наказание будет ему определено. И, как ни старался с угрозами Корф, как ни увещевал его Александр, как ни умоляла Наташа, Забалуев стоял на своем, и взгляд его сверкал ненавистью.

И тогда, оставив Забалуева на попечение Александра — чтобы не вздумал бежать — Владимир бросился искать Анну. Он заглянул в каждую комнату и каждый угол дома, с факелом, наспех сооруженным из попавшихся под руку тряпок, обследовал подвал и чердачные помещения. Он почти обезумел от ужаса — Анны как будто след простыл. Владимир был близок к отчаянию и почувствовал — еще немного, и он сорвется — станет бить и мучить Забалуева, пока тот либо не признается, где прячет Анну, либо не испустит дух, корчась от боли.

Но Корф не желал обагрять руки кровью, пролившейся не в честном бою, а под пытками, хотя и виновного человека. И, вконец устав от бесплодных поисков и терзавших его сомнений, он призвал на помощь единственного, кого мог попросить и просил о помощи в самые тяжелые моменты своей жизни.

— Отец! — вскричал Владимир, падая на колени в спальной, которую он обследовал последней. — Я был тебе не лучшим сыном, но ты был лучшим из отцов. Ты всегда поддерживал меня и в горе, и в радости. Ты всегда приходил мне на помощь и открывал мне глаза на то, к чему я оставался слеп по наивности или высокомерию своему. Не оставь меня и сейчас! Подскажи, где она? Куда этот изверг спрятал ее?! Ты же всегда любил Анну, ты охранял ее, неужели сейчас ты позволишь ей погибнуть в безвестности, и мы с ней никогда не будем счастливы? Отец, умоляю, заклинаю тебя — протяни руку, укажи, куда мне идти, где искать ее! Обещаю, что изменюсь, что стану другим человеком. Я смирю гордыню, я буду благочестив и послушен, только верни мне ее! Мне нет жизни без Анны! Умрет она — я уйду вслед за ней. Не позволяй свершиться несправедливости, не бросай нас, твоих детей! Я покаюсь за все обиды, что когда-то нанес ей и тебе, я больше никогда ни словом, ни делом не ступлю поперек — лишь пусть она вернется. Живая и невредимая! Слышишь ли ты меня? Веришь ли мне? Уповаю на тебя и Отца нашего небесного! Снизойдите к просьбе моей, дайте знак, хотя бы случайно, мимолетно — я пойму, я догадаюсь, я почувствую, что это вы подсказываете мне...

Владимир не договорил — откуда-то из глубины плательного шкафа раздались глухие, но настойчивые удары — как будто кто-то из последних сил стучал кулаками в дверь. Корф бросился к шкафу и, раскрыв его, принялся выбрасывать висевшую на перекладине одежду. И, чем свободней становилось в шкафу, тем отчетливей доносились до Владимира звуки, в которых чудился призыв о помощи. И, наконец, Корф увидел деревянную дверь, встроенную в стену, к которой был приставлен шкаф, хитрое устройство без задней панели.

Корф попытался открыть дверь, но она оказалась заперта. Владимир подумал, что ключ непременно должен быть у Забалуева, но возвращаться не стал — из-за двери послышался женский голос, отдаленно напоминавший голос Анны, и тогда Корф одним сильным ударом вышиб дверь.

Предчувствие не обмануло его — в полумраке потайной комнаты с лестницей, уходившей куда-то вниз, в изолированную часть подвала, он разглядел бледную, похудевшую и измученную затворничеством Анну. Увидев Владимира, она вскрикнула и упала в обморок. Корф успел подхватить ее, и, бережно прижимая к себе драгоценную ношу, вынес на свет. Он боялся даже дышать на Анну, но понимал, что девушке необходим воздух. Тогда, усадив ее на стул, он принялся обмахивать ее какой-то из брошенных на пол вещиц — ажурной накидкой, и вскоре Анна пришла в себя и открыла глаза.

— Анна, милая... — Корф был готов расплакаться, — почему ты прежде не подавала знака, что ты здесь?

— Я так устала, — слабым голосом призналась Анна, — я уже не хотела ничего... Силы оставляли меня. Я не понимала, как я здесь оказалась, я не знала, какой сегодня день и что сейчас — утро или полночь. Отчаяние подавляло меня, и вдруг — этот свет! Я увидела Ивана Ивановича! Он приблизился ко мне, взял за руку и повел по лестнице наверх, из подвала. Он улыбался и говорил мне, что помощь близка. Это он велел мне стучать в дверь...

— Отец! — вскричал Корф. — Отец! Благодарю тебя! В который раз ты спасаешь нас, и теперь, обещаю, мы никогда не расстанемся. Аня, прошу тебя, останься со мной, не прогоняй! Я думал, мое сердце разорвется, если я снова потеряю тебя.

— Я ехала к тебе, — кивнула Анна, — я хотела сказать, что прощаю тебя. Я тоже поняла, что не могу жить без тебя.

— Благодарю тебя, Господи! — страстно прошептал Владимир. — Ты даровал мне прощение, я обещаю Тебе начать новую жизнь.

— Мы вместе начнем ее, ты и я, — улыбнулась Анна. — Я готова следовать за тобой, куда ты скажешь. Веди меня, любимый мой, муж мой...

Похороны Андрея прошли тихо, навеяли еще большую грусть, опустошили души. С родового кладбища семья возвращалась в унынии и холодном отстранении друг от друга. Правда, Соня и Лиза вели мать под руки, но, скорее, из предосторожности — Долгорукая уже второй день была вынуждена принимать прописанное доктором Штерном успокоительное. И потому выглядела вялой и вела себя соответственно — передвигалась медленно, словно вслепую, на ногах держалась нетвердо, постоянно смотрела в сторону, а на лице застыла полуулыбка полнейшего равнодушия.

Репнин из вежливости корректно соблюдал дистанцию, следуя чуть поодаль, чтобы в случае необходимости помочь сестрам Долгоруким, или, что тоже было не исключено, предупредить вспышку неконтролируемого гнева, который уже не раз посещал княгиню Марию Алексеевну. Но Долгорукая вчера впала в прострацию и при прощании не шелохнулась, а вот Лиза и того хуже — окаменела и, даже встречая незаметное сердечное пожатие руки Михаила, не отвечала на него и замороженно глядела куда-то сквозь людей и предметы. Соня же по молодости лет переносила утрату и легче, и естественней — плакала без стеснения и так жалобно, словно щенок, потерявший любимого хозяина.

Князь Петр давно ушел вперед вместе с Полиной. Он не стал смотреть, как слуги принялись бросать подогретую кострами землю на гроб, — горестно обнял Полину и попросил ее увести его домой. Репнин с ужасом наблюдал, как разом и одинаково хищно

363

повернулись в его сторону головы женщин-Долгоруких, — как будто мать и сестры в едином порыве послали уходящим свое страшное и необратимое проклятие.

Репнин расстроился — смерть Андрея и так оказалась для него довольно сильным ударом, но атмосфера в доме превзошла все его ожидания, подавив своей мрачностью, безысходностью и растущей с каждым днем ненавистью к старшему Долгорукому и его вновь обретенной дочери. Репнин считал подобные настроения неуместными в такой тяжелый час, но не мог повлиять на эту ситуацию — князь Петр сам провоцировал ее. Он вызывающе противопоставлял Полину членам своей семьи и оказывал ей столь предпочтительное внимание, что это задевало даже стороннего наблюдателя — Репнина.

И еще — его обидело отсутствие Наташи. Репнин немедленно после всех этих событий написал ей, но сестра так и не появилась. Хотя, вполне вероятно, что ее задержала и уважительная причина, но — какая? И, если случилось, то — что?

В прихожей Аксинья шепотом передала Лизе, что барин желает видеть всех у себя. Кивнув, та попросила Соню отвести мать в кабинет отца, а сама подошла к Репнину и бросилась ему на грудь. Михаил обнял ее и погладил по голове — Лиза была сейчас похожа на маленькую, несчастную девочку, одиноко чувствовавшую себя в чужом и пугающем ее доме.

— Плачь, плачь, родная, — говорил ей Репнин, — не держи горе в себе. Слезами беде не поможешь, но очистишь душу и сбросишь с сердца невозможную тяжесть переживания. А я не покину тебя, буду с тобой, и часть твоей грустной ноши возьму на себя. Только не бойся отдать ее мне — я сильный, не сломаюсь и тебя поддержу...

Неожиданно на пороге появились судья и нотариус. Судья, завидев заплаканную Лизу, смутился и принялся извиняться за вынужденный визит и все бормотал соболезнования. Нотариус прятался за его спиной и лишь тихо поддакивал и согласно кивал головой.

— Все это, конечно, хорошо, — нахмурился Репнин. — Но, Фрол Прокопьевич, что означает ваше появление в этом доме в столь неурочное и недоброе для его обитателей время? Мне казалось, что уже все вопросы решены. Или вы опять получили указания сверху против меня или барона Корфа?

— Я понимаю ваше волнение, князь, — принялся оправдываться судья, — но причина моего прихода не вы и не кто иной, как сам Петр Михайлович. Он послал за мной и просил быть с нотариусом сразу после похорон, дабы подтвердить факт составления нового завещания.

— Что? — вскинулась смертельно побледневшая Лиза и стремглав кинулась в кабинет отца.

Репнин укоризненно посмотрел на растерявшегося судью и последовал за нею. Нотариус тоже собрался пойти за князем, но судья его остановил — кто знает, что сейчас произойдет, лучше переждать в гостиной, пока князь Петр сам не выйдет к ним и не пригласит оформить бумаги. Аксинья приняла от гостей шубы, и, с трудом взгромоздив их на вешалку, с поклоном развела руками — мол, проходите, садитесь.

Судья с благодарностью ей кивнул и попросил принести им с дороги чаю — он не исключал, что, возможно, придется долго ждать, пока утихнут страсти в кабинете. А в том, что подобные дела всегда чреваты семейными войнами, Фрол Прокопьевич и не сомневался — завещания всегда вносили в дома раздоры, а перемены в праве на наследования — и того больше...

— Как вы посмели, папенька?! — вскричала Лиза, врываясь в кабинет отца.

От ее неожиданного крика Полина, стоявшая подле князя Петра, шустро спряталась за кресло и теперь выглядывала оттуда, по-крысиному мелко поблескивая глазками. Долгорукая вздрогнула и как будто очнулась — Соня почувствовала, что ее прежде безжизненная рука налилась силой и снова стала теплой. Репнин, вбежавший с опозданием, хотел успокоить Лизу, но она не слушала его — шла словно напролом, надвигаясь на отца, сидевшего в своем кресле за письменным столом, и одаряя его пламенными, но совсем не добрыми взглядами.

— Ты ведешь себя неприлично, Лиза, — стараясь держаться с достоинством, сказал князь Петр. — Ты кричишь в доме, где еще недавно умер твой брат.

— Нет, это ты ведешь себя отвратительно! — с негодованием шумела Лиза. — И девяти дней не прошло, а ты уже осквернил его память, торопясь лишить последнего — права на наследство.

— Мертвому-то оно зачем? — вылезла Полина.

— А тебя, самозванка, не спрашивают! — бросила ей Лиза. — Но ты, папенька, как можешь вести себя столь безрассудно — ведь у тебя скоро появится внук, у Татьяны от Андрея родится ребенок, твоя кровь, между прочим! Ты и малыша хочешь наказать, обрекая на нищету и бесправие?

— Ты преувеличиваешь, Лиза, — поморщился князь Петр. — Я всего лишь хочу восстановить справедливость.

— Ты не справедливости ищешь, ты мстишь своим близким за то, что они не желают смириться с твоей жестокостью и душевной глухотой! — не отступала Лиза.

— Можешь кричать, сколько угодно, — с деланным равнодушием кивнул ей отец, — это ничего не изменит. Я за тем и собрал вас сейчас, чтобы объявить о переменах, ожидающих вас.

— Подлец! — вдруг зарычала Долгорукая и прыжком бросилась к мужу. — Ты исковеркал мою жизнь, но я не дам тебе убить всех моих детей! Не дам!..

Репнин успел схватить княгиню и прижал к себе, удерживая до тех пор, пока она не затихла и не сникла — безвольная и опустошенная.

— Посмотрите, что вы наделали, папа, — промолвила Соня, поднимая на отца опухшие от слез глаза, — вы убиваете маменьку! Андрей уже мертв, а нас вы хотите пустить по миру. Как вам не стыдно?

— Извините, Петр Михайлович, — решился вмешаться Репнин. Он, наконец, отпустил Долгорукую, и Лиза тотчас усадила мать на кресло подле стола, — но вы ведете себя неразумно. Конечно, я не оставлю Елизавету Петровну, и мы поженимся...

— Насколько я помню, она еще замужем, — опять вставила со своего места Полина.

— Уже нет, — раздался от двери знакомый и величественный голос.

Все разом обернулись посмотреть на вошедшего.

В кабинет, ведя под руку печальную Наташу, вошел Александр, за ними на пороге появились и Корф с Анной.

— Ваше высочество?! — князь Петр торопливо привстал, Соня и Лиза присели в реверансе. — Что значат ваши слова?

— Я лично приехал выразить вам, князь, и вашему семейству соболезнования по поводу трагической и такой преждевременной кончины князя Андрея. И одновременно обрадовать известием о том, что господин Забалуев был сегодня утром арестован и препровожден в тюрьму за похищение Анны Платоновой и вымогательство выкупа за ее жизнь у барона Корфа.

— Но у этого прохвоста слишком большой покровитель, — растерянно произнес князь Петр. — Он опять может выпутаться даже из этой неприятной истории.

— Уже нет, — покачал головой Александр, — и, если говорить о покровителях, то у вашей дочери есть посильнее — в моем лице. Ибо я испытываю к княжне Елизавете известную приязнь, как к очаровательной женщине и, надеюсь, будущей супруге моего адъютанта, князя Репнина. Что же касается развода, то должен сообщить вам, что все это время господин Забалуев вас обманывал — разрешение на развод было подписано еще месяц назад, но он подменил настоящее отправление подложным. Его Величество откликнулся на вашу просьбу, князь Петр Михайлович, и несказанно удивился проявлением вашей неблагодарности. Но сегодня все разъяснилось — мы нашли в его бумагах настоящий документ, освобождающий княжну от любых обязательств перед ее бывшим мужем. Она свободна.

— Благодарю вас, ваше высочество, — разрыдалась Лиза. — Благодарю тебя, Господи! Благодарю Императора за его милость ко мне недостойной!

— Что вы, Елизавета Петровна, — улыбнулся Александр. — Вы — милая, чудесная девушка, вы достойны лучшего будущего, и оно уже не за горами.

Все расселись.

— Да, это замечательно, — задумчиво произнес князь Петр, — но вряд ли ваше сообщение способно повлиять на мое решение об удочерении Насти и установлении ее места в завещании.

— Хотелось бы надеяться, что вы делаете это на законных основаниях и не в ущерб своей семье, — кивнул Александр.

— Разумеется, на законных! — воскликнул князь Петр.

— Тогда пусть все получит твоя законная дочь! — послышался от дверей грозный и чуть хрипловатый голос Сычихи.

— А-а-а!.. — выдохнула Полина и заметалась вдоль стены, пытаясь найти выход из кабинета.

— Что с тобою, девочка моя? — взволнованно обратился к ней князь Петр.

— Твоя девочка — не Полина! — твердо сказала Сычиха, проходя вперед.

— Чего вы слушаете сумасшедшую?! — вскричала Полина, побагровев от злости и ненависти. — Она сама не знает, что несет!

— Знаю, теперь знаю, — улыбнулась Сычиха. — Я все вспомнила, да рассказать не успела. Эта негодяйка Полина подкупила Карла Модестовича, пока вы хоронили Андрея, увезти меня к цыганам и продать им, чтобы я уже никогда не смогла вернуться сюда и открыть правду о происхождении Анастасии.

— Это ложь! — бесновалась Полина. — Бессовестная ложь! Наглая и дерзкая!

— Это — правда, и ты сама прекрасно все знаешь, — усмехнулась Сычиха. — А для сомневающихся у меня есть и свидетель. Входи, Рада!

— Мир вам! — тихо сказала вошедшая по ее знаку Рада.

Полина охнула и прижалась к стене, словно пригвожденная к позорному столбу.

Рада внимательно окинула взглядом всех, кто находился сейчас в кабинете князя Петра, и сдержанно, но с уважением приветствовала каждого:

— Барышни...Счастья тебе, красавец! (Репнину) Барин... (Корфу) Государь! (Александру)

— Но я еще не... — смутился Александр.

— Станешь, — кивнула Рада. — И прославишься в веках, только не забывай мое предсказание, как забыл обещание наказать убийцу моего брата.

— Я сдержал свое слово, — успокоил ее Александр. — Человек, о котором ты говоришь, сегодня был арестован, его ждет каторга за все совершенные им прегрешения, и я обещаю, что лично прослежу за тем, как его отправят в Сибирь по этапу.

— Что ж, — Рада внимательно посмотрела на него, заглянув в глаза — глубоко-глубоко, потом вздохнула, — я верю тебе.

— Постой! — повернулась к ней Сычиха,

видя, что Рада собирается уйти. — Ты обещала снять проклятие с этого дома.

— Если обещала — исполню, — тихо сказала та и замерла на пороге — стала что-то шептать по-цыгански и руками собирать воздух, словно хотела унести с собой, потом стянула с шеи цепь с монистами, по одному сорвала с нее серебряные кружки монет и сложила их в карман своей широкой юбки. Напоследок разломила цепь — и ушла...

— Что это было? — тихо спросила Лиза. — О каком проклятье ты говорила, Сычиха?

— Это старая история, — усталым голосом промолвила она. — Все началось с бабушки и дедушки Петра Михайловича, ибо князь сызмальства, оставшись сиротой, воспитывался у них, но ни добротой, ни сердечностью эти люди не отличались. Еще по молодости в день свадьбы они жестоко обидели старую цыганку, которая пришла к церкви просить милостыню. Невеста посмеялась над ее увечьями, а жених ударил ее тростью. И цыганка прокляла их. Сказала, что их дети и дети их детей никогда не будут счастливы. Они будут любить, но не смогут воссоединиться со своими возлюбленными.

— Господи! — воскликнула Лиза.

— Увы, — кивнула Сычиха, — с тех пор так и повелось — все Долгорукие гонялись за признаком любви, но не счастья не находили. Отец князя Петра влюбился в свою крепостную по имени Анастасия — красивую и добрую, но родители не благословили его выбор, и влюбленные вынуждены были вместе уйти из имения. А когда родился Петр, в деревне, где они жили в большой нищете, случилась холера. Родители Петра умерли, а малыша забрали к себе бабушка с дедушкой.

— Ты права, — прошептал Долгорукий. — Я действительно не знал своих родителей. И все, что у меня осталось от них, это письма отца к матери, кольцо, ожерелье и портрет. Ожерелье я отдал Марфе — я не знал, что повторяю судьбу отца. Куда оно делось потом — мне неведомо, но на портрете художник, запечатлевший мать, нарисовал именно его.

Князь Петр достал из ящика стола портрет матери — урожденной Анастасии, и протянул его стоявшей ближе всех к нему Лизе. Она со вздохом рассмотрела его и передала дальше.

— Потом я просил Марфу, если у нас когда-нибудь появится ребенок, девочку назвать Анастасией, а отца — любым мужским именем, начинающимся на букву *А*.

— А! — вдруг вскрикнула Анна и покачнулась, опершись на плечо Корфа.

374

Портрет выпал из ее рук, Владимир едва успел подхватить его и, взглянув мимоходом, тоже не удержался от возгласа.

— Не может быть! Я узнаю это ожерелье! Отец хранил его с незапамятных времен и потом отдал Анне.

— Но это значит... — Репнин побоялся продолжить его мысль.

— Вы все правильно поняли, — подтвердила Сычиха. — Барон передал это колье той, кому оно и должно было принадлежать по праву и рождению — новой Анастасии, настоящей Анастасии Долгорукой.

— Анна и есть моя дочь? — побледнел князь Петр, не зная, что и думать и как себя вести — броситься к Анне и заключить ее в объятия или прежде повиниться, что едва не разрушил ее счастье, как когда-то испортил жизнь ее матери — Марфе.

— Но как такое могло случиться? — удивилась Наташа, переглянувшись с Александром.

— И зачем тогда ты украла ребенка у Марфы? — растерялась Лиза.

— Я не похищала дочь Марфы, — покачала головой Сычиха. — Это сделал барон Корф. Я принесла девочку в церковь, чтобы ребенка окрестили. Но отец Георгий тогда уехал к Долгоруким, потому что в этот день раньше срока родилась Лиза. Была страшная метель, я боялась, что могу заблудиться с ребенком на руках по дороге назад, и поэтому сама окрестила ребенка, но вписать полностью в церковную книгу не успела — на пороге появился Иван. Он все знал и следил за мной. Барон был истинным другом Долгоруких, он понимал, что связь Петра с Марфой приносит огромные мучения его семье, и старался не дать разрушиться браку князя.

— Так отец все знал? — прошептал Владимир.

— Да, — кивнула Сычиха, — и скрывал всю жизнь тайну рождения Анны. И мне велел молчать, взяв с меня страшную клятву не разглашать этот секрет, пока он сам не сочтет возможным признаться в содеянном. И я была верна данному ему слову.

— Но как же так? — задумчиво произнес князь Петр. — Иван всегда говорил мне, что взял на воспитание дочь его знакомых, мелкопоместных дворян, умерших от болезни легких.

— Так и было, — подтвердила Сычиха. — Поначалу он отдал Настю на воспитание своим старым бездетным знакомым и просил называть ее Анной, дабы не нарушать традицию первой буквы в имени. Но случилось несчастье — приемные родители Анны в одночасье

376

сгорели от болезни, и девочка осталась сиротой, и тогда барон вынужден был взять Анну к себе в дом и воспитывать, как и положено дочери князя Долгорукого. Но поскольку Марфа, когда родила Настю, оставалась еще крепостной, барон на всякий случай отписал ей вольную. А остальное вы уже и сами знаете.

— А Полина?.. — смутился князь Петр. — Ее ведь нашли в том самом одеяльце.

— Про одеяльце — это вы у Варвары, кухарки Корфов спросите, — закивала головой Сычиха. — Она подтвердит вам, что барон велел ей сжечь откуда-то принесенное одеяльце для младенца, да она пожалела — вещичка больно красивая была, теплая. А тут еще и девочку в корзинке безродную перед дверью нашли, вот Варвара и укутала бедняжку, чтобы не простыла, а имя от головы придумала, когда букву *А* на уголке увидала.

— Девочка моя! — растрогался князь Петр, подходя к Анне. — Простишь ли ты меня? Примешь ли?

— Да, да! — воскликнула Анна и в смущении позволила князю Петру обнять себя.

— А я? Я-то что же — стала никто и не нужна никому? — запричитала Полина.

— Шла бы ты отсюда побыстрее, — неласково сказал ей Корф. — Ты теперь птица вольная — езжай, куда глаза глядят, и не возвращайся.

Полина всхлипнула и, утирая рукавом слезы, выбежала из кабинета.

— Удивительная история! — прослезилась Наташа.

— Надеюсь, папенька, больше вы не станете принуждать меня выходить замуж за барона Корфа? — настороженно спросила Лиза.

— Прости и ты меня, — кивнул князь Петр, раскрывая объятия и другой своей дочери. — Я был слеп и безумен. Но это все в прошлом, и по прошествии траура мы отпразднуем сразу две свадьбы!..

— А что намерены делать вы? — тихо спросил Александр, садясь в карету вслед за Наташей, когда, попрощавшись со всеми, они собрались вернуться в Петербург.

— Разве мы едем не во дворец? — удивилась она.

— Нет, конечно, нет, — поспешил успокоить ее Александр. — Просто я хотел знать, каковы ваши личные настроения?

— Я все еще не разобралась в своем чувстве к... — начала Наташа и покраснела.

— В своем чувстве ко мне? — Александр пытливо заглянул ей в лицо.

— Я бы хотела остаться верной подругой принцессе Марии, — тихо сказала Наташа. — Она, как я слышала, в скором времени возвращается ко двору, и вы обвенчаетесь с ней.

— Я буду делать все, что требуют от меня интересы государства, ибо только недавно я понял, как это важно — быть для своих подданных государем, — вздохнул Александр.

— А я буду счастлива служить вам, — прошептала Наташа и отвернулась, опасаясь, что Александр заметит слезы у нее на глазах.

За окном проплывал знакомый зимний пейзаж, но что-то неуловимо изменялось в нем. Тени заметно удлинились, снег, пропитанный приближающимся теплом и по-весеннему солнечным воздухом, стал рыхлым и потемнел. Вокруг все наполнилось нежным древесным ароматом, и птицы защебетали. О чем? О любви!..

Эпилог

Чего еще больше желать?

Анна, официально записанная как Анастасия Долгорукая, обвенчалась с бароном Корфом там же в Двугорском, и сразу после свадьбы молодожены уехали в Париж, куда Владимир получил назначение в должности помощника военного атташе при посольстве России. Под своим прежним именем — Анна Платонова — его очаровательная и талантливая супруга блистательно дебютировала на сцене Гранд-опера, спев Розину в опере Моцарта «Свадьба Фигаро», и на следующее утро проснулась знаменитой.

Перед отъездом из Двугорского Анна сердечно простилась с Марфой и все звала ее с собой, но та отказалась. Князь Петр нанял для нее лучшего адвоката, и тот приложил всевозможные усилия, чтобы судья счел ее действия в отношении Сычихи — произведенными в состоянии аффекта. И потом князь Петр сам лично поручился за нее. Фрол Прокопьевич не стал препятствовать освобождению Марфы, и по выходу из заключения она впервые смогла обнять свою потерянную двадцать лет назад дочь.

Марфа была счастлива — девочка выросла настоящей красавицей. А какая умница, и характером выдалась в нее... Но Марфа не осталась с молодой баронессой — она отправилась в монастырь замаливать свои грехи перед Господом.

Лиза и Михаил венчались позже в Петербурге, после того, как княгиня Мария Алексеевна прошла полное обследование у известного специалиста по душевным болезням. И, отпраздновав скромно бракосочетание Репнина и Лизы, князь немедленно увез жену в Баден-Баден — исцелять организм, отравленный ревностью.

По обоюдному соглашению на управление имениями породненных семейств поставили Никиту, а Соня наотрез отказалась покидать Двугорское, и, по слухам, нового управляющего последнее время все чаще стали видеть в обществе младшей княжны Долгорукой. Татьяна к лету, как и говорила Варвара, родила — мальчика принимала у нее Сычиха. Чудный получился младенец — крепенький и здоровый, и крестили его Андреем.

Полина вместе с бывшим управляющим Корфов бежали в Москву, и по дороге Карл Модестович обнаружил в вещах Полины свои пропавшие в имении деньги. Он опознал их по особой метке, которую делал для себя, подсчитывая ассигнации. По этой причине подельники подрались, но потом все же помирились и решили открыть совместно немецкую пекарню, где готовили бы разные вкусности и любимый Модестовичем штрудель с яблоками.

Забалуева по личному распоряжению Александра и при его надзоре отправили в пересыльную тюрьму, но далее его след таинственным образом потерялся. Видно, не пришло еще время падения его могущественного покровителя. Впрочем, это — уже совсем другая история...

Содержание

Литературно-художественное издание

ЕЛЕНА ЕЗЕРСКАЯ

БЕДНАЯ НАСТЯ
Через тернии — к звездам
Кн. 4

Ответственный за выпуск *Д. Хвостова*
Художественный редактор *А. Гладышев*
Технический редактор *В. Кулагина*
Компьютерная верстка *И. Слепцовой*
Корректор *П. Захаров*

Подписано в печать 14.02.2005.
Формат 84×108^1/$_{32}$. Бумага газетная.
Гарнитура «Петербург». Печать офсетная.
Усл. печ. л. 20,16. Тираж 50 000 экз.
Изд. № 05-7129. Заказ № 4568.

Издательство «ОЛМА-ПРЕСС»
129075, Москва, Звездный бульвар, 23
«ОЛМА-ПРЕСС» входит в группу компаний
ЗАО «ОЛМА МЕДИА ГРУПП»

Отпечатано в полиграфической фирме
«КРАСНЫЙ ПРОЛЕТАРИЙ»
127473, Москва, Краснопролетарская, 16